アルキメデスの捜査線

学者警部・葵野数則

角川文庫
23040

目次

プロローグ

霞ケ関《かすみがせき》駅からここまで走ってきたので、濃紺のスーツは汗に濡《ぬ》れていた。

大村珠緒《おおむらたまお》は「警視庁」と刻まれた石標《せきひょう》の前まで来ると、いちど息を整えた。

目の前にそびえ立つ警視庁本部庁舎は、彼女が普段勤める経堂《きょうどう》警察署とは比べ物にならないほど大きく、見上げると眩暈《めまい》がするほどだった。

警察官として九年間勤務し、今年二十七歳になった彼女でも、霞が関にある本庁に来たことは数えるほどしかなかった。東京都の警察機構の中心であり、勤める人間の数も多く、また精鋭ぞろいと言われる本庁である。やはり威圧感は覚える。

だが、じっとしていても仕方がない。珠緒は警備をしている若い巡査の敬礼に勢いよく応《こた》えると、入り口のドアをくぐった。

今日、珠緒を呼び出したのは川岸千鶴《かわぎしちづる》警視。捜査一課第二強行犯捜査管理官だ。なぜ呼ばれたのかはわからない。いきなり経堂署の係長から、十一時半に本庁に向かうようにと言われたのだ。

係長自身にも事情はわからないようだったが、警視階級の人に名指しで呼ばれている以上、重要な用件であることは確実であり、絶対に遅刻だけはしないようにという念押しはされていた。

だからたっぷりと時間を取って、三十分前には着くように出発したはずなのに。

エレベーターの中で腕時計を見ると、十一時二十七分を回っていた。はやる気持ちでインジケーターを見つめていると、ようやく目的の階に止まった。

珠緒はエレベーターを降りると、刑事部と書かれたドアプレートのある大部屋の横を通り過ぎ、他の部屋よりもひときわ静かな部屋に向かった。

川岸の指定した部屋の前に着いた。だが随分とひっそりとしている。係長からの共有をメモしたものを見返すが、部屋番号は間違ってはいない。

ドアプレートはなく、代わりにA4のコピー用紙に黒マジックで「科対班」と書かれたものが貼ってある。

かたいはん？

聞いたことのない班だ。もしかするとメモを取り間違えたのかもしれない。だが確かめないわけにもいかず、珠緒は恐る恐るドアをノックした。するとドアの向こうから「どうぞ」という、落ち着いた女性の声が聞こえた。

失礼しますと言ってドアを開けると、中は小さな部屋だった。

デスクが四つの島と、上長席が一つある。部屋の片隅には、乱雑にいくつもの段ボールが置かれている。事情はわからないが、引っ越しの最中らしい。

島には誰もいなかったが、上長席のデスクには、どことなく鋭い雰囲気をまとった女性が一人だけ座っていた。特別な立場にいる警察官が持っている共通の威厳のようなものが感じ取れたので、この人が川岸だろうと珠緒は察した。

美しい人だ。そして若い。川岸はノンキャリアなので、警視である以上は少なくとも四十代以上と考えられるが、三十代の半ばくらいに見えた。髪の毛は簡単に結んでいるだけだが、そのせいで元々の顔の造形の美しさが際立っているようにも思える。

そういえば経堂署に捜査本部が設置された時、本庁から捜査幹部として来ていたのを見た覚えがあったと珠緒は思い出した。

珠緒は急ぎ足でデスクの前まで行って、自己紹介をした。

「経堂警察署の刑事一課強行犯係に勤める、東京都巡査部長の大村珠緒です。本日は川岸警視からお話を伺うためにこちらに参上しました」

「警視庁の川岸です。随分と汗をかいていますね」

「……実は経堂署の前で、観光に来ている中東系の外国人に道を聞かれまして。日本語も英語もわからないようだったので、やむをえず同行して道を教えたのですが、思いもよらず遠出をすることになり、それで時間がぎりぎりになってしまって……」

珠緒は苦笑いした。川岸は感情を交えない声で、そうですかと答えた。

「かけて下さい」

川岸が言う。上長席から二歩ほど離れた所に、ぐらついた丸椅子が置かれていた。即席の談話スペースといった所だろう。

珠緒が着席したのを確認すると、川岸は言った。

「大村珠緒さん。貴方《あなた》に辞令をお渡しします」

その言葉は、川岸の口から流れるように発された。

「明日より貴方の経堂警察署での任を解き、同日付けを持って、警視庁刑事部捜査一課『科対班』への勤務を命じます」

何を言われても元気よく答えようと思っていたから、珠緒は「はい」と大きな声で答えた。だが肝心の内容については、あまり頭に入っていなかった。

……かたいはん、と、ぼんやりと口にしてしまってから、上官の言葉を鸚鵡《おうむ》返《がえ》しにするのは失礼だったかもしれないという当たり前の懸念が珠緒の頭に浮かんだ。

「はい。正式名称は『高度科学犯罪対策班』です」

川岸は答えた。科学と聞いて珠緒の脳裏に、警察学校で学んだ内容がおぼろげに蘇《よみがえ》った。

地下鉄サリン事件をはじめとした平成初期の事件において、科学捜査の重要性を学んだ警視庁は、これまで科学捜査を行っていた「科捜研」に加えて、直接現場に行って捜査を行う「科学捜査係」を設置することにした。確か平成八年だ。これは全国の府県警察でも新設されている。

「科学捜査を行う班ということですか？」

「はい。科対班は、捜査一課の科学捜査係の延長線上にあり、それをさらに先鋭化させたものです」

「先鋭化……ですか？」

「犯罪の手口が多様化している現代では、従来の制度では対応しづらい、高度に科学化した犯罪が次々と生まれています」

珠緒はうなずいた。経堂署の朝礼でも、そういった話はよく聞いている。

「科対班は、通常とは異なる好条件にて中途採用を行った科学捜査官と、現役の刑事を組ませ、捜査に当たらせる実験的な班です。班長は私が第二強行犯捜査管理官と兼任して勤める予定です」

「刑事と科学捜査官がバディを組むということでしょうか」

「そうです」

言われてみれば、その形態での捜査事例は聞いたことがなかった。例外的に生まれることはあるかもしれないが、制度化したものはないと思う。通常とは採用条件が違うという部分も含めて、先鋭化した科学捜査と呼んでいるのだろう。

「そんな班があったなんて存じ上げませんでした」

「ほんの二週間前にごく狭い範囲で発表されたものですから、大村さんが知らないのも無理はありません」

「対外的には発表しないんでしょうか」

「まだ人員が少ないですし、実験的な班なので、発表は正式に班の存続が決まった後にする予定です」

つまりは上手《うま》く行くか試してみて、もし上手く行かなかったら無かったことになるということだ。

珠緒は科対班について、さらに根掘り葉掘り聞いてみたいと思った。だが、もうすこし頭を整理してからではないと、また考えの浅い質問をしてしまいそうな気がしたので、やめることにした。

それに科対班のこと以外にも、川岸の話には気になる部分があった。

「どうしてこんなにも急に決まったのでしょうか」

本庁で勤務が出来るというのは、出世に興味がなかった珠緒にとっても、魅力的な話ではあった。関わる事件も大きくなるし、自分が警察官になった目的にも適《かな》う。細かな部分を抜きにすれば、栄転だと考えても良かった。

しかし、異動の連絡が前日に、おまけに直接異動先の上長から伝えられるというのは異例だった。もちろん今は定期異動の時期でもない。

「異動予定だった前任者が、勤務不能の状態となったからです」

川岸は端的に告げた。辞めたとか、うつ病になったとか、他の部署に突然引き抜かれたとか……その人の事情はわからないが、自分が代わりに起用されたということだろうと珠緒は思った。

先ほど実験的な班だと言っていたのも、この辞令に関係しているのかもしれない。つまりは短期間で集中的に実験を行おうとしたところ、突然前任者が勤務不能の状態になった。そこで動かしやすそうな若手の刑事が、代わりに抜擢《ばってき》されたのだ。合っているかはわからないけれど、一応自分を納得させることは出来る。

「男女の雇用機会の均等化が叫ばれる現代においても、警視庁における女性警察官の比率はようやく十パーセントを越えたところです。にもかかわらず女性にしか出来ない仕事が多いことは、大村さんもよく知っているところでしょう」

川岸が言う。珠緒はうなずいた。女性の身体検査、女性宅のガサ、女性の麻薬中毒者の採尿、強制性交された女性被害者からの聞き取り……などなど、枚挙に暇《いとま》がない。

「また、あなたが積極的に働く優秀な刑事であるという話は、経堂署の署長から伺っております。緊急とは言え、大村さんが選ばれたことにはちゃんとした理由があります」

「ありがとうございます」

珠緒は素直に喜んだ。自分が認められていたというのが嬉《うれ》しかったし、あまり些細なことなんて気にしても仕方がないかと思い直した。

「他にご質問はありますでしょうか」

珠緒は、業務上必要な確認をいくつか行った。気になったのは自分に科学の素養が全くないということだったが、科学に関することは科学捜査官が中心となって行い、刑事はバックアップに専念するので、一般的に刑事に必要とされる知識以上のものは現状では求めていないとのことだった。

珠緒はようやく、異動を前向きに受け入れられるようになってきた。

だが川岸は、珠緒の質問がなくなったことを確認すると、先ほどとはすこし違った声音で言った。

「大村さん。最後にこの異動について、貴方に伝えておくべきことがあります」

部屋の空気がぴりついた気がする。なにか重大なことを言われるのだと珠緒は直感した。それも私にとって、あまり良いことではないような。

「貴方が組む、葵野数則《あおいのかずのり》という科学捜査官についてです」

「はい」

「彼が優秀な捜査官であることには間違いありません。半年前に採用されると、警察学校での短期課程をさらに短縮して終え、実習として配属された第二強行犯捜査の科学捜査第一係でも頭角を現しています。ただ……」

ここまで理路整然と話してきた川岸が、こんなふうに言い淀《よど》むのは初めてで、珠緒は少し不安になった。

「大村さん。私は自分の部下には全てを知った上で業務に当たってもらいたいと思っています。その上で貴方に業務上必要な情報を伝えますと、葵野数則という男は、少し問題のある男です」

「問題ですか」

「そうです」

「もしかして……高圧的な男性とか。パワーハラスメントとか」

珠緒はパワーハラスメントには遭ったことはなかったが、それらしいものは経堂署の中でも見たことがあった。またつい先日も、県警察の警部二人がパワハラで処分されたと全国的に報道されていた。パワハラは意外と身近なものだ。

　だが川岸は首を振った。

「いえ、性格的には穏やかな方です」

「それでは、勤務態度とか？」

「いや。勤務態度には問題はありません。……より正確に言うならば、私は問題視していません。元々大学教員だったこともあって、オンとオフをしっかりと分けているタイプで、残業も好みませんが、働き方が見直されている現代においては、むしろ推奨されるべき態度とも呼べるでしょう」

　呼べるけれど……現場では反感を呼びそうな働き方だなと珠緒は思った。しかし、川岸の言う問題はそこではないらしい。

「では一体」

「上手く言葉では表現できない人物であることは確かです。こればかりは会ってみないとわかりません」

　どことなく効率主義的な雰囲気のある川岸が、「会ってみないとわからない」というからには、よほど特徴的な人物なのだろうと珠緒は思った。

「じゃあ、私はどうすれば」

「心の準備をしておいて下さい。それがあるのとないのとでは、大きな違いですから」

　なんとなく不安を煽《あお》る言い方だった。言い換えるなら「心の準備もなく会うと、問題が起こるかもしれない」ということにもなるからだ。

胸中に不安が渦巻いた。なによりもその葵野数則という人物のことが、注意が必要であるということ以外、なにひとつ具体的にわからないというのも、珠緒が不安になる理由の一つだった。

珠緒は経堂署に戻り、係長に辞令を受け取った旨を伝えた。当たり前だが、同僚たちからは随分と驚かれた。

異動までは半日しかないので、大急ぎで自分が抱えている仕事の引き継ぎ準備を行った。

そして時間が空いた時に、公用ＰＣで警察内の共有事項を検索した。

科対班の発足に関することは、公表されていなかった。川岸の言った「ごく狭い範囲」というのは、本当に狭い範囲なのだろう。

それからふと思い立って、葵野数則が以前組んでいて、現在は勤務不能となっている前任者の名前を検索した。

すると一件の人事情報がヒットした。

一ヶ月間の休職、と書かれている。休職の理由については、プライバシーの問題もあるので記載されていないことも多いが、しかしその人物の項目には、まるで誰かへの当てつけのように、はっきりと休職理由が書かれていた。

『急性ストレス性胃炎』と。

後輩が自分のデスクに質問に来たので、珠緒は慌ててタブを消した。

だが後輩と話している間も、珠緒の内面ではずっと、葵野数則という人物に対する雑多な煩慮が渦巻いていた。

第一話　加算される遺体

1

東京都の二十三区内にありながら、東京湾の沿岸にある、大田《おおた》区の倉庫街はとても静かである。

ここは倉庫街にある中規模の物流倉庫だ。広さは公立高校の体育館ほどで、中には二メートルを超える高さの棚がいくつか配置されていて、それぞれの棚には段ボール箱が詰め込まれている。時刻が深夜二十三時を回っているからか、あるいは作業の一部が自動化されているからか、従業員は二人しかいなかった。

吹き抜けの階段を上った倉庫の二階部には管理人室があり、一面がガラス張りになっていて、倉庫全体を一望できるようになっている。

この倉庫の管理人である、大河原《おおがわら》邦雄《くにお》はそこにいた。

大河原は四十代後半で、体重は百キロ近くあった。座っているキャスター付きのオフィスチェアの側部からは、でっぷりと脂肪がはみ出ている。

一見して威圧感のある風貌《ふうぼう》だが、その特徴的な体形は、この倉庫の従業員たちからは、一種の親しみやすさの象徴のように思われていた。

というのも彼は温厚な男で、従業員たちに残業は強いず、有給休暇も他の倉庫よりもいくらか取りやすいという話が、従業員たちに広まっていたからだ。

だが今や彼の瞳《ひとみ》には生気がなく、口元も筋肉の弛緩《しかん》に任せるままに半開きになっている。

大河原は既に事切れていた。しかし異様なことに、彼の椅子だけが不気味に動き回り、遺体を動かしていた。

2

川岸から辞令を言い渡された翌日、珠緒はふたたび本庁に向かった。

早朝だけあって、霞ケ関駅は通勤する人たちでごった返していた。この中の何割が警視庁に勤務しているのだろうと、珠緒はそんな漠然とした考えを抱いた。

昨日と同じようにエレベーターに乗り、科対班の部屋を目指す。

コピー用紙が貼られていたドアには、今日は真新しいドアプレートが付けられ、班の正式名称が印刷されていた。

『高度科学犯罪対策班』

ドアを開けると、昨日行われていた引っ越しは既に終わっていて、デスクには三人分の荷物が置かれており、二人の男性が座っていた。

珠緒はデスクの前に立つと、潑剌《はつらつ》とした挨拶《あいさつ》をした。

「本日より高度科学犯罪対策班の配属となりました、巡査部長の大村珠緒です。元は経堂警察署の刑事一課強行犯係に勤めておりました。精一杯頑張りますのでよろしくお願いします」

「よろしく」男のうち一人が、デスクに座ったまま答えた。「二週間前から科対班に配属されている国府龍平《こくふりゅうへい》だ。ここに来る前は一課の第二強行犯捜査に勤めていた。大村さんが配属されることは川岸から聞いていたよ」

珠緒は大きな声で、はい、と答えた。

国府は見たところ四十代後半から五十代前半ほどで、がっしりとした体つきにどこか気難しそうな表情をたたえていた。なんだか昭和の刑事ドラマに出てくる堅物刑事のように見える。

階級が重視される警察機構において、目上の人物である川岸班長を呼び捨てにしているので、もしかすると個人的な交流があるのかもしれないと珠緒は予想した。例えば、昔は川岸班長の上司だったとか。年齢的にも有り得そうだ。

国府は警部補だ。この年齢で警部以上の管理職に就いていないということは、現場に出ることにこだわりのあるベテラン刑事なのだろう。色々と学ばせてもらうことがありそうだ。

もう一人は丸眼鏡をかけた、ずんぐりとした体形の男性だった。いやいやいや、と言いながら重厚な動きで立ち上がり、珠緒に深々と礼をした。

「半年前に科学捜査官として採用されました、松浦雅之《まつうらまさゆき》です。二ヶ月前に警察学校を出た後は、国府さんと同じく第二強行犯捜査に勤めております。専門は電子情報です。よろしくお願いします」

どことなく関西の訛《なま》りがある。よろしくお願いします、と珠緒が答えると、松浦はニッと笑った。

恰幅《かっぷく》の良さといい、どことなく剽軽《ひょうきん》そうな人柄といい、刑事にはあまり居ないタイプの人だなと珠緒は思った。今まで自分が多くは関わってこなかった、科学捜査官というやつだ。

複雑化した犯罪に対処するために、今の警察はいろんなタイプの人員を採用している――とは経堂署の朝礼でも聞いたことがあるけれども、実際のところ珠緒は科学捜査官と捜査を進めるのは初めてだった。上手《うま》くやっていけるだろうか。

「関西の方ですよね。どうして警視庁に？」珠緒は聞いた。

「そりゃあ東京の方がおもろい……いえ、興味深い事件がありますもんで」

「もう一人、葵野さんという方は？」

実のところ、ずっと気になっていたことを珠緒は聞いた。松浦は室内の様子をきょろきょろ窺《うかが》うと言った。

「今は席を外しとります。さっきまでは居《お》ったんですが」

たしかに彼のデスクの上には、通勤用と思《おぼ》しき鞄《かばん》が載っていた。

葵野数則はどういう人物なのだろう。わからないが、少なくとも片付けが出来る人ではないらしいなと珠緒は思った。葵野のデスクは、何やらよくわからない私物で埋め尽くされている。

挨拶が終わり、パソコンやディスプレイのセットアップをしていると、ふいに部屋のドアが開き、一人の男性が入ってきた。

珠緒の脳裏に、『イケメンだ』という五文字が浮かんだ。

すらっとしたスーツ姿で、身長は百八十センチほどありそうだ。切れ長の二重まぶたは目尻《めじり》の所で少し下がっていて、鼻梁《びりょう》は高く異国的な趣きがあった。輪郭は古代ギリシャの彫刻みたいに完璧《かんぺき》なラインを描いていて、少し癖のついた髪の毛を中央で分けている。紺碧《こんぺき》のスーツはオーダーメイドしたものなのか、サイズがぴったりだった。

思わず見とれて、変な間が生まれてしまった。珠緒は慌てて、先ほどと同じ自己紹介を繰り返した。

「ああ、君が？」

男が爽《さわ》やかに笑って、手に持っていたコーヒーカップを、自分のデスクの分厚い本の上に置いた。紙面がたわんでカップが少しずり落ちたが、気にしている様子もなく言った。

「僕は葵野数則。前職は東京大学の数学科の准教授で、今は警視庁の科学捜査官をしている。川岸さんからは君とバディを組むと聞いているよ。よろしく」

柔らかな口調だった。イケメンの上にいい声だ。ずっとこの声を聞いていたいと思うような。

心の準備をしろだとか、急性ストレス性胃炎だとか、剣呑《けんのん》な話ばかりを聞いていたにしては、葵野数則はイケメンだし優しそうだし、とても良い人物に見えた。こんな男性とバディを組めるなんて、自分はラッキーなんじゃないかという気持ちさえ湧いてきた。少女漫画の主人公にでもなった気分だ。

そう楽天的に考え始めた珠緒に、葵野は先ほどと変わらない声色で言った。

「大村珠緒さんだね」

「はい、そうです」

「君は本当に素敵な名前を持っているね」

え、急に口説かれてる？　と珠緒は思った。イケメンに褒められるのは悪い気はしないが、チャラい男はNGなんだけどなという危惧《きぐ》も浮かんだ。

だが葵野は珠緒の危惧とは、全く別のことを口にした。

「珠というのはそろばんの『珠《たま》』だね」その漢字の持つ深みに感じ入るように、葵野は目をつぶった。「そろばんは一列に五つの珠を持っている、古代人の叡智《えいち》の詰まったデジタル計算機だ」

「はあ」

「それが入っているとは、本当に美しい名前だね」

「ありがとうございます……？」

どうしてそんな意味のわからないことを言うのだろう、というのが珠緒の率直な感想だった。もしかしてギャグだろうか？　と次に思った。そして、先ほど褒められたのは私の名前なのか、それともそろばんに込められた古代人の叡智なのか、果たしてどちらなのだろうと立て続けに思った。

「誕生日はいつだい？」

葵野は聞く。初対面の人とする話題がそれだろうかと思うものの、葵野の瞳《ひとみ》は無邪気な小学生のように輝いていて、疑問を挟む余地はどこにもなかった。

「六月二十七日ですが……」

「惜しい！」葵野は心底悔しそうに手を打った。「あと一日後に生まれていれば六月二十八日じゃないか！」

「はい……まあ」

「六も二十八も『完全数』といって、まだ人類が五十一個しか見つけていない、とても珍しい数なんだ。もう少しで生まれ月も生まれた日も完全数だったのに！」

珠緒はぽかんとした。葵野の方は、まるで「オリンピックの金メダルをすんでの所で逃しましたね」というくらいに憐《あわ》れんでいる。

「名前が『珠緒』で六月二十八日生まれ。素晴らしい調和だと思わないか」

「はあ……」

なんだこれは。

どうやら自分は口説かれているわけでも、ギャグを言われているわけでもないらしいということだけはわかった。

じゃあ何なのか、答えを知りたくて国府と松浦の方を見ると、松浦は今にも噴き出しそうに笑いを堪《こら》えていて、国府は渋い表情をしていた。

二人の反応から、どうやら葵野がこういった奇行を見せるのは、今回が初めてではないことが窺えた。

　ということはこうだ。

「あの……」珠緒は恐る恐る切り出した。「もしかして葵野さんって……めちゃくちゃ癖の強い人ですか？」

　発言と共に、松浦の方向から噴き出す音が聞こえたが、珠緒は聞こえないふりをした。葵野は腕を組み、数秒ほど熟慮すると言った。

「自覚はないのだが、よくそう言われる」

　ようやく腑《ふ》に落ちた。

　この人はいわゆる「残念なイケメン」なのだ。残念なイケメンとは、顔がイケメンなのに内面に問題があって台無しな人のことを言う。実在するとは聞いたが、目にするのは初めてだし、実際に対面してみると本当に勿体《もったい》ないなあと珠緒は思った。いくらイケメンとは言え、初対面の話題にそろばんと誕生日を採用する男は論外である。むしろ見た目がいい分、逆におかしさが強まっている気もする。

「あの……葵野さんの専攻って数学でしたっけ？」

　随分と数字にこだわりがある様子だったので、珠緒は聞いた。

「うん。だが『万学の祖』と呼ばれるアルキメデス然《しか》り、ニュートン然り、フォン・ノイマン然り、優れた数学者というものは専門分野以外の知識も深いものだ。自分もそうなりたいとは思っているがね」

葵野の言によると、単なる数学マニアというわけではなく、捜査に必要な知識も兼ね備えているようだ。恐らく。たぶん。そうであって欲しい。

前のバディが急性ストレス性胃炎になったことにも納得がいった。この癖が許せない人は絶対にいるだろう。葵野自身が気づいていない所で、徐々にストレスを溜《た》めていく人物像が容易に想像できる。本人に自覚がないだけで、悪い人ではないのだろうと珠緒は自分に言い聞かせた。

その時だった。川岸が部屋に入ってきて、素早く部屋を一瞥《いちべつ》すると言った。

「全員揃っているみたいですね」

はい、と入り口から一番近い席にいる松浦が答えた。

「朝礼を行います」

朝礼は川岸のデスクの前で行われた。ゆるやかな扇形を描いて立っている四人に向かって彼女は言った。

「本日より『高度科学犯罪対策班』を稼働します。科対班は新しい班ですので、班の存続のためには、何よりも事件を解決したという成果が求められます」

川岸は淡々と必要な情報を口にした。四人はうなずいた。

「早速ですが、本日から捜査に加わって欲しい事件があります」

事件と聞いて、自分の体に力がみなぎっていくのを珠緒は感じた。新しい環境への不安はもちろんあるけれども、刑事として事件を捜査すれば、とりあえず人の役には立てる。そしてこの葵野という人物についても、今よりも理解が出来る……はず。

「今朝、大田区の物流倉庫で一人の死体が見つかりました。現在は初動捜査の最中ですが、自殺か他殺か、まだ方針が定められていない段階です。担当の平和島《へいわじま》署と連携しつつ、科対班の立場から方針を決め、捜査を進めて下さい」

3

事件の起きた物流倉庫は、深山《ふかやま》ロジスティクスという物流会社が所有するもので、大田区の味気のない路地にあった。

錆《さ》びたトタン外壁の倉庫の出口に、所轄のパトカーが数台停まっていて、珠緒はその隣に、自分と葵野が乗っているパトカーを停めた。その横に、松浦と国府の乗ったパトカーが停まる。

ここに来る途中で、珠緒は葵野の経歴について聞いてみようとした。だが窓の外に映る風景から数字を何かしら見つけては、彼が喜々として話を脱線させてしまうので、結局は「なぜ科学捜査官になったのか」ということすらも聞けずじまいだった。

車を降りると、かすかに潮の匂いがした。

この辺りは倉庫街のため歩行者が少ない。野次馬も時たま現れては、すこしだけ様子を見て陽炎《かげろう》のように去って行くばかりだ。人口の密集している世田谷《せたがや》区の経堂署に勤めていた珠緒にとっては、新鮮な環境と言えなくもない。

倉庫の中に入る。リノベーションされているのか、外観の割に中は綺麗《きれい》だった。中には多くの棚が配置されている。どれも高さは二メートルを超える金属製のもので、それらが向かい合って設置されている様は小規模な森のようだ。

棚には段ボール箱が詰め込まれているが、奥方向に二つ連ねて置かれることはなく、つまりは商店の陳列棚と同じで、一目で全ての箱が目に入るようにされていた。

一つ一つの箱には、大きくQRコードが印刷されたものが貼りつけられている。たぶん商品のバーコードと同じように、あれが中に入っている物の情報を示しているのだろうと珠緒は思った。にしては妙に大きく、正方形のコードの一辺は二十センチ近くある。

死体のあった管理人室に向かう。

管理人室そのものは、倉庫の入り口からも見えていた。倉庫が吹き抜けになっており、階段が壁に沿って設置されていて、その先が二階部の管理人室に繋《つな》がっていたからだ。

管理人室の一面はガラス張りになっていて、中に数人の警察官がいることまでが、一階から視認できた。ガラス自体が経年劣化によって曇っているので、人数などの細かい部分はわからないけれども。

「なんでこんな形状なんでしょうね。サボっている従業員を、あそこから見つけるためですかね」

様子見に雑談でもしようと思って珠緒は聞いた。すると葵野は答えた。

「この倉庫は昔、工場として使われていたんだろうね。だから、全体の工程を把握する管制室としてあの部屋が置かれていたんだろう」

「ふうん、工場が倉庫になるんですか？」

「建築基準法に定められた要件を満たして、建築士が申請を行えばね。工場がテナントになることもあれば、飲食店になることもある。どう使うかは借りる側の自由だよ。学生の共同研究先で、小型航空機の工場を見せてもらったことがあるんだが、建物の形がこれと似ていてね。個人的にも感心しているところだ」

「へえ」当たり前だけれども、こんな変人の下にも学生が付いていたのだな、と珠緒は思った。

なんにせよ、基本的には昔の名残としてあの窓があるだけで、大きな意味はないのだろう。

管理人室に入る。

二十畳ほどの広さだ。手前に談話スペースがあり、革のひび割れたソファとパイプ椅子が机を挟んでいた。その横には本棚があり、物流やロジスティクスに関する本が並べられている。

白い布製のパーテーションを挟んでその奥が管理人室であり、外からガラス越しに見える空間だった。

そしてここが、本日遺体が見つかった場所である。

亡くなったのは管理人の大河原邦雄。彼の遺体は司法解剖のために近隣の医科大学に送られており、現在は数人の警察官が残りの現場検証を行っている所だった。

連携を担当する平和島署の刑事が、科対班の四人に言う。

「本日の朝五時、早朝のシフトに入っていた従業員の村上真《むらかみまこと》と内川春太《うちかわはるた》が、管理人室の窓越しに、シフトに入っていないはずの大河原邦雄が出勤していることを目撃した。ちょうどこの椅子に座っているのが見えたそうだ」

平和島署の刑事が、オフィスチェアを手袋越しに触った。革張りのもので、腰に取り付けられた大きな黒革がクッションになっている。銀色の土台には四つのキャスターが付いていた。

「ごつい人やったんやなあ」

松浦が言う。言われてみれば座面が高く、可動式のアームレストはほぼ最大の広さで固定されていた。そこにすっぽりと収まる熊のような体格の男性を珠緒は想像した。

「朝六時になって、早朝の出庫が一段落した後でも、大河原の体勢が変わっていないことに村上は気づき、違和感を覚えた」平和島署の刑事が言った。

「業務に集中しとるだけ、とは思わんかったんですか?」松浦が聞いた。

「大河原はデスクから離れた所に、明後日《あさって》の方向を向いて座っていたそうだ」

平和島署の刑事が「1」と書かれたマーカーを指さした。それは遺体発見時の椅子の位置を示しているようで、机から少し離れていた。

「後で写真も見せるが、この場所で一時間ほどじっとしているのを見れば……」

「おかしいとも思いますな」松浦は納得した。

「内川は二週間前に入ったばかりのバイトで、村上はその教育係だった。だから村上が代表して大河原の様子を見に行くことにした。尚《なお》、部屋に鍵《かぎ》はかかっていなかった。大河原の意識はなく、呼びかけてもぴくりともしなかった。二人は救急車を呼んだ。救急隊員が死亡を確認し、警察に通報した」

平和島署の刑事が、遺体発見時の写真を取り出した。一人ずつ回し見をしていく。

珠緒が見たところ大河原邦雄は、やはり大柄な男性だった。巨大なオフィスチェアに埋《うず》まるように座り、うつむいたまま死んでいる。だが、オフィスチェアから想像した人物像よりも比較的小さいなと珠緒は思った。身長は平均的な男性より少し高いくらいで、座面が高いために足が地面に付いていなかった。ちょうど予想した体格の男性を、横方向はそのままで縦方向に画像縮小した感じだ。

外傷はない。平和島署の刑事が言うように、机とは別の方向を向いている。管理人室のガラスは曇っているが、ここまで違和感のある状況ならば、外からでもおかしさに気づくだろうと珠緒は思った。

これらのデータは後で警察内ネット《イントラ》にアップロードされる。細かい確認はその時にしようと珠緒は思い、隣の葵野に写真を手渡した。

「自殺か他殺かがわからないと聞いたが」

国府が聞く。所轄として本庁に口を出されたくないという意地があるのか、平和島署の刑事は少しの反発を込めて答えた。

「もうすぐ捜査方針は決まる」

「どちらだ」

「自殺だ」

「方法は？」

「それが――」平和島署の刑事は少しの躊躇《ちゅうちょ》と共に言った。「青酸カリなんだよ」

レトロやな、と松浦が言った。国府が苦虫を噛《か》み潰したような顔をした。

「確実か？」

「確実だ。血液からシアン化物イオンが検出されているし、アーモンド臭もあった。司法解剖でも確証が取れた」

推理小説を通して、警察官以外の人たちにとっても、最も有名な毒物がこの青酸カリだろう。

だが現実にも使われる毒物であり、この事件の数日前にも、三人の男性を青酸カリで殺害した七十代の女性に死刑判決が出ていた。

とはいえ珠緒が今までに担当した事件の中には、青酸カリを用いたものはなかったので、事件の件数自体は多くはないのだろう。しかし具体的にどれくらいの頻度なのか、珠緒にはわからなかった。

「最初に青酸カリが毒物として脚光を浴びたのは、一九三〇年代のことだと言われている」

ふと葵野が言った。それは誰に言うでもなく、独り言のようでもなく、喩《たと》えるならば言葉だけがぽっかりと宙に浮かんだようだった。

葵野の専攻は数学だという。だがそういえば、専門分野以外の知識も深めたいと本人は言っていた。化学の造詣《ぞうけい》もあるのかもしれない。

「そうなんですか？」珠緒は内心、驚きながらも相槌《あいづち》を打った。葵野は、ようやく自分が声を発していることを自覚したというように言った。

「うん。一九三五年に青酸カリを用いた、小学校の校長が被害者の強盗殺人事件が起こった。当時は校長が区役所に教師全員の給料を取りに行っていたんだ。今にして考えると不用心だが、その頃は普通だったんだね。その帰りに、かねてからの顔見知りが声をかけて、喫茶店で青酸カリ入りの紅茶を飲ませて殺害し、現在の価値にして約六百万円相当の給与を奪い取った。当時は青酸カリの毒物としての威力が知られていなかったから、こんなにも効きの早い毒物は前例がないということで、『アメリカ式近代犯罪の勃発《ぼっぱつ》』と騒がれたそうだよ。それで青酸カリの威力が知られると、当時は薬局や文房具店で青酸カリが簡単に手に入る時代だったのもあって、青酸カリによる自殺や殺人が相次いだ。例を出すなら、アメリカ軍に追い詰められた日本軍が自決をするために配られていたのも青酸カリだ」

「じゃあ、戦前や戦時中にはよく使われていたということですか？」

「いや、もうすこし使われている。戦後は『毒物及び劇物取締法』を始めとした様々な法規制を受けてきたが、一九六〇年代の後半くらいまでは依然として青酸カリによる毒殺事件は起きている。一説によると太平洋戦争の時に、市民や帰還兵に配られた青酸カリが流通してしまったらしい。以降は下火になったが、最近もあったのは珠緒さんも知っての通りだよ。あの犯人が七十代の女性だったのは、ひょっとすると青酸カリが手に入りやすい時代に得たものを、こっそり隠し持っていたのかもしれないね」

平和島署の刑事は、目の前の男から専門的な知識がすらすらと出てきたことに、わずかな驚きを感じているようだった。

珠緒は段々と、川岸が葵野を「優秀な捜査官」と言っていた理由がわかってきた。

「どこで手に入れたんでしょう？」

手に入れたのが殺人者なのか大河原自身なのかはわからないので、主語を明確にせずに珠緒は言った。

「メッキ加工、医薬品、農薬……青酸カリの用途は幅広いからね。研究機関だけではなく、全国の工場でも使われている。法律で鍵付きの棚に保管することが求められているが、杜撰《ずさん》な管理をしている所もあるかもしれない。例えば、鍵を棚の横に置いておいたりとかね」

「そんなことがあるんですか？」

「自分も元は研究者だから、危険な物といえども、毎日使うものだと管理が杜撰になってしまう気持ちはわからなくもないが、とても良くないことだね。定期的に紛失のニュースも見る。青酸カリの致死量はたった〇・一五グラムだから、一グラム流出しただけでも六、七人は殺せる。だから他の毒物と比べると、むしろ入手難易度は低めかもしれない」

「でも、仮に自殺だとしたら」

珠緒は言った。科対班の他の三人は耳をそばだてた。

「どうして大河原はわざわざ青酸カリを使ったんでしょうね。だって、わざわざ盗んできたりとか、裏ルートを使って入手してきたわけでしょう」

珠緒は逆説的に、他殺なのではないかと言いたかった。

首吊《くびつ》り、飛び込み、飛び降り自殺、練炭自殺や「まぜるな危険」の洗剤を混ぜることで発生する塩素ガス自殺、睡眠薬やカフェイン錠のオーバードーズ等、様々な自殺方法がある中で、わざわざ手間をかけて青酸カリを入手して自殺する必要があるとは思えなかった。

大河原が普段からメッキ工場に勤めていて、青酸カリと関わる機会が多いというのならわからなくもないし、実際に農薬を使って自殺する農業従事者の話は聞くけれど、ここは物流倉庫であって青酸カリとは何の関係もない。

「大村は他殺だと言いたいのか?」

国府の質問に、珠緒は無意識的に姿勢を正した。

「はい」

「まあ自然な感想だな」国府も同じ意見のようで、珠緒はほっとした。「死因だけなら自分もそう判断する。平和島署はなぜ自殺だと考えているんだ?」

平和島署の刑事は腕を組み、及び腰で言った。
「我々も最初は他殺を疑った。ただ――」
刑事はそこで口をつぐんだ。そして、総合的には自殺と判断するのが妥当だという
のが多数意見だ、という煮え切らない返事をした。
「理由はなんだ？」
「込み入っている」平和島署の刑事は科対班の四人の方に向き直った。「管理人室の
入り口に監視カメラがあったのは覚えているか？」
珠緒は記憶を辿《たど》った。そう言えば一台置いてあった気がする。
「鑑識課の割り出した大河原邦雄の死亡推定時刻は、二十四時から二十五時だ。一方
で監視カメラの記録から、二十二時に草野庄悟《くさのしょうご》という従業員が管理人室に入り、約二
十分後に出てきて、それから朝六時に村上真が部屋に入るまで、人の出入りが一切な
かったことがわかっている」
「出入り口は一つでええんですか？　窓もありますけど」松浦が聞いた。
「この窓ははめ殺しだよ。こじ開けた形跡もない」平和島署の刑事は続けた。「また
補足的な情報だが、草野と、共に働いていた従業員の明石裕也《あかしゆうや》の二人が、二十三時頃
に動いている大河原の姿を目撃したらしい。一階から窓越しに、大河原がこのチェア
に座って、本棚とデスクの間を行き来しているのを見たそうだ。考え事をする時の癖

らしく、よくそうしているのが今までも目撃されていたらしい」

「二十三時時点で大河原が生きていたということは、二重の証拠から確実だということか」国府が言った。

「そうだ。尚《なお》、二人の退勤時間は二十三時三十分だ。こちらは倉庫入り口の監視カメラから裏付けが取れている」

「仮に、死亡時刻に犯人が部屋に居なかったとして……」珠緒は聞いた。「大河原の飲み物や食べ物にあらかじめ青酸カリを混ぜておき、大河原がたまたま飲んだのがその時刻だったということは考えられませんか？」

青酸カリについては詳しくないが、推理小説や刑事ドラマではそういったトリックがあると聞く。

先ほど葵野が出した校長殺人事件の例だって、紅茶に青酸カリが混ぜられていたそうだ。ならば、ありえなくはない気がする。

「だとすると、大河原が死亡した時刻に犯人が部屋にいる必要はないのでは？」珠緒は続けた。

「司法解剖の結果から、飲み物や食べ物に混ぜた可能性がないことはわかっている」と、平和島署の刑事は答えた。

法医学者は死体の胃の中身を確認する。この際に食べ物の消化度合によって、死のどれくらい前に食べた物なのかを判別することが出来る。

「大河原の胃の中には、青酸カリと一緒に口に入れたと考えられるものは、溶け残りのカプセルと、飲み下すために使ったと考えられるミネラルウォーター以外にはなかった。夕食にコンビニのカルボナーラを食べたようだが、消化度合からして青酸カリと同時に口に入れたとは考えづらい。大河原はカプセルの中に青酸カリを入れて、水で飲み下したんだ」

「なんでカプセルの中に入れたんでしょうね。自殺するだけならば、水に直接溶かして飲めばいいだけに思えます」珠緒は聞いた。

「珠緒さん。青酸カリを水に溶かして飲むと、アルミホイルと杏仁豆腐《あんにんどうふ》を混ぜたような味がするし、嘔吐《おうと》する可能性が高いんだよ」葵野が言った。「先ほどの校長殺人事件の時でも、校長は『紅茶の味と臭いがおかしい』と言って、店員に取り替えさせている。致死量が少ないから、それでも死亡することはあるのだけれども、確実性は下がるし、あまり気の進むやり方ではないだろうね。だから大河原がもし自殺したとしたら、より実現性の高い方法を選んでカプセルの中に入れたということになる」

うむ、と平和島署の刑事は相槌《あいづち》を打った。

「もちろん他殺だとしても、確実な方法を選ぶ。例えば『ビタミン剤だ』と騙《だま》して青酸カリ入りのカプセルを飲ませる方が、水に溶かして被害者に飲ませるよりもずっと成功しやすい」葵野は続けた。

「だがそうやって飲ませようとすると、結局のところ犯人は大河原と対面する必要がある」国府は言った。「その場で飲ませたというのならばわからなくもないが、むき出しの錠剤を手渡して『深夜二十四時に飲んでくれ』と命令したというのも……」

「ああ。それに机の上には空のビタミン剤の瓶があり、恐らく大河原はそれで青酸カリ入りのカプセルを持ち歩いたのだろうと見当が付いている。もちろん犯人の偽装だという可能性もあるが、そういった複雑な状況を考えるくらいならば、自殺だと考える方が自然だという、所轄の意見もわかってくれるかね」

珠緒はここまでに聞いた話をメモした。

二十二時、草野庄悟という従業員が管理人室に入る。

二十二時二十分頃、草野が管理人室を出る。以降の管理人室への出入りはない。

二十三時頃、管理人室の窓越しに、椅子に座って移動している大河原が、草野と明石裕也によって目撃される。

二十三時半、二人の従業員が倉庫を出る。

二十四時から二十五時、大河原は青酸カリ入りのカプセルを、ミネラルウォーターで飲み下し、数分後に死亡する。

五時、村上真と内川春太が出勤し、窓越しに大河原（遺体）を見る。

六時、村上が管理人室に入り、大河原の遺体を発見して救急車を呼び、救急隊員が死亡を確認する。


青酸カリによる自殺という、面倒な方法を用いていることを抜きにすれば、筋が通っている。

自殺全体の二パーセントが服毒自殺である。全体から見ると珍しいが、それでも年間に四百件ほど起こっている。

警察官というものもあくまで公務員で、正義というのは一連の手続きのことを指しているというのが、珠緒がこの九年間で得た持論だった。

大河原邦雄の死を自殺だと扱うことは、真実かどうかはともかく、少なくとも手続きとして正当性がある。そして正当性のあることを、暫定的な真実だと見做《みな》して捜査を進めるのが刑事の仕事だと珠緒は受け入れていた。

だから普段ならこれで決まりだ。だがなんとなく、今回に関してはこれだけでは終わらないような気がしていた。

それは目の前にいる葵野が思索に没頭しているような様子で、頭を搔《か》きながら顔を上げて、天井の右上の辺りをじっと見つめていたからだ。

熟考している。どう見たってこの場に、こんなにも考えを巡らせている人間は葵野以外にいない。もちろん手を抜いているわけでは決してないけれども、誰もがルーティンワークに従って仕事をしている。

何を考えているのか。

たぶん葵野は自殺以外の可能性を考えている。

死亡推定時刻と目撃証言という、二つの材料を出されても尚《なお》、他殺の可能性があると考えている。

どう考えても、正義という名の手続きからすると異分子的な意見だ。保守的な刑事ならば、捜査の邪魔だとさえも考えるかもしれない。

でも本当のところ、珠緒もその可能性はあるんじゃないかと思っていた。

なぜか。それは葵野が得意とするらしい科学的な視点では全くないのだけども、現場写真に映る大河原の死に顔から、なにやら無念めいたものを感じたからだった。

4

村上真、内川春太、草野庄悟、明石裕也の四人は、現在平和島署で事情聴取を受けている。また科対班が彼らの事情聴取をすることも、川岸の取り計らいによって可能となっていた。

だが平和島署に行く前に、今一度現場を調べてみたいと国府が言った。既に平和島署が初動捜査をした後なので、新しい事実は出てこないだろうが、自分たちで観察することによって得られるものもあるかもしれない。

部屋には、珠緒がギョッとしたものが二つあった。

一つ目は、机の右手にある幅二メートル、高さ二メートルほどの金属製ラックだ。ラック自体はごく普通のものだ。だがそこには業務に必要な書類や書籍の他に、雑誌、アイドルのCD、フィギュア、漫画本……そしてメカ的な趣味もあるのか、ラジコンヘリ、プラモデル、VR機器、ドローンなどが置いてあった。真面目な管理人室において、その一角だけは大河原の自室のような趣きがある。

「オタクですな。漫画本がほぼ全部二巻までで終わっとるから、あんまり一つのことには嵌《は》まらんタイプなんやろけど」松浦が言った。

「……ここ、管理人室ですよね。こんなに私物って置いてもいいんでしょうか」そもそもの疑問を珠緒は呟《つぶや》いた。

「まあ、デスクにポストカードや観葉植物を飾る人もおりますが……」松浦は言った。

「限度がある。堕落してるな」国府は一喝した。

どれだけ勤務先に私物を置いてもいいのかという議題に関しては、人によって意見は分かれると思う。だが大河原の部屋は、自分が保守的な公務員であることを差し引いても、さすがにやりすぎに思えた。自分の働きやすい環境を作るために私物を置くというよりは、この部屋が自分のものだと声高に主張しているかのようだった。

二つ目に気になったのはエアコンだ。

一般的なエアコンとは異なり、業務用の床に置くタイプの巨大なものだ。駅のプラットフォームにも置かれているような。

どうしてだろうと思っていると、葵野が言った。

「下のエアコンを新しいものに買い換える時に、古いものをこちらに持ってきたんだろうね」

なるほど、それならば合点が行くと珠緒は思った。ここが普通の部屋だと考えるとこのサイズは異常だが、物流倉庫の二階にあると考えると一般的に思える。

「羨《うらや》ましいですな。自分は暑がりで、十一月くらいまで冷房をかけとるんで、こんなエアコンがあったらたまらんでしょうなあ」

松浦が言う。痩《や》せましょうよ、という言葉が喉《のど》から出かけた。

どうやらかなり使い古されているらしい。吹き出し口の羽根にはくっきりと汚れが付着していて、元は白かったであろうカバーも黄色くなっていた。ところどころ埃《ほこり》がへばりついた黒い跡があり、中ではカビも繁殖していそうだ。

正面の企業ロゴの下には小さな蓋《ふた》があって、開けると操作パネルがあった。パネルを見つめながら、まあこんなものが事件に関係しているわけがないよなと思っていると、ほんの数センチ横に葵野の顔があって、思わず飛び退《の》いた。

珠緒の心臓が脈打っているのをよそに、葵野は平然とした口調で言った。

「この大きさのものならば、冷房能力は約二十キロワット。家庭用のエアコンが約二キロワットだから、その十倍だ」

やはり数学に関する話だ。ドキドキして損をしたと珠緒は思った。そうだ。基本的には、この男の頭の中には数字しかないのだ。

「冷房能力という言葉は、私もエアコンを選ぶ時に家電量販店で見た覚えがありますね」珠緒は相槌《あいづち》を打った。「大きい方が広い空間で使えて、小さい方が狭い空間に向いているとかで」

「そうだね。正確には冷房能力とは、単位時間中に空間から取り除く熱の大きさのことを言う。二キロワットなら二キロジュールの、二十キロワットなら二十キロジュールの熱を部屋から取り除く。冷房能力が十倍だと、十倍の広さの部屋を冷やせるとも言える。能力が高い方が効率的に部屋を冷やせる一方で、あまりにも高すぎると使いづらいという問題も生じる」

「余計な光熱費もかかるそうですね」

「うん。またエアコンの設定温度が二十度だったら、二十度の風が出るわけではなく、『部屋を二十度にする』動作をするようになっている。だから実際は二十度よりも冷たい風が出ているんだ。もしも『この部屋よりも十倍広い空間』を二十度にするようにこのエアコンが動作したら……」

「大きく温度が下がりそうですね」

「そう。簡易的な計算だが、最大出力の十六度で稼働した場合には、室内の温度は十度近くにまで下がるんじゃないかな」

「そんなに下がるんですか？」珠緒は思わずのけぞった。

「十倍の出力があるわけだからね」葵野はなんでもないことのように言った。「平和島署ではエアコンの操作パネルは調べているかな」

葵野は質問した。細かい部分だったからか、刑事は「おそらく」と答えた。

「必要であれば後で僕が調書にしよう。どちらにせよこのエアコンは、遺体が発見された時から誰も操作をしていない状態ということになる。大河原邦雄が使った時のままということだ」

手袋をした人差し指で、葵野は「運転」のボタンを押した。

ディスプレイにエアコンの設定温度が表示される。

十六度。

このエアコンの最低温度だ。

大河原は極度の暑がりだったのだろうか？　あるいは一気に部屋を涼しくしてからエアコンを切ることを好んでいたのだろうか。

珠緒は違和感を覚えた。とはいえ、立ち止まるほどではないと思った。言ってしまえば、靴の中に取り除くほどでもない小石が入ったくらいだ。しかし葵野は操作パネルを睨《にら》んだまま腕を組むと、じっと右上の方を見つめた。素早くまばたきを繰り返して、何かを考えている。

葵野は数秒ほど目をつぶると、科対班の三人の方に向き直って言った。

「このエアコンはタイマーを使って、夜間に起動されていたんじゃないかな」

「どうして？」珠緒は聞いた。

「死後硬直の進行を遅らせて、死亡推定時刻をごまかすためだよ」

ははあ、と、松浦が声を漏らした。

空調を使って死亡推定時刻をごまかすというのも、青酸カリと同じく、推理小説の古典的なトリックだ。

だが実際には珠緒は、そんな事件に遭遇したことはなかった。帰省をした時に、病死した母親の遺体を子供が発見したが、仕事で忙しいのでつい通報を後回しにして、腐敗を防ぐために冷房をかけたという事例を聞いたことはある。だがこれだって、トリックのために冷房を付けたわけではない。ちなみにこの事件については、死体を見つけても通報しないのは死体遺棄罪に当たるので有罪となった。

逆に言えば盲点とも言える。それが本当に出来るかなんて考えたことがない。考えたと言ってしまうこと自体、刑事のコミュニティだと恥ずかしいくらいだ。

さすがに面食らったのか、国府は恐る恐るといった声色で聞いた。

「……本当に出来るのか？」

「理論上は」葵野はさらりと言った。

「仮にそうだとして、状況証拠もあるんだぞ。従業員の草野と明石が、二十三時頃に大河原を見たと言っているんだ。それはどう考えてる？」

葵野はその質問には答えなかった。どうやら思考に耽《ふけ》っているらしい。悪気はないのだろうけれども、年長者の国府に対する恐れも知らない態度に、珠緒はちょっぴりハラハラした。

「面白いですな」松浦は興味深そうに言った。「確かに、死後硬直の方はクーラーで遅くなると思います。だが体温の方はどうでっか？」

体温、と葵野は繰り返した。

「そうです。検視の時には死後硬直の度合だけではなく、死体の体温も測ります。人は死んだらエネルギーを産生しなくなりますから、体温が大きく下がっている死体は、死後長い時間が経っとると見なされます。例えば……具体的な計算方法は知らんのですが、死んだら一時間ごとに体温が一度下がるとします。人間の深部体温の平均が約三十七度ですから、死体発見時の体温が三十四度だったとすると、この仮定だと三時間前に死亡したと推定されます。そやけど、もし途中でクーラーがかかっていた場合は、これ以上に体温が下がることになるので、つまり、死亡推定時刻は実際より早めに出るんちゃいますか？　なんなら、死後硬直の進行が遅いのに体温が下がりすぎてるってことで、検視官もクーラーがかかっとることに気づくんちゃいます？」

松浦だって、いい加減なように見えて、科学捜査官なんだなと珠緒は思った。専門外だと言っても、基本的な考え方については理解しているように見える。

「温度を下げすぎたらそうなる」葵野は答えた。「だが実際は、死亡推定時刻は単純に体温から割り出されるわけじゃない。微分方程式を用いる」

「あの……すみません。わかりやすく言い換えてもらっても良いでしょうか」意味不明な単語が出てきたので、珠緒は挙手をした。

葵野は講義の最中に、学生に質問をされたかのような微笑を浮かべた。

「実は死体の体温というのは、検視の際に二回、時間を分けて測られている。死体は放っておくと室温と同じ温度になるんだが、死んだ直後の方が温度の低下は激しい。例えば一時間に二度、次の一時間で一度、さらに次に〇・五度……のように、段々と下がり方がゆるやかになっていくわけだ。鑑識は実際には、このゆるやかさを元に死亡推定時刻を割り出している。元より死体の温度だけで死亡推定時刻を割り出そうとするのは、薄着の人と厚着の人、太っている人と痩せている人で体温の変化の仕方が違ったりと不都合な点が多い。もちろん考慮の材料にはなるけれど」

「じゃあ、冷やし方によっては、必ずしも死亡推定時刻が早まりはせんってことですか」松浦は聞いた。

「そういうことだ。後でシミュレーションもしてみよう」

「そこまで計算してクーラーをかけたとすると、かなり手の込んだ犯行やなと思いますが」

「確かに。周到な準備を感じるな。なにか執念めいたものが加害者を突き動かしたような……」

他殺の可能性を高く見積もりすぎていると思ったのか、国府が大きな声で割り込んだ。

「葵野の言い分はわかった」その声音には、内容はわかるけれども、それを自分が認めるには至らないという響きがあった。「だが、それをお前はどう証明するつもりだ。『冷やされていた可能性があります』じゃあ、検察は納得してくれないぞ」

刑事の仕事は犯人を見つけるだけでは終わらず、最終的には裁判で被告人を有罪にする必要がある。死亡推定時刻を誤認させることが可能だったとしても、それが実際に行われたという証拠がないと弱い。珠緒も同じことを思っていた。

「このエアコンは古典的な電子回路でしょうから、内部に操作履歴は残らんでしょうな」松浦が言った。

「じゃあどうする？」国府が訊《き》いた。

「監視カメラの映像を貰《もら》おう」葵野は答えた。

「わかっているとは思うが、管理人室の中に監視カメラはないぞ」

「管理人室の外のものだ」

「……？　外のものなら、平和島署へ既に提出してもらっていると思うが」

「一、一昨日のものが欲しい」

「……は？」

　国府は唖然《あぜん》とする。

　葵野は一体何を言っているのだろう。昨晩に管理人室の中でエアコンが稼働していることを確かめるのに、どうして管理人室の外の、それも事件がまだ起こっていない一、一昨日のものを欲しがるのだろう。

　だが葵野は他の三人が動揺していることには気づかないようで、あとで映像を貰えるか聞いてみよう、と誰に言うともなく口にした。

次に容疑者から話を聞くために平和島署に向かった。

5

事情聴取が始まる。

取調官は国府と珠緒だ。葵野は別働隊として、先ほどのエアコン仮説を――具体的にどうしているかは珠緒にはわからないけれども――検証していた。松浦はそのサポートに回っている。

最初に事情聴取をするのは村上真だ。彼は二十代後半の男性で、深山ロジスティクスのアルバイトである。筋骨隆々とした色黒の長髪男性で、趣味はサーフィンらしい。なんだか九〇年代の渋谷《しぶや》に居そうな見た目だなと珠緒は思った。

最初村上は、大河原がなんらかの病気の発作を起こしたと思ったらしい。大河原が健康診断でE判定を出していて、おまけに面倒がって病院に行っていなかったことを知っていたからだ。あの体形ならば無理もないだろうと珠緒は思った。

遺体発見時のことを詳しく聞いてみたが、平和島署の刑事から得られた情報以外のことは出てこなかった。

「大河原さんが誰かから恨みを買っていたという話は聞いたことがありますか」珠緒

は聞いた。

「むしろ慕われていたんじゃないですかね？　僕らは大河原さんのこと『恵比寿《えびす》様』と呼んでましたよ」村上は答えた。

「それはどうして？」体形は似ているかもしれない。

「こういう仕事だと、全員が平日に八時間勤務というわけではなくて、朝五時から夜二十二時まで、最低一人、可能ならば二人は倉庫に居なきゃいけないわけです。だから一ヶ月前には出勤可能な日を提出して、それを元に大河原さんがシフトを組むわけですけども、そうは言っても突然バイトがぶっちしたりとか、誰かが体調を崩したりとかで、流動的にならざるを得ないわけですよ」

「はい」

「ひどい所だと現場にシフト表が貼ってあって、本人への打診もなく勝手に休日出勤することになっていたりとかもありますね。でもこの現場ではそういった理不尽なことがなくて。よほど上手《うま》く管理をしていたのだと思います」

「ふむ」と、国府が唸った。

「またその一方で、恥ずかしながら自分も体調が悪くなったりとか、急用が入ったりとかして、大河原さんに『シフトを変えて欲しい』と頼むこともあるわけです。そういう時も嫌な顔を一つもせずにこちらの要望を聞いてくれて、本当にいい管理者だったと思いますよ」

「それで『恵比寿様』と」

「そうです」

「次の質問です。村上さんから見て、大河原さんに自殺をする動機はありましたか」

「わかりません」村上は即答した。全く同じことを一度聞かれたのだろうと珠緒は察した。

「また次の質問です。村上さんは従業員の内川春太さん、草野庄悟さん、明石裕也さんとはどういう関係でしたか？」

三人は、村上真と同じくこの事件の容疑者である。村上は答えた。

「内川は僕が教育係だったのでよく知ってます。草野さんは社員ですね。明石さんは……うーん」

「わかりませんか？」珠緒は聞いた。

「正直なところ、こういう不定期なシフトで働いていると、同じ現場にいる人がどういう人かを知らないこともあるんですよ。たまたま全然シフトがかぶらない人もいますし、あとはバイトだからだとは思うんですけど、自分の入っている時間以外に誰が働いているのかとかも教えられていなくて。明石さん……わかんないな」

村上真への事情聴取が終わる。

次は内川春太だ。

こちらは大学生のアルバイトらしく、村上とは対照的にほっそりしていて、着ている無地のTシャツの袖《そで》の部分がぶかぶかになっていた。物流倉庫と言えば重い物を運ぶイメージがあるが、こんな体つきでやっていけるのだろうか。

内川から聞いた話も、これまでに聞いた話とほぼ同じだった。大河原が恨みを買っていたか、あるいは自殺をする動機があったかという話については、まだ入って二週間なのでわからないと答えた。

次は草野庄悟だ。

三十代後半の男性だ。アルバイトである村上と内川とは異なり、彼は深山ロジスティクスの正社員である。その印象もあるのか、背筋もぴんと伸びているし、どことなくしっかりとしているように見える。インテリっぽい眼鏡をかけている一方で、永らく倉庫で業務をしていたからか筋肉も付いている。知力と筋力が通知表で評価される世界ならば、その両方に五を付けようとしているみたいだなと珠緒は思った。

「草野さんは昨日の二十二時に大河原さんと会ってますよね」珠緒は聞いた。

「はい」

か細い声で草野は言った。心理的なダメージを受けているように見える。彼は深山ロジスティクスの正社員で、大河原とは五年近く一緒に働いていたそうだから、村上と内川とは心境も異なるだろうと珠緒は思った。

　おまけに彼は生前の大河原が、最後に会った人間でもある。

「大河原さんとはどういう話をしましたか？」

　同情の念もあるが、刑事としての追及を緩めないように、自分の手綱を握り直すつもりで珠緒は聞いた。

「主に業務の話ですね。具体的には明後日《あさって》の入庫の多い時間帯にどう対応するかという話をしていました」

　草野はその内容を語った。彼の言葉通り、二人の会話は物流倉庫における業務に関するものでしかなく、事件との関係はなさそうだった。

「なにか普段と変わった様子はありましたか？」珠緒は聞いた。

「うーん……」草野はしばらく悩むと言った。「ないと思います。あるかと聞かれると、些細なことでも気になるものですが」

「どんなことでもいいので教えて下さい」

「最近、不安になって眠れないことがある、という話はよく聞いていました」

「大河原さんはどういうことを不安に思っていましたか？」

「大河原さんはずっと、趣味を優先する生き方をしていたのですよね」草野が言う。

　珠緒は管理人室に溢《あふ》れ返っていた私物のことを思い出した。「それゆえに永らく独り身だったのですが、しかし趣味に没頭する生き方というのも、年を取って体力がなくなってくると厳しいらしいですね。何かが好きだとか嫌いだとかいう指標を元に生きてきたはずなのに、その感情の働きそのものが弱ってくるので、どこにも寄る辺がない気分だと言っていました。一回り年の若い私にはわからない境地ですが」

確かに珠緒はあの管理人室を見た時に、物が多いがゆえに、かえってそれでも埋め切れない強い寂しさのようなものも感じたのだ。ほとんどの漫画が二巻で終わっていたのも、何にも熱中できない彼の心を象徴している気がした。とはいえ、その悩みはそれほど特殊でもない気がするし、自殺の理由としては不十分だろう。

「草野さんは二十二時二十分頃に大河原さんの部屋を出ました」珠緒は言った。

「はい」

「そして二十三時頃に、窓越しに大河原さんを見たという話ですね」

「そうです。アルバイトの明石と共に見ました」

「その時のことを詳しく教えて下さい」

珠緒の質問に、草野は腕を組んでから答えた。

「大河原さんがいつも座っている黒い椅子があるんですが」

「確認しております」あの革の厚い、高価そうな椅子だろう。

「深山ロジスティクス社全体で、従業員の椅子にはこだわっているようで、アメリカの高級家具メーカーの椅子を全社的に採用しているそうです。　大河原さんはそれに座って前後に動いておりました」

「動くというのは……例えば、子供を車輪付きの椅子に座らせると、地面を滑って遊んだりしますけど」

「子供ほど軽快ではないですが、動作としてはそういうことですね。考え事をする時の癖のようです。昨日以外でも何度か見たことがあります」

「具体的にはどういう動きでしょう」珠緒は聞いた。

　事情聴取に参加していない葵野からの唯一の要望として、大河原の動きを詳細に確認して欲しいというものがあった。どういう意図で知りたがっているのかはわからないけれども、業務として出来る限りの協力はしようと思っていた。

「前にそっと進んで、じっとその場に留《とど》まって……それから後ろにそっと進んで、またその場に留まって……という感じですね」

「往復運動ということですか。動きの幅としては？」珠緒は聞いた。

「ええっと……」細かい部分だったからか、草野はつっかえた。「すみません。そこまでは詳しく覚えていないのですが、幅としてはデスクの横幅と同じくらいなので、まあ……一から二メートルほどでしょうか。速度は結構ゆっくりで五秒ほどかけて前に移動して、同じ秒数だけ留まって、また同じ時間をかけて後ろに移動するという感じです」

「移動の最中に背伸びをしたりとか、腰をぐりっと回したりとかはしましたか？」と、葵野は聞いて欲しいと言っていた。

「そういう日もあったと思います」

「昨日はどうでした？」

「昨日は……すみません。そこまでは詳しくは見ていません。なんせ管理人室まではそれなりに距離がありますし、業務の最中にちらっと目に入ったという感じなので」

つまりは確実に証言できることは、『大河原が前後に動いていた』ことだけなのだろう。葵野の要望に応《こた》えるにはこれで充分だろうと珠緒は思った。

「大河原さんが移動している時、草野さんはなんの作業をしていたのでしょうか」

「私も明石もピッキングをしていました」

「ピッキング？」珠緒は思わず、泥棒がやる方のピッキングを思い浮かべた。

珠緒の心情を想像したのか、草野の口元が笑いの形になったが、取調室に居るという緊張は解けていないため、結果的に複雑な表情になった。

「出荷準備のことですよ。簡単に言うと、翌日の朝に運び出す予定の荷物を倉庫内の指定の場所に固めておくことです」

「夜のうちにやらなきゃ駄目なんですか？」

「朝五時過ぎには集荷が来ますからね。この業界は朝が早いんです。夜のうちにピッキングをやっておかないと、明日のシフトの人に怒られますよ」

「そういえば村上さんは、二十二時までが勤務時間だと言っていました。二十二時を過ぎても働いていたということは……草野さんも明石さんも、昨日は残業をしていたということでしょうか」

「そうです。昨日は入庫が多くて検品に時間がかかりました。そのためにピッキングが深夜になってしまったんです」

「大河原さんが残業をしていたのも同じ理由で？」

「いえ、大河原さんは倉庫の作業は行いませんからね。たぶん残業の理由は、最近だと承認作業や異動の調整だと思います」

「ありがとうございます」

次は明石裕也だ。

明石はアルバイトで、村上や草野と同じく、筋骨隆々な男性だった。倉庫だけあって体格がいい男性の多い職場だと珠緒は思った。

明石への事情聴取では新しい情報は得られなかった。ただ明石も村上と同じように、大河原を「恵比寿《えびす》様」と呼んでいた。面識のない二人が同じあだ名を使っているということは、それなりに膾炙《かいしゃ》した呼称なんだろうと珠緒は思った。

事情聴取が終わり、珠緒と国府は科対班の部屋に戻った。

ドアを開けると香《かぐわ》しいコーヒーの匂いがした。葵野がまた飲んでいるのだろう。

部屋の中には葵野と松浦が居る。葵野のパソコンの外付けディスプレイには、心電図のようなギザギザ形のグラフが表示されていた。

珠緒たちが戻ってきたことに気づいて、上機嫌に松浦が言った。

「大村さん、国府さん。ちょうどいい所に来ましたわ。このデータがアレでね。ホントね。すごいんですわ」

「はあ」珠緒はため息をついた。「一から十まで何のことかわかりませんが……」

「管理人室にエアコンがかけられていた証拠が出たんです」

「本当か？」松浦の言葉に、国府が身を乗り出した。

「証拠になるかはわからない。だが証拠能力はある」葵野は静かに口にした。

珠緒は動揺した。葵野は一昨日の、それも管理人室の外の監視カメラの映像を欲していた覚えがある。一体どうしてそれが、昨日管理人室の中でエアコンが稼働していた証拠に繋《つな》がるのだろう。

「管理人室の外の監視カメラには、映像だけではなく音声も残っている。もちろん映像がメインだから音質は悪いけどね。そこにエアコンの稼働音が残っていた」

葵野が言う。なるほどと珠緒は言いかけたが、正直なところあまり筋が通らない気がした。

というのも、倉庫には保管物の管理のために夜通しエアコンがかかっているからだ。つまり、ドアの向こうのエアコンの音よりも、よほどうるさい音が鳴り続けている。そもそも、ドアの先の管理人室のエアコンの音が、物理的に拾えるのかということにさえ疑問が残る。

「音の高さは周波数で表せる。人間には二十ヘルツから二万ヘルツまでの音が聞こえると言われているが、実際のところは高すぎても低すぎても聞こえづらくなり、四十ヘルツ以下の音は低すぎてほとんど聞き取れない。だが機械にとっては、管理人室にあるエアコンの三十ヘルツほどのコンプレッサーの音は轟音《ごうおん》だ」

「音が拾えることはわかりました。だとしても、結局は他の音と混ざってごっちゃになるんじゃないですか？」珠緒は聞いた。

「周波数分析という方法がある」葵野が指を立てた。「音を周波数ごとに分けるんだ。喩《たと》えるなら、黄色の絵の具を分解して赤と緑の絵の具を抽出するような方法だな。それを使うと、珠緒さんの言う『ごちゃごちゃした音』から三十ヘルツの音だけを抜き取ることが出来る。昨日の夜に監視カメラが記録した音の中に、三十ヘルツの音が残っていることを発見した」

「その三十ヘルツの音が管理人室のエアコンの音だという証拠はあるのか？　例えば、倉庫内のエアコンの音と誤認している可能性は？」国府は聞いた。

「倉庫内のエアコンの音が五十ヘルツであることは確認しました」葵野は答えた。

「じゃあ、他の音と取り違えている可能性は？」

「一昨日の監視カメラの音と比較しました」

葵野は別のグラフを出した。それは一昨日の監視カメラの音を周波数分析したもので、管理人室内に誰もおらず、エアコンを使っていない時間のものだという。

それと昨日の夜の監視カメラの音を見比べると、三十ヘルツの部分の高さが少し異なっている……気がする。

「人間にとっては誤差にも見えるが、パソコンにとっては有意差だ。昨日のデータから、一昨日のデータを引き算してみよう」

葵野はそう言ってマウスをクリックした。すると一昨日の結果から昨日の結果を引き算したものが表示された。

結果を見て、珠緒は息を呑《の》んだ。

「……三十ヘルツの音が残ってる」

ほら、と葵野は言った。心なしか上機嫌に。

「数学者ってこんなこともするんですか」珠緒は聞いた。

「うん。これはフーリエ解析と呼ぶ手法だ。数学者の生み出したこの手法は、工学などの様々な分野で応用されている」葵野は顔を上げて、入り口側に立っている珠緒と国府を見て言った。「それで、事情聴取はどうでしたか？」

「話を聞いた限りだと、大河原は従業員たちに好かれていたようでした」珠緒は答えた。「だから一見して容疑者四人とも、彼を殺す動機はないようでした。でも――」

その続きは、そこにいる誰もがわかっていた。まさか容疑者たちが刑事の珠緒たちに向かって「死んでせいせいした」だなんて言うはずがない。

これまで珠緒が関わってきた事件の被疑者だって、ほとんどは一見善良そうな人だった。誰が心の中で刑法の境界線を踏み越えているかはわからない。ここから見極めなければならないのだ。

「現状では二つの可能性がある」国府が状況を整理した。「『大河原はエアコンのタイマーをかけてから自殺した』。あるいは『誰かが大河原を殺してから、死亡推定時刻をごまかすためにエアコンをかけた』。筋書きだけを見れば後者にも説得力がある。だが……」

「大きな問題があるんですなあ」松浦が嘆息した。「二十三時頃に草野と明石が、窓の外から動いとる大河原を目撃しとります。それから朝六時に村上が管理人室に入るまで、誰も部屋の中には入っとりません」

「総合すると、エアコンの事実があって尚《なお》、自殺の方が有力だと言わざるを得ないが……」国府は言った。

「でも自殺の線では平和島署が既に着手しとりますよ。同じ軸で動いてもしゃーないんちゃいます？」

ふむ、と国府は腕を組んだ。

「だから、我々は他殺で動いてみませんか？　そっちの方がおもろ……いえ、事件解決の力になれると思いますし」松浦が言った。

「僕も他殺で調べてみたい」葵野が独り言のように呟《つぶや》いた。

「……わかった。じゃあ俺は平和島署と連携しつつ、大河原の人間関係を洗い直してみよう。自殺だとしても他殺だとしても役に立つだろう」

国府は言った。今回は若い二人の意見を採用してくれたのだろう。その心遣いを喜ぶように松浦が歯を見せた。

「ネット周りは私に任せて下さい。大河原のSNSのアカウントは全部特定したりますよ」

あまりにも怪しい笑みだったので、違法捜査だけはするなよ、と国府が釘《くぎ》を刺した。

「まだ作業の残りがあるし、やってみたい実験がある。少し時間をくれないか」

葵野が言う。三人から流れるように自主的な提案が出てきたので、珠緒は驚いた。

経堂署にいる時は常に上司の命令に従っていたし、そうやって心を無にして労働に奉仕することが警察官の仕事だと思っていた。でも、ここでは違うことが求められているらしい。

私は何をするべきだろう？

事件の情報を頭で整理する。無関係な事項を取り除き、同一のカテゴリのものを同じ場所に収める。それでもまだ乱雑で全体像は摑《つか》めない。でも、どうしても片付けたいと思う場所が一つだけある。珠緒は勇気を出して口にした。

「私は深山ロジスティクスの物流倉庫にもう一度行ってみて、容疑者の皆さんに再度話を聞いてみたいと思います」

国府がうなずいた。彼が納得しているならば、間違ったことは言っていないのだろうと珠緒は安堵《あんど》した。

翌日、珠緒はふたたび大田区の物流倉庫を訪れた。

6

パトカーを降りると、昨日よりも東京湾の磯の匂いが強くなっている気がした。何の啓示でもない、他愛《たあい》のない日常的な変化だ。

インターフォンを押したが反応はなかった。入り口が少しだけ開いていたので、「失礼します」とそこから呼びかけてみる。

それなりに大きな声で言ったつもりだったが、やはり反応がなかった。恐る恐る中に入ってみると、村上真と草野庄悟がいた。

耳元に高周波を感じて上空を眺めると、宙に一体のドローンが浮いていた。幅八十センチほどの大きさで、四つのプロペラが付いている。ニュースではよく見るドローンだが、肉眼で動いている所を見るのは今日が初めてかもしれない。SF映画さながらの動きに、思わず見とれてしまう。

草野からの視線を感じたので、失礼します、と珠緒は繰り返した。草野は市民が警察官に見せる画一的な怯《おび》えと共に「はい、お疲れさまです」と言った。

草野の手にはドローンの操縦桿《そうじゅうかん》が握られている。ディスプレイが付いていて、ドローンの視界を投影しているらしい。

珠緒は一旦《いったん》、草野の緊張をほぐした方がいいように思ったのと、子供じみた理由ながら、単純にドローンのことが気になったのもあって質問した。

「ドローンを動かしているんですか？」

「まあ、そうです」

「製品の試運転とか、そういう理由ですか？」珠緒は聞いた。

「いいえ。うちはただの倉庫なので試運転はやりません。ドローンを使って在庫の管理をしているんです」

「ドローンで在庫の管理が出来るんですか？」珠緒は驚いた。

「そうなんです」草野の声は弾んでいた。珠緒がドローンに興味を持っている様子なのが嬉《うれ》しかったのかもしれない。「飛び方をよく見て下さい。規則性があるでしょう」

見れば草野の言う通りだった。ドローンは飛び始めでは倉庫の棚に沿って平行に移動しているのだが、棚の端まで来ると一段上に移動する。そして再び上部の棚に沿って平行に移動する。そうやって棚の一番上の端まで来ると、今度は隣の棚の一番下まで移動して、また同じ飛び方をする。

「すべての棚を通るように動いてるんですね」

「そうです。そしてあのコードを読み取っているんです」

草野の指差した先には、段ボールに貼り付けられた一辺二十センチほどの巨大なQRコードがあった。すべての段ボールに似たコードが貼り付けられており、ドローンはそれを一つ一つ読み取りながら進んでいく。

「あのQRコードが、言ってしまえば在庫情報なんですよ。ドローンはその情報を集めて、在庫管理システムに送信しています」

「完全に理解できているとは言いがたいのですが、便利そうですね」

「便利ですよ。もしもドローンがなかったら、人間があのQRコードを一つ一つ手動で読み取らなければならないと言えば、その便利さがわかりますかね？　一年前までは実際にそうしていました。ごく最近、導入された管理方法なんです」

「それで草野さんはドローンを操縦しているんですね」

「いや、これは自動操縦です。私はただ、ドローンがぶつかったりはしないかと見張っているだけです」

言われてみれば草野は操縦部に手を置いているだけで、動かしている様子はなかった。先ほどの「ドローンを動かしているんですか？」に対する「まあ」という返答は、動かしているけれども操縦しているわけではないという、微妙なニュアンスがこもっていたのかもしれない。

「こう言っちゃなんですけど、楽そうですね」珠緒は続けた。「……その、楽というのはサボっているという意味ではなくて、業務が効率化されているというか」

「ふふふ、そうでしょう」

ドローンを用いた近代的な在庫管理を誇るように草野は微笑んだ。

「自動操縦ということは、あらかじめ飛び方をプログラムしてあるということですよね」珠緒は聞いた。

「そうです」

「刑事の私には、プログラムというものがよくわからないのですが」

「プログラムについては、単純な想像をしてくれればいいですよ。右に何センチ進んで、上に何センチ進んで……というのが、あらかじめ指定してあるという感じです」

「それだと……例えば一センチ発射位置がズレていたら、一センチズレたまま飛び続けちゃったりはしないんですか？」

「一センチくらいならば、ドローンが自分の見えているものから判断して補正してくれます」

「はあ、すごいですね。まるで人間が飛んでいるみたいです」

「でしょう！」

草野は興奮しながら語った。その熱心さにただならぬものを感じて、珠緒は聞いた。

「先ほど、ドローンが在庫管理に組み込まれたのは一年前だと言っていましたが……もしかして、それを主導したのは草野さんですか？」

「はい」と言ってから、草野は怪訝《けげん》な表情を浮かべた。「どうしてそれがわかったんですか？」

「随分と楽しそうに話すので」

草野は目を瞬《しばた》かせた。ようやく自分が熱中していることに気づいたのだろう。眼鏡の位置を直すと言った。

「……もちろん、当初は苦労しましたよ。プログラムの知識も趣味レベルでしたからね。業務に取り込むなんて夢物語でした。そこから少しずつ勉強して、今では在庫管理を半自動で行うことが出来るようになりました。大変でしたが、やって良かったと思います。業務の工数もかなり減らせましたし、私自身のプログラミング技術も向上しました」

倉庫の奥の方で、村上が荷卸しをしているのが見えた。随分と重い荷物を運んでいるらしく、額には玉の汗が浮かんでいる。それを見て、珠緒の頭にある提案が浮かんだ。

「次は『ドローンで荷物を運ぶ』とかどうでしょう？」

「出来ればいいんですけどね」草野は暗に否定した。「ただ、今の深山ロジスティクスだと在庫管理をするのが限界ですね。あのドローンも耐荷重は四キロといった所ですし、より高品質なドローンを買うくらいなら人件費の方が安いという問題もあります。何より段ボールを持ち上げるプログラムは、ただ飛ぶだけのプログラムよりも何倍も複雑で、作業フローに組み込めるかも未確定です」

「ちなみに四キロってどれくらいでしょう」

「二リットルのペットボトルが二本。新生児は持ち上げられるけれども、スイカ一玉は持てないくらいです」

つまり、あれを使って荷物を運ぶことは全くもって不可能だということだ。

雑談に一区切りがついたという空気があった。その途端、一陣の乾いた風が吹いたかのように草野は表情を消し、意図的な淡白さと共に言った。

「今日も事情聴取でしょうか」

不意に、目の前にいる人間が刑事であることを思い出したかのようだった。

珠緒は警察官として、市民から不自然なほどに警戒されることには慣れている。それがたとえ、先ほどまで雑談をしていた人間だとしても。だから草野のまとう空気の変化には気づかないふりをした。

「管理人室に案内してもらっても良いでしょうか」

「いいですよ」

珠緒はふたたび管理人室を訪れた。そして微妙な違和感を覚えた。昨日はここにあったものが、今日は消えている気がする。十秒ほど考えたがわからなかったので、一旦心の中の「保留」と名の付いたフォルダに入れた。

珠緒がここに来たことにはある目的があった。

それは大河原の人となりを知ることだ。彼がどういう人間なのかがわからなければ、彼が殺された理由もわからないと思ったのだ。

村上の語る、従業員に寛大な大河原。草野の語る、趣味に生きるが衰えを感じている大河原。私物の多い管理人室が帯びる、一抹の寂しさと排他性。だがそれらはバラバラの断片《プロップ》に過ぎず、珠緒は彼の本質とも言える部分を知らない。

それを知るためには、この管理人室を調べるのが一番いい。この部屋にいる時間が大河原の生活の大半だったこと、大量の私物が置かれていることなど、様々な理由から、この部屋が彼の内面を表していると考えていいように思える。

管理人室の机の上には書類の山があった。珠緒からすると漢字が多くて嫌になるようなものだったが、頑張って数枚読んだ。とはいえ目的にはあまり近づいていない気がした。これではあまりにも具体的すぎて、木を見て森を見ずという慣用句を自らが実演しているような気分になる。

次に机の引き出しを開けてみた。すると一番下の引き出しに、くしゃくしゃの紙を何枚も束ねたものがあった。

この物流倉庫のシフト表だった。

シフト表は月ごとにあった。何度か手直しをされたらしく、パソコンで作成した表の上には手書きの修正がいくつも入っている。しわが多いのは、大河原自身が何度も手に取って確認したためだろう。

そういえば村上は、大河原はとても腕の立つ管理人で、理不尽なシフトの変更はほとんどなく、急な休みも取りやすかったと言っていた。

刑事をやっていると忘れがちになるが、一日の所定労働時間は八時間であり、それに労働日数を掛け合わせれば一月の労働時間になる。

それを基準にして、一人一人の労働時間を計算してみると、確かにほとんど全員が所定労働時間＋αくらいの範囲に収まっているように見える。手書きの修正を見る限り、急な欠勤などもたびたびあるみたいなのに、まるで魔法のようだ。

珠緒はなんだか騙《だま》されているような気がした。

村上が語った所によると、この倉庫には常に一人か二人が常駐している必要があるという。だとすると、誰かが急に休んでしまったら、その穴を誰かが埋めなければならないというのは物の道理ではないか？　なのに、どうしてこんなにも上手《うま》く出来ているのだろう。

珠緒はもっと注意深くシフト表を見てみることにした。

すると他の人間が快適に働くために、二、三人の人間が割を食っていることがわかった。

例えばバイトの欠勤などでシフトに穴が開いた場合などに、彼らが急に出勤することによってカバーしているのだ。

そのうち一人の名前は知っている。

草野庄悟だ。

大河原は村上と明石から「恵比寿《えびす》様」と呼ばれていた。

しかし実態は違ったのではないか？　彼は多数の人間に慕われるために、増えた仕事や理不尽なシフトの変更を、断れなそうで口が重い一部の従業員に押し付けて、自分だけがいい顔をしていたのではないだろうか？

村上は自分はアルバイトなので、全体のシフトは知らされていないと言っていた。情報を制限しないと、自分が「恵比寿様」で居られるカラクリがわかってしまうから、意図的に隠しているのではないかという勘ぐりさえも浮かんだ。

大河原の二面性が、殺害動機を解き明かすヒントになるだろうかと考えながら、珠緒はシフト表をパラパラとめくった。

大河原は五年近くこの倉庫で働いていた。五年×十二ヶ月で六十枚だから、結構な枚数がある。六十という数字を聞いたら、あの数学マニアは何を言うだろう。私にとってはただの六十でしかないけれど。

その時だった。ふいに一枚のシフト表に目が留まった。

今から約二年半前のシフト表だ。一目で奇妙に思った。今は草野を含めた二、三人で分割している「理不尽さ」を、たった一人の人間が背負っている。その人間の残業時間は、珠緒が足してみたところ月百五十時間を超えていた。明らかな違法労働だ。

福添清春《ふくぞえきよはる》。

その男の名前だ。福添は半年以上そのシフトで働かされた後、二年前のある日を境にしてぱたりと姿を消していた。

その月のその日以降は、福添が出勤する予定だった時間を全て他の人が肩代わりしているから、本当に突然居なくなったという感じだった。

珠緒はなんだか胸騒ぎがした。

珠緒はシフト表を元の引き出しに戻した。管理人室を出て一階に下り、すぐ近くの業務用エアコンの前で、Tシャツをぱたぱたさせて涼んでいる村上真に声をかけた。

「あ、お疲れさまです」村上が言った。

「聞きたいことがあるのですが」

「はい。なんでも答えますよ」村上は汗に濡《ぬ》れた長髪を耳にかけた。

「福添さんという男性についてなのですが——」

その名前を出した途端に、村上の表情が曇った。取調室では見せていない、苦悶《くもん》に満ちた表情だった。

明らかに何かがおかしい。そう思った珠緒は畳み掛けるように言った。

「知っていることがあるなら教えて下さい」

「知りません！……いや、本当に知らないんです。僕が入ったのはその人が居なくなった後なんで。……ただその人、死んだって聞いてます」

珠緒は言葉を失った。シフト表から名前が消えていたのは、亡くなっていたからだった。

「自分でも気にはなっていたんです。だって自分の職場で人が死んだって言ったら、……ねえ、普通は気になるじゃないですか」村上が小声で呟《つぶや》いた。

「誰かに事情を聞こうとは思わなかったんですか？」

「なんか……そういう機会がなくて」村上は自分の足元にある砂礫《されき》を、スニーカーの先で転がした。「草野さんなら知ってると思いますよ。あの人は福添さんが亡くなった頃にもこの倉庫に居たはずなので」

珠緒は草野の下へ向かった。

草野は事情聴取の時に話していた、たぶん「ピッキング」と名のつく作業をしていた。珠緒が近づいてくるのを見て、汗の付着した眼鏡を一度外し、ポケットティッシュで拭《ぬぐ》ってから顔を上げた。

「ご質問があるのですが」珠緒が言った。

「はい、なんでしょう」

「福添さんという男性をご存知ですね」

珠緒の質問に草野の肩が強張《こわば》り、目に見えてわかるくらいに血の気が引いていった。

知っているのだと珠緒は思った。そして恐らく、それについて話すのを好ましく思っていない。

「亡くなった元同僚です」と草野は言った。

聞きたくないと珠緒は本心では思った。たぶん、それは草野の心の中の領域に侵入し、彼を傷つけることになるからだ。でも仕方ない。福添という人物が事件に関係しているかはわからないが、これは刑事として必要なことだから。

珠緒は意図的な無感覚を作り、体を無重力に放り出すような気分で言った。

「差し支えなければ詳しくお聞かせ下さい」

草野の語ったことは以下の通りだった。

福添清春は東京海洋大学大学院の流通情報工学系専攻を卒業した後、深山ロジスティクスに新卒入社した。大学入試で一浪したらしく、当時は二十五歳だった。

深山ロジスティクスは二種類の採用枠を設けている。将来の管理職候補と、現場で働く従業員である。

後者は基本的にはずっと現場で働く。出世したとしても大河原のように、一倉庫の管理人になるのが関の山である。

一方、前者は将来的に本社の管理職になることが見込まれている。だが下積みとして、彼らにも入社直後の数年間を倉庫で勤務させる制度がある。福添はその制度の一環としてこの倉庫にやってきた。だから現場組である草野とは、同じ地位とはいえども意味合いは違っていた。

もしも亡くならずに働いていていたら、今頃はこの倉庫の管理人になっていただろうと草野は言う。そしてその先には、本社の管理職があっただろうとも。

「どうして亡くなったんでしょうか」

一定の声音を保ちながら珠緒は言った。草野は躊躇《ためら》いがちに答えた。

「バイク事故です。この倉庫から帰宅している最中に事故に遭いました。時刻は深夜二時くらいだったと思います」

その答えに、珠緒は明確な違和感を覚えた。ただそれについては胸の内に秘めておき、別の質問を口にした。

「深夜二時というのは遅い時間ですね」

「残業していたのだと思います。その日は入庫が多かったので」

「……もしかして、過労が事故の原因ですか？」

深夜二時まで働いていたということと、あの異常なシフト表を見る限り、その可能性もあり得ると思った。

草野は押し黙り、じっと思索を深めてから言った。

「ある裁判で、超過勤務をさせられた従業員が帰宅中に事故死をして、それが過労死認定されたというものがありましたね。ただ福添の事例が、これに当てはまるかはわかりません。遺族は裁判をしていませんからね」

「福添さんと草野さんの関係はどうでしたか？」

「同じ社員ですからね。立場は違えど感じ合う所はありました」

「福添さんと大河原さんの関係はどうでしたか？」

草野はまた口をつぐんだ。そして、もう何も話さないんじゃないかと思うほどの、長い沈黙の後に口を開いた。

「……別に。普通だったと思います」

ありがとうございますと言って、珠緒は倉庫を去った。


パトカーに乗る。ハンドルにもたれかかり、しばらく目をつぶる。一人になると、自分が刑事から元の大村珠緒に戻っていく感覚がある。体の表面からすうっと黒い影が抜けていくような感じだ。大丈夫。私はいつでも私に戻れる。

待ち受けにしている大好きなお笑い芸人の写真を見て、少しだけ元気を貰《もら》った。

パトカーを警視庁の駐車場に止めた時、ちょうど公用の携帯電話に葵野からの共有があった。今は班室から席を外していて、会議室で実験を行っているのだという。返信をして、珠緒は会議室に向かった。

部屋の前まで来た段階で、なにやら異常なことが起きているのを察した。

元々会議室の中にあった、椅子や机が無秩序に外に放り出されている。またあの数学マニアが変なことをしているのだろう。呆《あき》れながらも、ちょっぴり面白がっている自分に気づく。おっと、これではまるで刑事らしくない。

努めて真面目な表情を作りながら会議室に入った。すると、中にいるのは葵野と松浦の二人だけだった。

「何をしているんですか？」自然と緊張を解いて珠緒は言った。

「実験だよ」

そう口にする葵野は妙に楽しげだ。科学者の気質だろうか。

部屋の中は管理人室に似せられていた。大河原が使っていたのと同じ椅子が置かれていて、その上には巨漢の男性……つまりは松浦が座っている。

「どうも、被害者役です」と、松浦が説明した。

「随分と座面が高いですね」珠緒が言った。松浦の足が浮くほどに、チェアの座面は高く設定されていた。

「遺体発見時と同じ高さにしてある」と、葵野は答えた。

珠緒は記憶を辿《たど》った。そういえば遺体写真において、大河原は妙に座面を高くして座っていた。

「いやあ、松浦くんがたまたま、被害者と同じ肥満体型で助かったよ！」葵野は上機嫌に言った。

「褒められとるみたいやけど、複雑な気分ですな」松浦は小声で答えた。

松浦は小さなダンベルを持っている。恐らく大河原の方が松浦よりも重くて、その分をダンベルで補塡《ほてん》しているのだろう。

見れば会議室の隅には大小様々のダンベルが置かれている。松浦の体重を量って、どういう状況になっても大河原の体重を再現できるようにしていたのだろう。

部屋には机が一つだけあって、その上には先ほど見たばかりの物が置かれていた。ドローンだ。

そう言えば大河原の部屋にもドローンがあった。よく見ると、先ほど草野が起動していたものの色違いだ。

「ここにあるものは、大河原が所有していたものと同じものですか？」

「そう。実は昨日平和島署に頼んで、実物を押収してもらっている。そちらは平和島署に保管されていて、目の前のものはそれと同じモデルだ」

珠緒は、先ほど管理人室に入った時に「何かが足りないような違和感」を覚えたことを思い出した。ドローンが消えていたのか。

「このドローンで何をするんですか？」

「松浦くんの乗っている椅子を動かす」

「ええと……なぜ？」

「草野と明石が窓越しに見た『動いている大河原』が、生きている大河原ではなく、ドローンによって操縦されていた死体であることを証明するためだ」

珠緒は仰天した。葵野は一昨日《おととい》の二十三時頃に、草野と明石が目撃した大河原は死体だったのではないかと提言しているのだ。

確かに管理人室の窓の曇り具合からすると、死体を生きている人間と取り違える可能性はある。

それが可能だったとすると、葵野が前に話していた、クーラーによって死亡推定時刻を誤認させたという話も、俄然《がぜん》現実味を帯びてくる。

ストーリーとしては理解できる。珠緒が引っかかったのは方法だ。

「本当にドローンで椅子が動くんですか」

「というと？」

「そのドローンの耐荷重は四キロ。二リットルのペットボトル二本は持てるけれども、スイカ一玉は持てないくらいの出力なんです。それで百キロ近い被害者の体を動かすなんて無理ですよ」

「ほう、よく知ってますな」松浦は目を丸くした。

今の知識は全て、先ほど倉庫で聞いたことをそのまま引用しただけだったので、感心されるのもちょっと居心地が悪かった。

「四キロあれば充分だよ」葵野はどうということもないというように答えた。

「もしも椅子が二十キロだとすれば、合わせて百二十キロです。大河原を動かすためには、三十倍の力が必要になります」珠緒が言った。

「三十倍の力を出す方法がある」

「どうやって」

「摩擦を使う」

摩擦と聞いて、珠緒は妙に眠くなった。たぶん高校の物理の授業はほとんど寝ていたからだろう。あの眠気がフラッシュバックしたのだ。頬をパチパチと叩《たた》いて意識を呼び覚ました。

「ここからは実際にやってみた方が早いだろう。松浦くん、準備はいいね」

「ええですよー」と、松浦は脱力気味に言った。

葵野は操縦桿《そうじゅうかん》を手に取り、ドローンを操縦しはじめた。先ほど草野による円滑な動作を見ていたからか、妙にたどたどしい動きに思える。こんなもので本当に椅子が動かせるのかと思っていると、ドローンは銀色の土台に触れて、そして……。

「動いた！」珠緒はあっと驚いた。

「本当に動くんですな」松浦は目をぱちくりさせた。

「メーカーに問い合わせてね。そのキャスターの摩擦係数は〇・〇三だと聞いた。摩擦力の公式は摩擦係数×重さだから、〇・〇三×百二十キロ＝三・六キロの力があれば人間の体は動かせる。また耐荷重というのはメーカーが保証している重さであって、実際はそれ以上の力が出ることを考えれば、余裕の残る数字だよ」

「草野は大河原の動きについて、前進して止まって、後退して止まって……と言ってましたが……」珠緒は言った。

「前方向にドローンで動かして、逆側に回り込んで、後ろ方向に動かして、また逆側に回り込んで……というのを繰り返していたのだろう。大河原の普段の癖を再現しているという意味もあるだろうし、ドローンで動かすことを考えてもその方が都合がいい」

「ドローンを操作している間、倉庫の作業はどうするんでっか？　確か当時、草野も明石もピッキングをしていたんでしょう？」松浦は聞いた。

「ドローンは自動操縦が出来る。あらかじめプログラムしておいたんだろう」

「プログラムをするにしても、かなり繊細な動きやないですか？　どうしても一センチや二センチのズレが出てきて、死体が変な方向に動いて、あぼーん、ってなりそうですが」松浦はおどけた身振りをした。

「ドローンは細かな誤差を、自分自身の視界を元に調整できる」

「ほう。じゃあ、現場検証の時にドローンが棚の上にあったのは――」

「全てを終えたら、棚に戻るようにプログラムしていたんだろう。つまり、犯人はかなりプログラミングに手練《てだ》れた人物だ」

「それだけの手間をかけても、大河原が動いとることに、被疑者じゃない方の従業員が気づいてくれんかったらどうするんでっか？」

「窓を見るように仕向ければいい。その人に『大河原さん、今日も考え事をしてるね』とでも言って」

「大河原の足が浮いとるのは、殺害後に犯人が椅子の座面を持ち上げたっていうことでっか。足が地面に付いてたら摩擦係数が増えてしまいますもんな。……まあ、ある程度の筋力があれば可能でっか」松浦は独りごちた。「ドローンを犯行に使ったっちゅう証拠はあるんですか？」

「それを得るために、事前にドローンを押収して貰《もら》ったんだ。どうやら稼働した後に自分自身を削除するようなコードを組んだらしく、プログラム自体は残っていなかったのだが、平和島署がデジタル・フォレンジックを行ってね。大河原の遺体を動かしてから棚に戻るようなプログラムが存在していたことが明らかになった」

「なるほど」松浦は愉快そうに口角を上げた。「それと、葵野さんはエアコンによる死亡推定時刻のズレもシミュレーションしとったと思いますが、そちらとも矛盾はなかったですか？」

「ない。具体的には、周波数分析によって明らかになったエアコンの稼働時間は二十二時十六分から一時十六分で、三時間のタイマーをかけたと思われるが、検死結果と照らし合わせても、二十二時台に大河原が死亡したとして矛盾はなかった」

「よし、じゃあ国府さんと打ち合わせた後、平和島署に共有しましょう」

松浦は手を打った。それから思い出したかのように言った。

「ああ、そうだ。動機には目星が付いとるんですか」

葵野は悩ましげに顎《あご》に手を当てた。

「僕には他人の気持ちがわからなくてね。まるで見当がつかないんだ」

他人の気持ちを想像する時、人はその人物と同じ立場になったつもりで、自分ならどうするかを考える。

もちろん自分と他人が同じであるわけがない。でも意識的にせよ無意識的にせよ、便宜上はそうする。その点、葵野は前提である「自分と他人を同一視する」ことが、変人の自覚があるがゆえに苦手なんだろうと珠緒は分析した。

私は私の考えていることを他人に想像されるのが嫌いだから、他人の気持ちがわかることが自然だと考えている人間がちょっと苦手だ。そういう意味ではまだ「わからない」と言われる方が好感が湧く。なんて考えてしまう自分は、ちょっぴり彼に肩入れしすぎているだろうかと珠緒は思った。

「動機……もしかするとわかるかもしれません」

珠緒が言う。おお、と葵野は感嘆した。

私は葵野とは違って、自分と他人の便宜上の同一視には慣れている。それが刑事の仕事に含まれているし、それを調書に書き表すことだって、九年間の勤務によって人並み程度には出来るようになった。

科対班による捜査状況は平和島署に共有され、二日後には犯人が検挙された。

7

彼が犯人であるということは、ほとんど状況証拠によって明らかであり、後は速やかな刑事手続きのために、自白を引き出すだけの段階となった。

真相を暴いたのが科対班の葵野ということもあり、最初に取り調べを行う権利が科対班に与えられた。

そこで、動機に当たりが付いている珠緒が取り調べをすることになった。

くわえて今回は、犯人の緊張を解くために、彼女が一人で取調官を務める。

取調室の椅子に座り、被疑者を待ちながら、珠緒はふしぎな気分になった。本来、取り調べはベテランの刑事がやる花形の仕事で、自分が行う時にも必ず先輩が同席していた。だからまさかたった三日前に入った部署で、こんな大役を務めることになるとは思わなかった。

彼が取調室にやってくる。

簡単な挨拶《あいさつ》を済ませ、便宜上の雑談を終えると、珠緒は言った。

「逮捕状にある被疑事実はご覧になっていますね」

彼はすっと断頭台に首を差し出すようにうなずいた。

「草野庄悟さん、あなたが大河原邦雄を殺した犯人ですね」

草野は少しだけうなだれると、すぐに元の姿勢に戻って言った。

「……はい」

珠緒は安堵《あんど》した。赤ん坊が駄々をこねるように、罪を認めない被疑者も中にはいるからだ。その点、草野の腹は決まっているらしい。

「……逮捕状が出る前から、薄々覚悟はしていたのですよ」草野は机の下で指を組んだ。「大村さんが倉庫に来た時には、既にドローンが押収されていましたからね。トリックに見当が付いていなければまず調べないでしょうから」

当時、葵野がドローンを押収していたことを珠緒は知らなかった。証拠隠滅を防ぐために早めに手を打ったのだろうけれど、次からは共有を徹底するように、バディとして提言した方が良さそうだなと珠緒は思った。

大河原を殺したのは草野だ。二十二時に管理人室を訪れた彼は、大河原に青酸カリ入りのカプセルを飲ませた。それからエアコンとドローンの二重トリックによって、死亡推定時刻を偽装し、自殺に見せかけようとした。

珠緒は小さく深呼吸をすると言った。

「では、事件の話をしていただけますか」

「はい」

「殺害動機は、亡くなられた福添さんの復讐ですね」

草野は右上を見つめたが、その方向には何もなかった。経年劣化した蛍光灯が、淀《よど》んだ卵色の光を発しているだけだ。

「そうです」

「私に話してくれたよりも、実際にはもっと仲は深かったわけですか」

「年は少し離れていましたが、親友でした。よく、ヨットで東京湾に釣りに行きましたよ。私は工学の話が好きでね。でも身近には話せる人が居なかったので、福添が唯一の相手でした。釣りに行った帰りには居酒屋に行って、宇宙エレベーターが出来るかどうかなんて、専門家でもなんでもないのに、子供みたいな話をして……楽しかったなあ……あの頃は」

「…………」

「福添は大河原に殺されたんです。少なくとも私はそう思っています。この物流倉庫にしか居場所がなく、加齢と共に趣味も失い、もはや自分の居場所を守ることと外部に攻撃性を向けることにしか興味が無くなった彼は、次期管理人と言われて、自分の立場を脅かしかねない福添のことを異常に嫌っておりました。そして殺人的な量の業務を押し付けていたんです」

珠緒は管理人室で見たシフト表のことを思い出した。福添の残業時間は、月百五十時間を超えていた。

「他の社員の方は、福添さんだけが働かされていることに気づかなかったんでしょうか」

「あの頃は、全体のシフト表は大河原にしか見られなかったんです。今もアルバイトの方には公開していませんけれどね。福添が異常に疲れていることに気づいた社員もいたかもしれませんが、そんな時、福添は明るくて気遣いの出来る男ですから、『問題ない』と答えていました。くわえて、過剰な労働は交感神経を昂《たか》ぶらせます。本人の物差しも狂っていたのかもしれません」

「だから草野さんも気づかなかった」

「はい」と言ってから、草野は訂正した。「いや、今のは自己弁護でした。自分に許しを与えているだけです。気づくチャンスは幾らでもあった」

草野は大きく息を吐いた。そのタイミングで珠緒も息を整え、彼の話に対して心の準備をした。声量の定まらない、震える声で草野は言った。

「だって……自分がシフトに入った時には必ず福添がいたわけです。でも……当時は私も、私生活が忙しかったんです。だから見て見ぬふりをした。死ぬだなんて……まさか、そこまでだとは思わなかった」

草野は話しながら、恐らくは彼自身も意識していない動作として、自分の頰の肉を滅茶苦茶《めちゃくちゃ》な力で摑《つか》み続けていた。なにか取り返しの付かないものの縮図のようだと珠緒は思った。

珠緒はそれにには意図的に気づかないふりをして言った。

「実は草野さんに福添さんの話を聞いた時、違和感があったんです。草野さんは事件があったのが深夜二時頃だって言ってましたが、そんなこと、親しい人じゃないと覚えてませんから」

「そんな所で」草野は喉《のど》がかすれるような音を漏らした。

「福添さんと大河原の関係を聞いた時の反応も変でしたし、あの時から草野さんが犯人なんじゃないかと思っていました」

「……さすがは刑事さんだ」

珠緒は何も言わなかった。草野は充血した瞳《ひとみ》で珠緒を見つめた。

「福添が死んだのは深夜二時頃。この時刻はたぶん、死ぬまで忘れないでしょうね。遺族にも言ってませんが、福添と最後に話したのは私だったんです」

「そうだったんですか」

「深夜〇時に、福添から電話があったんですよ。業務に関する簡単な質問だったんですけど。『お前そんな時間まで仕事してんのかよ』と私は笑いました。すると、彼は『ああ、まだ終わらなくて。あと二時間くらいかかると思う』と言いました。だから事故があったのは二時台だろうとわかったんです。……なぜあの時に私は、『そんな仕事は放《ほ》っといて早く帰れよ』と言えなかったのか。今でも時々考えます」

草野は両手で顔を隠した。珠緒には見せないようにしているが、泣いているのだろうと思った。珠緒は草野に焦点を合わせないようにして、じっとその場で彼が泣き止むのを待った。しばらく時間が経って、ようやく草野はすこし落ち着いた。

「事件の話をしましょう」まだ顔は赤いが、使命感に突き動かされるように草野は言った。

「はい」

「先ほど、全体のシフト表は大河原にしか見られなかったと言いましたね。実は社員が全体のシフトを把握できるようになったのは、福添が死んだ後なんです。シフトがブラックボックスになっているから、把握したいと私が大河原に言いました。本心では福添がどれだけ働かされていたのか、事実を知りたいと思っていたんです」

草野は続けた。

「大河原は拒みましたが、公開しなければ上層部に掛け合うとまで言って、ようやく見せてもらいました。……それで愕然《がくぜん》としました。自分が想像していたよりもずっと、福添の労働量は多かった」

「…………」

「だから私は違法労働を告発してやると大河原に言ったんです。すると彼は開き直ってこう言いました。『この程度の労働でくたばるような奴は、どうせ高い立場の人間にはなれない。彼がそれを思い知って絶望する前に、俺が芽を摘んでやった』とね」

草野は自分の興奮を落ち着かせるために、大きな息と共に肩の力を抜き、ふたたび机の上に肘《ひじ》を置いた。

「その時でした。私が大河原に明確な殺意を抱いたのは」

「違法労働の告発はしなかったんですか？」

「しませんでした」

「なぜですか。そうしたら、大河原は少しは痛い目に遭ってたんじゃないですか」

「そんなの、せいぜい少し罰されるくらいでしょう。一番上手《うま》くいって、会社を辞めさせられるくらいです。……でもね、私は大河原に命の支払いをして欲しかった。だって福添は命を落としてるんですよ。因果応報というのが本当のことならば、大河原は殺されるべきだ」

「でも――」

珠緒は続きを言おうとして堪《こら》えた。これ以上のことを話すのは刑事の領域を出てしまう。代わりにこんなことを言った。

「ドローンの話をしている時の草野さんはとても楽しそうでしたね」

「……はは、そうですね」草野は苦笑した。「ドローンについて勉強したのは、福添が死んでからなんですよ。法的にどうかはわからないけれども、福添が死んだのは……やはり過労でしょう？　だからもう少し、この倉庫全体の仕事量が減らせないかと思ったんです。それで未来の福添のような人が助かるかもって。自己満足ですが」

「ご立派ですよ」

「まあ結局、私はその技術を人を殺すために使ったのですが」

草野は自虐的に笑った。このトリックは、犯人が卓越したドローンのプログラミング技術を持っていないと不可能だ。その意味でも、犯行は草野にしか出来なかった。

珠緒は次の質問をした。

「大河原にはどうやって青酸カリを飲ませたんですか？」

「最初の事情聴取の時に、大河原が『不安になって眠れないことがよくある』と言っていたと伝えましたよね。あれは本当のことなんですよ。私が過去に処方されて飲まなかった抗不安薬を、彼は時々欲しがっていたんです。だからその日も『新しく精神科医に貰《もら》ったが、錠剤の形が変わった』と言っただけで、特に工夫することはありませんでした」

「決行のタイミングは、大河原のビタミン剤が空になる時を狙ったんですか？」

珠緒は聞いた。管理人室の机の上には空のビタミン剤の瓶があり、平和島署はそれで大河原が青酸カリを運搬したのではないかと誤認していたのだ。

「はい。ですが彼はあまり片付けをしませんし、私のシフトはいつも深夜なので、それなりにタイミングには自由度がありました」

「最後の質問です。青酸カリの入手経路を聞かせて下さい」

「過去に付き合っていた女性が、裏ルートで手に入れたそうです。その女性の連絡先は携帯の中にあるので伝えられると思います」

珠緒はうなずいた。その女性に事情聴取を行う等の補助的な作業は発生するだろうが、科対班が介入する範囲としてはこれで終わりだろう。あとはこれを調書にするだけだ。

取り調べの大部分が終わったことを察したのか、草野は顔を伏せた。そして目の前の珠緒にではなく、自分自身に話しかけているような独特な口調で言った。

「大河原を殺したら……本当はもっと楽になれるのかと思っていました」

　珠緒はそれには答えなかった。ただ唇を結んでその独白を聞いていた。

「殺した瞬間は正直、肩の荷が下りた感じはしましたよ。これで福添のことを考えなくて良くなる。そんな気がしました。……でも、今思えば全身麻酔のような殺人でしたね。麻酔から覚めたら、行われると思っていた手術が行われていなくて、誰も居ない手術室のベッドで途方に暮れていて、副作用で体が泥のように重い感じです」

　珠緒は少し躊躇《ちゅうちょ》してから、取調室の椅子に座り直した。そして続きの言葉を言うようにと草野に促した。

　その役はきっと自分じゃなくてもいい。だがそれを誰かに向かって口にするのは、草野にとって大切なことに思えた。ならその役になってあげたかった。

　珠緒の優しさを感じたのか、草野はわずかに苦笑した。

「案外、しょうもないことばかり考えていますよ」草野は言った。「母親に申し訳ないなとか。なぜ自分で自分の心を調整できるように、例えば怒りや悲しみのダイヤルが胸元についていて、ぐるりと回せば気持ちを沈められるように、神様が人間を作ってくれなかったのかとか。そうすれば私はこんな馬鹿なことをしなかったのにとか……

……そんなことばかりです。殺人は私には向いていなかった。そして、向いていないことはするべきじゃなかった」

8

幼い頃の珠緒は、よくヒーローごっこをして遊んでいた。

ヒーローの証《あかし》は保育園にあったボロボロのタオルだ。それをマントのように羽織るのが何よりの称号だった。自分と園児たちはそれを取り合って、時には引っ掻《か》き合ったり嚙《か》み合ったりして先生に怒られた。

好きなテレビ番組も、もちろん戦隊ヒーローものだった。

正義を代弁する独特の風貌《ふうぼう》のヒーローたちが、人々を苦しめる悪をやっつけて、誰もが笑顔でそれを祝福する。争いや悪は絶えないけれども、ヒーローたちの頑張りも終わらなくて、世界は少しずつ良くなっていく。

寝る前にだって、よく自分がヒーローになっている所を想像した。悪の組織をこの手で懲らしめる。そんな空想をして、幸せな気分で眠りについた。

珠緒はお父さんが好きだった。

お父さんは刑事だった。世の中のために悪い奴と戦っている、戦隊ヒーローと同じことをしているのだと（たぶん、子供に向けてわかりやすく）語っていた。

だから珠緒もヒーロー物を見る時は、どこかで父親とヒーローを重ね合わせていた。お父さんは世の中を良くする仕事をしていて、人々はみなそれを応援している。そして世界は一丸となって、いい方向に進んでいる。

あの頃の世界は全てが美しい調和を保っていた。

正しいものが正しく、悪《あ》しきものが悪しく、清らかなものが地を満たし、邪悪なものは闇に葬られ、美しいものが歌い、醜いものが潰《つい》えた。神様のようなものがこの世界を調整するために、螺子《ねじ》をこっそり巻いているみたいだった。

珠緒が十歳の時に、あの事件が起きるまでは。

9

珠緒は科対班の部屋に戻った。

葵野は専門書をソーサー代わりにしてコーヒーを飲んでいて、松浦はトラックボールでインターネットを巡回していて、国府は忙しげに調書を書いていて、川岸は第二強行犯捜査の方に行っているのか、席を外していた。

珠緒が入室して、自分の考えていた動機が間違いでなかったことを報告すると、班室には和らいだ空気が広がった。科対班の最初の業務である、ドローン殺人事件の応援に一区切りがついたからだろう。

「週末は、親睦《しんぼく》を深めるために飲みにでも行くか」

国府が言った。もちろん賛成だ。お酒を飲むのは好きだし、何より葵野数則という男について、もう少し知ってみたいという気持ちが珠緒には生まれていた。

それから定時になるまで、ドローン殺人事件の報告書を書き続けていた。

市民がイメージするよりも、刑事の仕事全体におけるデスクワークの割合は高い。警察官になる前、珠緒は「刑事になったらずっと犯人を追いかけていたらいいし、学校みたいに机に向かう必要はないからいいな」と思っていた。ところが経堂署でまず係長に教え込まれたのは、『逮捕状請求書』や『捜索差押許可状請求書』の書き方だった。

テンプレートが決まっているものこそ、今ではスラスラ書けるようにはなったけれど、『捜査報告書』や『供述調書』などの書き方が自由なものに関しては、今でも書くのに時間がかかるし、出来も他の刑事と比べて良くはない気がする。

定時を過ぎて、国府が帰った後、松浦は珠緒に個人的な相談を持ちかけた。

松浦のディスプレイに表示された、真っ赤な衣服を見ながら珠緒は言った。

「……いや、ないです。松浦さんにはこの服は似合わないです」

松浦によると彼は週末、マッチングアプリで出会った女性と出かけるらしい。だが、デートに使えるようなオシャレな服がなく、どれを買ったらいいか迷っているので、女性目線での意見が欲しいとのことだった。

「なんででっか？　ファッション初心者はこのブランドがいいって、インターネットの信頼できる筋にはありましたよ？」

よほど情報収集については自信があるのか、松浦は食い下がった。

「いや、ブランドは悪くないです。でも松浦さん、パーソナルカラーって知ってますか？　人はそれぞれ肌などの色によって、似合う色って変わるんです。松浦さんは肌が赤めだから、こういった赤い服を着ると、相対的に顔が暗く見えちゃうんですよ」

「なるほど、さすがは大村さんですな」

まあそんな知識がなくたって、相当なファッションの上級者でない限り、こんなにも派手な服は着こなせないとは思うのだが、とりあえず理屈っぽい方が松浦は納得するだろうと思って珠緒は言った。安くてもいいから清潔で、サイズの合った服をさらりと着ていく方が印象がいいと思うけどなあと思いながら。

「パーソナルカラーという意味だと、例えば葵野さんなんかは何色が似合うんでしょうね」

純粋に興味があるらしく、松浦が聞いた。

話を聞いて、論文誌を読んでいた葵野が顔を上げた。いつもは定時ちょうどに帰る葵野だが、今日はたまたま残っていた。

「本当はこういう診断って、色彩検定なんかを取っている人がやるべきで、素人の私の見立ては当てにならないんですけど……」珠緒は言う。専門家による診断は一万円ほどかかるので、そんなものを自分が勝手にやっていいのかという気持ちもあるけれども、まあこういう場ならいいだろう。「葵野さんの肌はベージュっぽいので、たぶんイエローベースの秋ですね。今のスーツも似合ってますが、たぶん暖色の服とかも似合いそう――」

その時だった。

葵野の表情が一抹の憂いを帯びた。どうしてそんな顔をするのかがわからなくて、珠緒はつい言葉を失った。

葵野は読んでいた論文誌を机の上に置くと、ああ、いや、と切り出した。

「昔、珠緒さんと同じことを言ってくれた人がいたんだ。僕には暖色の服が似合うって」

珠緒の第六感が働いた。昔からこういうことにだけは妙に目ざといのだ。

「もしかしてそれ、葵野さんの元カノとか……」

家族や友人ならそんな言い方はしない。そして「昔」と言っているからには今は関わりがない。つまりは元カノだ。

「……さあね」

葵野はそう言うと、一度デスクに置いた論文誌を丸めて鞄《かばん》に放り込むと、慌ただしく部屋を後にした。

図星だ、と珠緒は思った。肯定も否定もしていないが、わかりやすく動揺していたことをかんがみると前者だ。どうやらこの手の駆け引きにおいては、あの数学マニアよりも私の方が上手らしいな、と顎《あご》の下にピストルの形にした指を置きながら、やや得意げに珠緒は思った。

しかし、彼女か。

葵野のような人間がする恋愛とはどういうものだろう？

勝手に顔に惚《ほ》れられて言い寄られて、中身を知られて一方的にフラれたとか？　実にありそうな話だが、合ってるかどうかはなんとも言えない。今のところ手がかりが少なすぎるからだ。

だがそんな平和な疑問は、松浦のファッションに関する饒舌《じょうぜつ》な質問によって、あっという間に珠緒の頭から消えていった。

第二話　変換される証言

1

大学教授、榊明吉《さかきあきよし》の遺体は血だまりの中にあった。

胸元を鋭利な刃物によって一突きされ、ほぼ即死だった。

彼の傍には一人の人物が立っている。その人物は榊の遺体を見下ろしながら、自分の犯罪が露見するわけがないと思っていた。今日の殺人は自分が疑われないように、入念に計画を練って作り上げたものだからだ。

ここは東京大学の東郷《とうごう》キャンパスにある農学部第二ラウンジであり、榊の遺体はその中のパーテーションで区切られた喫煙スペースにあった。

パーテーションは足元から天井まで隙間なく隠れる木製のもので、隣にある禁煙スペースからこちら側は見えなくなっている。このラウンジに来る人も少なければ、ここで煙草を吸おうという人も少ない。だから遺体の発見には時間がかかるだろう。そのことも捜査の攪乱《かくらん》に一役買うはずだと犯人は思っていた。

もちろん、運悪く速やかに死体が発見されたとしても、計画通りに進められるような手はずにはなっているが。

犯人はラウンジを出た。

周囲に人の姿はなかった。真っ昼間とは言え、ここは学内でも一際人気《ひとけ》のないエリアである。だだっ広い東郷キャンパスの隅っこの、農学部の附属農場の近くにあって、しかもそれはこの季節には全く使われていないと来ている。

くわえてここに来る道中で、ここよりも何倍と広くて清潔な別のラウンジの脇を通る必要があり、休憩を求める人間はまずそこを使う。

だからこんな所に人が来るはずがないのだ。殺人を行おうとしている自分や、自分に呼び出された榊でもない限り。

周囲一帯に監視カメラがないことも確認済だ。大学は外に対しては高いセキュリティ意識を持っているが、中に対しては性善説がまかり通っている。

大丈夫だ。あとは想定外のことさえ起きなければ――。

キャンパスの中を歩きながら犯人はそう願った。だが運悪く、犯行現場から出てくるこの人物を、一人の男が目撃していた。

これより事件は犯人の予定よりも、ずっと奇妙で複雑な展開を見せることになる。

2

科対班に配属されて一週間が経った。

大村珠緒は今日も今日とて、警備をしている若い巡査の敬礼に元気よく応《こた》えると、勢いよく建物に入り、『高度科学犯罪対策班』のプレートが掲げられたドアを開けた。

「おはようございます」大きな声で珠緒は言った。

「おはようございます」と、川岸が答えた。

先週末には科対班の飲み会があった。そこには上司である川岸も参加していた。そのことに珠緒は静かな驚きを感じていた。なんとなくそういう会には来ない人なのかと思っていた。

それよりもさらに驚いたのは、川岸が国府よりも一つ年上だということだった。入庁したのが同じ年で、同期扱いらしい。それを知った時、珠緒は思わず脳内で川岸の年齢を計算してしまった。一体どうやって若さを保っているんだろう。実に不思議だ。

全員が出勤し、朝礼が終わる。

昨日の続きのデスクワークを行う。隣の葵野を見ながら、先週末に開かれた飲み会のことを思い出す。

あの日、葵野はビールを一口飲んだら直ぐに寝てしまった。どうやらお酒にはかなり弱いらしい。そのせいで、機会があれば深堀りしてみたいと思っていた元恋人の話をしそびれた。

だが改めて感じたことがあった。それは葵野という男は、しゃべりさえしなければ完璧《かんぺき》だということだ。自分の真横に古代ギリシャの彫刻が無造作に投げ出されているようで変に緊張した。

普段からそんな感じならばいいのに……例えば。

「葵野さんのデスク、めちゃくちゃ散らかってますね」

この乱雑なデスクも、彼の男としての価値を、見た目よりも下げている要因の一つだろう。葵野のデスクはほとんど物で埋まっていた。

この調子だと横にある自分のデスクに葵野の物が侵食してくる日も近いかもしれない。それだけは避けたいなと珠緒は思った。

自分の部屋や他人の部屋が汚くても、珠緒はあまり気にしない方だ。でもこういった公的な場所が汚いと少し気になる。「みんなで綺麗《きれい》に使いましょう」というルールが一応はあって、それを破っている気がするからだろうか。

「なんでこんなになっちゃうんですか？」珠緒は訊《き》いた。

「物理学が好きだからね。ついエントロピーを増大させてしまうんだ」葵野は軽快に答えた。

「エントロ……？　はあ、意味がわかりません」珠緒は言った。どうやら冗談だったらしく、伝わらなかった葵野は少し落ち込んでいた。「例えば、この大きな機械はなんですか？　使っているのを見たことがないですが」

「これは空気清浄機。警視庁は喫煙者が多くて空気が悪いというイメージがあって、わざわざ家から持ってきたんだが、今は庁内禁煙なんだね」

「じゃあ持ち帰りましょう」折角だから、この機会に葵野のデスクを綺麗にしてやろうと珠緒は思った。「この箱は？」

「羽なし扇風機。羽があるタイプは気が散るんだ。どうしても羽の枚数を数えてしまうからね。なので毎夏、愛用している」

「せめて箱から出しましょう。そちらの方がかさばりませんよ。……ペンスタンドだけは妙に整理されていますね」珠緒が見たところ、三つある斜め向きの箱に、全く同じペンが三本ずつ入っていて、しかも同一の箱に入ったボールペンの、全てのインクの減りが同じくらいだった。「ちょっと恐怖を感じるくらいに秩序だってますけど、こだわりがあるんですか？」

「うん。三という数字は落ち着くからね。ペンスタンドで表現してみた」

「この気遣いを他の物にも発揮しましょうよ。こちらは……」

それは黄色い鉢植えに入った観葉植物だった。

周囲が散らかっているせいで気づかなかったけれど、単品で見るとオシャレだ。葵野にこんなものを飾る趣味があったとは思わなかった。

「ミントだよ」葵野は端的に答えた。

「へえ」珠緒は好感を覚えた。「そういえば、オーガニックに凝ってる友達に聞いたんですけど、ミントってたくさん水をあげないといけなかったり、育つのが早いから切り戻しをしなきゃいけなかったり、害虫駆除が必要だったりとかで、大変らしいですね」

「うん、手を焼いている」葵野ははにかんだ。あまり自分には見せたことのない表情だ。

「そうだ！」珠緒は胸の前で手を組み合わせた。「折角なら、もっと日当たりのいい場所に移動しましょうよ。班室の雰囲気も良くなりそうですし――」

珠緒は鉢植えに触れた。すると、すぐにその上に葵野の手が重ねられた。驚いて顔を上げると、葵野は眉間《みけん》に皺《しわ》を寄せていた。

「悪いけど、大切な人に貰《もら》ったものでね。この植物の管理だけは僕に任せてほしい」

「……ふうん？」

珠緒は手を引っ込める。そしてピンと来た。葵野がこの植物を大事にしている理由は、きっとこれだ。

「もしかして、前に言っていた元カノから貰ったものですか？　葵野さんって、けっこう過去の恋愛を大事にするタイプ――」

そこまで言ったところで、葵野はプイと顔を背けてしまった。

しまった。踏み込みすぎた。

自分は恋愛の話が好きだし、この方面にだけは鋭いので、デリカシーなく事情を深掘りして、女友達から怒られたこともあった。刑事だから――ではない。昔からずっとこうなのだ。

意図的に自制心を持とうと思った。もう葵野に恋人の話はしないと、珠緒は固く心に誓った。

昼過ぎ、席を外していた川岸が科対班にやってきた。部屋を一瞥《いちべつ》してから、四人に呼びかけた。

「お疲れ様です。早速ですが、捜査に加わって欲しい事件があります」

事件と聞いて、気持ちが高揚していくのを珠緒は感じた。やはりデスクワークよりも捜査の方が自分の性に合っている。

「本日午後、男性の刺殺体が発見されました。他殺と見られています。場所は東京大学の東郷キャンパス」

東京大学と聞いて、葵野の表情がにわかに曇った気がした。

「担当の東郷警察署と連携して、捜査に加わって下さい」

3

東京大学の東郷キャンパスは文京区《ぶんきょう》の東郷に位置する。

一学年に三千人以上いる東京大学の学生のうち、多くは大学三年次以降の授業をここで受ける。また大学院生もいるので、敷地面積は東大の所有するキャンパスの中でも最大級であり、数値にして五十万平方メートル以上ある。

パトカーで建物まで近づいた時点で、明治時代に造られたという真っ赤な煉瓦《れんが》塀が遥《はる》か遠くにまで続いているのが見えた。その途中にある巨大な年代物の門から、科対班の四人が乗った二台のパトカーが入構した。

キャンパスマップは印刷してきていたが、それを見るよりも葵野の指示を聞いて車を運転させる方が早かった。古い建物の脇を通り抜けていくと、一気に二十三区の中だとは思えないほどに牧歌的な田園風景が広がった。ここが東京大学の附属農場らしい。

「大きな農場ですね」運転席の珠緒は、助手席の葵野に言った。

「まだ奥にもあるよ。今見えるのは全体の四分の一といった所だ」

言われてみれば、田園の奥にも建物群があった。

学生にスマホで写真を撮られながら、狭い路地で地道な運転を続けていくと、農学部の研究棟があり、その近くに一階全体がガラス張りになった瀟洒《しょうしゃ》な建物があった。

「農学部第一ラウンジ」と書かれた案内板が設置されている。

「ここで殺人が起きたんですよね？」

珠緒は言う。殺人現場は東京大学の東郷キャンパスにある農学部のラウンジだと、東郷警察署より共有を受けていた。だからこの建物だと思われるのだが、にしてはパトカーが一台も停まっていない。

「第二ラウンジの方じゃないかな。もう少し先だよ」葵野が言った。

「この大学、広すぎませんか？」珠緒は不平を述べた。

「そうかな。車だと移動に不便だから、余計に広く感じるのはあると思うよ」

本当かな、と思いながら、珠緒は引き続きパトカーを走らせた。

葵野の言った通り、最初に見た農場は全体の四分の一でしかなく、そこからいくつかの研究棟と農場を通り抜けてようやく、農学部第二ラウンジに着いた。

見るからにみすぼらしい建物だ。幅も奥行きも二、三十メートルくらいしかなく、高速道路の小さなサービスエリアに設置された公衆トイレのようだった。

よく見ると入り口の所に「農学部休憩所」という消えかけの文字が彫られていた。第一ラウンジが建てられるにあたって、こちらの名称が「農学部第二ラウンジ」に改められたのだろう。その周りには、野次馬の学生たちが集まっている。

パトカーを停めて、バリケードテープをくぐって現場に入る。

中は外見よりもちょっとマシに思えるくらいだった。ひなびた駅のプラットフォームの待合室ぐらいの印象にはなった。芳香剤の匂いが強いが、おそらくは年代由来のカビの臭いを隠すためだろう。木製の古びたベンチが二つ、自動販売機が一つ、トイレが男女一つずつある。パーテーションがあり、そこには喫煙室を示すマークが貼られていた。

パーテーションの中に入ると、眼鏡をかけた細身の男性の遺体があった。年齢は六十近いだろうか。深い皺が眉間に刻まれていて、命を失った今でも考え事を続けているような、哲学者然とした顔つきをしていた。スーツ姿で、恐らくは大学教員、もしかすると教授かもしれないと珠緒は思った。

誰の目にも刺殺であることは明らかだった。胸元には深々とした切創が出来ていて、空気中に少量、血液による鉄の臭いが混ざっている。

「血ってなんで鉄の臭いがするんですか?」珠緒は聞いた。

「血は無臭だよ。血中のヘモグロビンが、皮脂と反応した時に出来る独特の成分の臭いが鉄と似ているからそう感じると言われている。血中に鉄分が含まれているからという話も広まっているが、俗説だよ」葵野は答えた。

東郷署の刑事に呼ばれて、一旦《いったん》禁煙スペースに戻った。気難しそうな壮年の男が、科対班の四人に向かって状況を説明してくれた。

「我々だけでも解決できる事件なので、本庁の力を借りるには及ばないのだがね……。しかしこれも仕事だから簡単に説明しよう」

「よろしく頼む」国府は皮肉を意に介していないらしく、淡々と答えた。

「本日の十六時二十七分、東京大学の事務員である増田里美《ますださとみ》が、農学部の第二ラウンジにて、工学系研究科の教授である榊明吉が死亡しているのを発見し、一一〇番通報した。死因は刺殺だと見られている」

「……榊先生がね」葵野は独り言を呟《つぶや》いた。

「知ってるんですか？」珠緒は聞いた。

「名前だけはね。工学系の分野では有名な教授の一人だよ。高電圧工学の研究を行っていた。直接会ったことはないけれど」

「現場には指紋の付いたナイフが残っていた。遺体の傷痕《きずあと》との照合はまだだが、凶器で間違いないと考えられている」

「凶器が現場に残っているのか。じゃあ、衝動的に殺して慌てて逃亡したといったところか」国府は言った。

「そうだろうな。鑑識課が調べた所、握り手の所に指紋を拭《ふ》いた跡があったそうだ。証拠隠滅を考えたのだろうが、ざるだったな。人差し指の指紋が一つはっきりと残っていた」

「犯人の指紋か」国府は聞いた。

「間違いない。一応榊の関係者たちに指紋採取の協力を仰いでいるが、指紋は個人情報だから、身体検査令状がない限りは任意の採取しかできない。逆に言えば、指紋の採取を拒否した人間から容疑者を絞ることも出来るかもしれない。ちなみに発見者の増田里美の指紋とは一致していない」

　東郷署の刑事はベンチの下を指差した。

「また、禁煙スペースのベンチの下に赤いスカーフが落ちていた。女性の物だ。事件との関連は不明だが、犯人が落としたものだとすると女性ということになる。こちらも増田里美の物ではない」

「なるほど」国府は言った。「事件の詳細を教えて欲しい。死亡推定時刻は？」

「鑑識課の割り出した時間は、十四時以降、増田が遺体を発見するまでだ」

「この建物に監視カメラは？」

「ない。というより、この辺り一帯ない。大学構内とは言え、この場所はキャンパスの隅っこで、大学の関係者でなければまず来ない場所だから、警戒度が低かったのだろう」刑事はもどかしそうに言った。「だが運良く目撃情報がある。目撃者《マルモク》が名乗り出てくれた。マルモクは住吉雅紀《すみよしまさき》という四十代の清掃員だ。十五時二十分にラウンジでジュースを一本買い、それから十六時過ぎまで約四十分間、近くの木陰に隠れてこの場所への出入りを眺めていた」

「……なんでそんな意味わからんことしとったんです？」松浦は当然の疑問を口にした。

「本人の言によると、彼はその時間、農学部のキャンパスを掃除していることに『なっていた』そうだ」

「なっていたって……」珠緒が言う。

「サボっていたのか」国府は合点する。

「そう。この辺りは普段人気がないそうで、サボりに適している場所らしい。住吉は同僚との関係が悪くて働きたくなかったそうだが、見つかりたくないと思ったらしく、ラウンジには長く滞在しなかった。それにこの季節だと、室内にいるよりも木陰で涼む方が気持ちがいいというのが本人の弁だ。同時にこの場所に近づいてくる同僚がいないか、常に気を配っていたらしいから、自分が滞在していた時間の目撃情報についてはある程度自信があると言っている」

「その怪しい男の指紋も採取したんだろうな？」国府は聞いた。

「もちろんだ。しかし一致しなかった。また大学教授の榊との関わりもなかったと考えられるから、一応は彼の言っていることを正しいと考えて捜査を行っている」

「まあ、一旦はな。それで住吉はなんて言っているんだ？」

「彼の居た十五時二十分から十六時過ぎの間には、榊教授の出入りはなかったそうだ。その一方で彼は二人の人物の入場を確認している。一人は十六時に来た増田里美。もう一人は十五時半にラウンジに来たスーツ姿の細身の中年男性で、その男は約二十分後にラウンジを出ていったらしい。その男の身元はわかっていない」

「怪しいな」国府が言った。

「ああ。だから住吉には、榊の関係者の指紋を採取しているグループに同行してもらって、先ほど見た顔がないかと確認してもらっている」

「なるほど」

「また住吉の証言を鵜呑《うの》みにするなら、十五時二十分から十六時過ぎまでは、謎の男と増田以外に、人の出入りが一切なかったことになる。だから我々は以下の二通りを考えている。『一、住吉が見ていない十四時から十五時二十分の間に、犯人が来て榊を刺殺した』……」

「その可能性はないんじゃないでしょうか？」珠緒が発言した。「もしも榊がその時間に殺されていたとしたら、その後にラウンジに来た住吉なり、謎の男なりが遺体を見つけるでしょうし」

「見落とす可能性もあると考えている。というのは、死体があったのが喫煙スペースだったからだ。非喫煙者ならばわざわざ中を見ない」

「住吉はジュースだけ買ってすぐにラウンジを出たんですもんね。じゃあその時に、既に遺体があった可能性もあるわけですか」珠緒は納得した。

「逆のパターンもある」葵野が指摘した。「つまり生きている榊先生とニアミスしている可能性だ」

「それが二パターン目だ。『二、十五時二十分までに榊がラウンジに来訪していたが、喫煙スペースにいたので住吉は気づかなかった。十五時半に来た謎の男が、榊を殺して出ていった』」

「他にもパターンはありますよ」松浦が愉快そうに言った。「『三、住吉が居なくなった後に増田里美の共犯者が榊教授と共に現れ、共犯者が逃げた後に増田里美が通報した』、『四、犯人と住吉がグルで、住吉に嘘の証言をさせた』」

「もちろんだ。だがあまり可能性を広げすぎるのも良くない。今の所は前述の二つに絞っている」

「榊教授の最後の目撃情報は？」国府は聞いた。

「秘書であり、かつ榊教授の妻である榊朋子《ともこ》が、十三時までは教授室に居たと言っている。聞き込みを続ければ他にも情報が出てくるかもしれないが」刑事は答えた。

「どうして榊先生は、こんな隅っこのラウンジに来たんでしょうね？」珠緒が聞いた。

「犯人に呼び出されたのだろうと考えている。その線で被害者のスマートフォンの履歴を当たっているが、今のところ成果は出ていない。引き続き捜査するが、もしかすると口頭で約束していたのかもしれない」

　珠緒はこれまでの情報を総合して、一枚の図にしてみた。

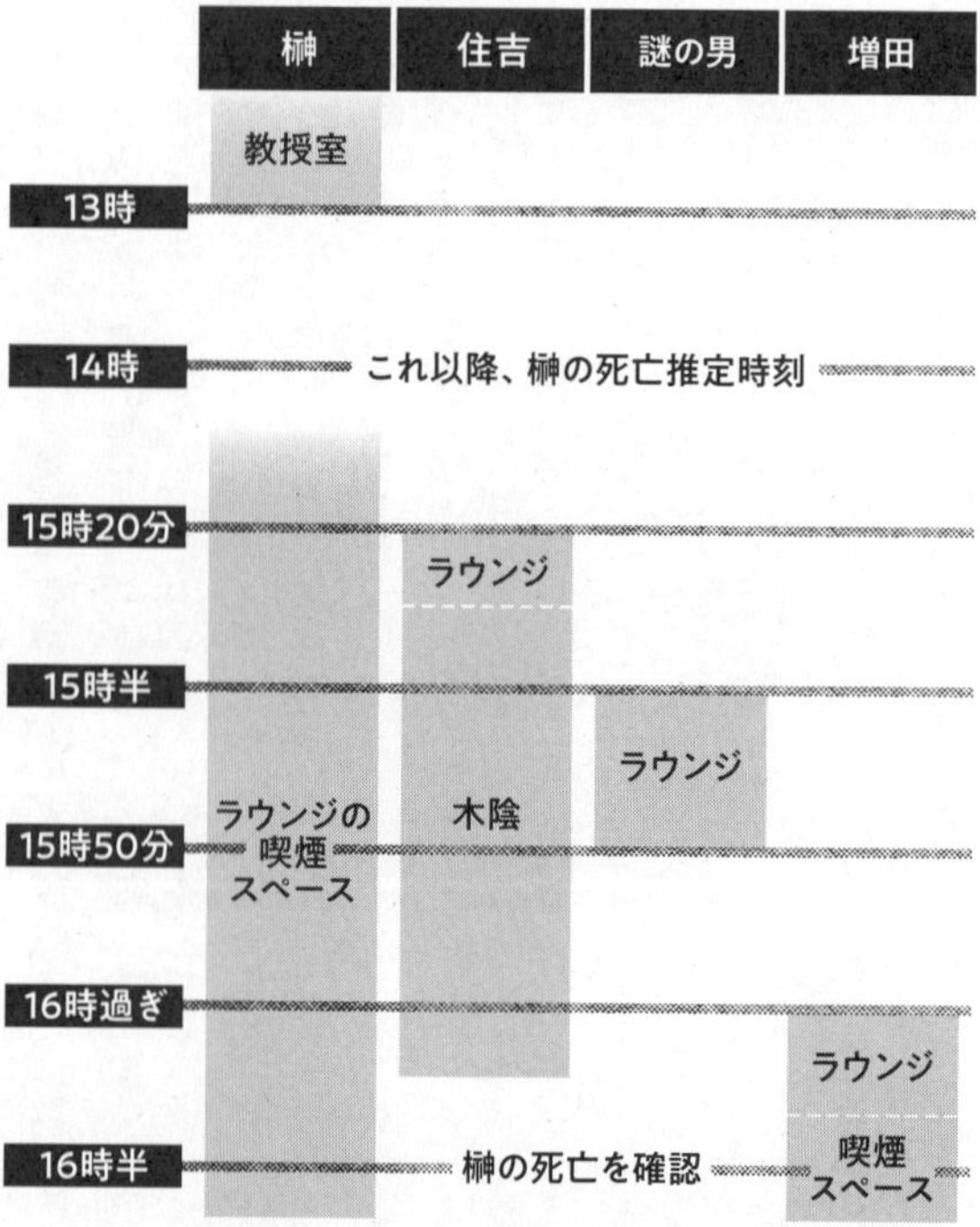

現場から見つかったもの

・凶器のナイフ。指紋付き（≠住吉・増田）

・赤いスカーフ（≠増田）

松浦の言っていた「三」と「四」を考慮外とし、「一」と「二」に限って図を描いてみたが、やや複雑な状況だ。二人の人物が同じ場所にいるのに、互いに気づかなかったり、生きていたり死んでいたりするからだろう。

今のところ内容的には引っかかる部分はなかった。強いて言うなら、こんな学内の隅っこにあるラウンジに、なぜ増田里美が来たのかということくらいだ。

次に科対班の四人は、事情聴取のために東郷署に向かった。

4

東郷署の駐車場にパトカーを停める。署内に向かう途中で、国府が葵野に言った。

「わかっているとは思うが、今回はお前は事情聴取に参加することは出来ない」

「なぜですか？」と、葵野ではなく珠緒が聞いた。

「取調官と容疑者の間に関係があるかもしれないと勘ぐられると、証言そのものの有効性が疑われる。東京大学の関係者を、元准教授の葵野が取り調べるのは望ましくない」

「葵野さんは、これから話す増田さんとは関わりがないと言っていましたよ。葵野さんは理学系で、増田さんは工学系の事務員だからって」

「念には念をだよ。疑いを持たれること自体が良くない」

「わかりました」葵野は特に食い下がりはせずに言った。「今回は別室で聞いてます。何か質問して欲しいことがあったら珠緒さんに伝えます」

「それがいい。松浦と共に別室待機だ」

「私も事情聴取してみたいんですがね……」

松浦は口をとがらせたが、二人が優秀な捜査官であることを差し引いても、まさか入庁から半年で事情聴取を担当したという例は聞いたことがない。

増田里美の事情聴取が始まる。

増田は肌を黒く焼いて髪の毛を薄い色に染め、濃い化粧をして長いまつげを付けてネイルを尖《とが》らせる、いわゆる九〇年代のガングロギャルの格好をした——四十代後半の女性だった。もちろん似合っていない。当時のカルチャーに身を包んだまま二十年の時を経てしまったという感じだ。浦島太郎みたいだと珠緒は思った。

「私はやってないんですよぉ！」

開口一番、増田は叫んだ。どうやらかなり取り乱しているようだ。

「大丈夫です。あくまでお話をお聞きしたいだけです。別に、必ずしも犯人だと思っているから事情を聞いているわけではありません。被害者だってこの部屋でお話を聞くことがあるんですよ」珠緒は言った。

「そ、そうですか……」増田は握り込んだ拳《こぶし》を胸元に当てた。

「榊さんとはどんな関係でしたか？」珠緒が聞いた。

「事務ですから、そりゃあ何度か連絡を取ったり話したりはしましたが、他の教授と特別変わった付き合いはありませんでした」

「わかりました。それでは次に、時系列に沿ってお聞かせ下さい。増田さんが、遺体発見現場となった農学部第二ラウンジを訪れたのはいつ頃ですか」

「十六時五分くらい？　だったと思います。詳しくは覚えていません」

「増田さんのいる工学部の事務室から、農学部第二ラウンジまでは距離があります。道中で第一ラウンジの横を通りますし、逆方向には生協の総合テラスもあります」キャンパスマップを見る限りはそうなっているし、葵野にも確認済だ。「休憩をしたいならどちらかに行くのが自然かと思われますが、なぜわざわざ遠い第二ラウンジに行ったんですか」

「煙草が吸いたかったんです」

「喫煙室はテラスにも第一ラウンジにもあります」

「どちらも男性ばかりで落ち着かないんですよ。それに女性の煙草って……その、世間的にはちょっと恥ずかしいじゃないですか」

「そうですかね？」珠緒はぴんと来なかった。

「そうですね」国府は言葉通りに供述を受け止めている。これは世代差か。あるいは自分の感覚がズレているのか。

「それで目一杯吸いたくて、人気のない農学部第二ラウンジに行ったんです。煙草自体、それほどの頻度で吸っているわけではないので、週に一回……いや、十日に一回くらいしか行ってないんですけど」

「増田さんがラウンジに到着してから、通報をする十六時二十七分までは、約二十分間のタイムラグがあります。なぜでしょうか？」珠緒は聞いた。

「遺体を見つけるまでに時間がかかったからです。昨日夜ふかしをしたのもあって、ラウンジまで歩くうちに体力が切れてしまったんです。それで、このまま煙草を吸っても不味《まず》く感じるだろうと思って、一旦《いったん》喫煙スペースには入らずに、ベンチに座ってスマホゲームをやっていました」

「なるほど」

「それが一段落して煙草を吸おうとしたんです。思ったよりもゲームに時間を使ってしまったので、さっさと済ませようと思って、喫煙室に行ったら遺体が……」

「はい」

「だから殺してないんですよお！　信じて下さい!!」増田は目の前の机をがたがた揺らした。

「わかってますって。落ち着いて下さい」

「大学での事件って意外と多いんですよ！　きっと学生さんとか教員さんとかが犯人なんです！」

「はあ……」

「半年前もね、泥酔した工学部の助教さんが立入禁止の建物に侵入して、建造物侵入罪で逮捕されて懲戒解雇されたりしましてね」

「へえ……」自分が疑われるのが嫌だから、他の人を売ろうとしているんだなと、珠緒は冷静に分析した。

「凶悪な事件もありましたよ。ほら、去年に葵野先生の――」

「……葵野さん？」

珠緒はつい反応してしまった。しまったと思った。

「ああ、もしかしてご存知ですか！」増田は嬉《うれ》しそうに口にした。「ほら、『東大のアルキメデス』こと葵野先生ですよ。大学を辞職して警視庁に入ったと聞いているので、ひょっとしたら同僚かもと――」

「申し訳ないですがこの場では個人的な話は出来ません。葵野という人物についても意見は控えさせて下さい」

国府はそう言って珠緒を睨《にら》んだ。印象が悪いことをしたと思ったのか、増田は何度も頭を下げていた。

取調官と容疑者の間に関係があったと見なされると、証言そのものの有効性が失われるという話を聞いたばかりだ。自分たちと葵野の関係を知られるのは良くない。

その後も、ラウンジに行く途中で不審な人物を見たかとか、その時間のラウンジで気になることはあったかとか、事件に関することをいくつか聞いた。でもその間中、珠緒は集中できずにいくつかミスを犯してしまった。容疑者に話すべきでない捜査情報の一部を、つい口にしてしまったりとかだ。

仕事に集中しなければと思うものの、どうしても、『凶悪な事件』『去年に葵野先生の――』という、先ほどの発言が頭に浮かび、珠緒の集中を阻害した。

増田からの事情聴取ではそれ以上、有力な証言は得られなかった。

葵野と松浦のいる別室に向かう。その途中で国府に謝ったが、「仕方がない」と言われただけだった。

珠緒は国府の優しさを感じた。彼にも珠緒のミスの理由がわかったのだろう。もしも単なる不注意が原因だったならば、きっと烈火のごとく怒られていたはずだ。これからは私情が入ろうとも、なるべく業務に集中しようと珠緒は決意した。

葵野と顔を合わせる。彼も先ほどの事情聴取を聞いていたはずなのに、動揺している様子はなかった。

「国府さん、珠緒さん、東郷署が『謎の男』を見つけたそうですよ」

葵野が言う。どうやら十五時半にラウンジに来て、十五時五十分頃に去っていった男の素性がわかったそうだ。

「住吉が『この人で間違いない』と言い、本人もそれを認めたそうです。男は東京大学の工学系研究科の教授の高峯幸二《たかみねこうじ》という人です」

「現場に残された指紋と一致したか？」国府は聞いた。

「残念ながら、異なっていました」

「葵野さんの知っている人ですか？」珠緒が聞いた。

「榊先生と同じく、高峯先生も有名な教授だ。生体認証の分野で結果を残している。こちらも名前は知っているけれども直接会ったことはない」

それから四人は別室で、東郷署による高峯への事情聴取を見学することになった。

高峯は榊と同年代のスーツ姿の男性だ。榊は神経質な哲学者といった感じだったが、高峯は優しげな顔つきで、常に微笑むように目を細めている。同じ教授といえども、性格は真逆のように見える。

農学部第二ラウンジを訪れた理由について、高峯は「仮眠を取りたかったから」と答えた。榊の教授室が独立しているのに対して、高峯の教授室は学生のラボも兼ねていて、さすがに学生の前で眠るわけにはいかないし、第一ラウンジや総合テラスでは人目があるからだ。そこで農学部第二ラウンジを目指したという。

「榊教授との関係は？」取調官が聞いた。

「大学時代の同期ですね。ただ……」

榊と高峯は大学時代、工学部の機械情報工学科の同期だった。だが当時も大きな関わりはなく、また大学院で高峯は工学系のバイオエンジニアリング専攻に、榊は電気系工学専攻に進んだため、以降の交流もなかったという。同じ「工学系研究科」でくくられてはいるが、機械系と電気系では交流は少なく、普段使っている建物も異なるそうだ。

その後の交流と言えば、月に一度の教授会でお互いの姿を見るくらいで、隣を通っても挨拶《あいさつ》すらしなかったという。

高峯は非喫煙者で、喫煙スペースの中は見ていないと答えた。人の居ないラウンジで、少し横になったら落ち着いたので建物を出たらしい。

「高峯の指紋は現場のモノと一致していないわけだから……」珠緒は言った。

「住吉が来る前の、十四時から十五時二十分までの間に、犯人が来て榊を刺殺した、っちゅう可能性に絞られたことになりますな」松浦は言った。

最後に、赤いスカーフに心当たりがあるかを聞くと、高峯はこう答えた。

「いやあ、少なくとも私の物ではないことはわかりますが……ん？」

「心当たりが？」取調官が聞いた。

「すみません。私の思い過ごしかもしれませんが、榊朋子さんのものかもしれません」

「被害者の妻で、秘書をしている榊朋子さんですか？」

「そうです。たまにキャンパスで見かける時に着けていたように思います。似ているだけかもしれませんが、鮮やかな色だったので印象に残っています」

高峯への事情聴取の後、すぐに東郷署から現地の刑事に連絡が行った。

現地の刑事が朋子夫人にスカーフの写真を見せたところ、最初は答えるのを渋っていたが、ここで言わなくても後で繊維鑑定をすればわかると言うと、自分のものであることを認めた。

榊朋子は農学部第二ラウンジを訪れていた。

それも本日の十四時に到着して、一時間余り滞在したのだという。

5

朋子夫人への事情聴取が行われることになった。

尚《なお》、聞き込みの際に、朋子夫人の指紋は採取されていたが、凶器の指紋と一致していないことはわかっている。

東京大学から朋子夫人が移送されてくるのを別室で待っていると、ノートPCで作業をしていた松浦が興奮気味に言った。

「うふふ、やっとわかりましたよ」松浦は引き笑いを漏らした。

「何がわかったんですか？」あまりいい予感はしないな、と珠緒は思った。

「さっき増田さんが、半年前に工学部の助教が泥酔して逮捕されて、懲戒解雇になったって話しとったでしょう」

「……ああ、言ってましたね」直後の葵野の話が印象的だったので、松浦に話題にされるまですっかり忘れていた。「それがどうしたんですか？」

「そのニュース、一瞬だけツイッターのトレンドに入ってたのを思い出しましてな。やっぱり東大の研究者が逮捕されるってインパクトがあるでしょう。それで、ニュースでは実名までは明かされてませんでしたけど、当時SNSに出ていた情報とかを収集して、助教のアカウントを特定したんですわ」

「はあ……」

松浦にノートPCを押し付けられる。画面には一人の男性のフェイスブックアカウントが表示されていた。

車木裕馬《くるまぎゆうま》。

フェイスブックには近況報告が投稿されていた。そこには東大を懲戒解雇されてからはフリーターとなり食いつないでいることと、断酒は試みているがつい飲酒をしてしまうという内容が、鬱々《うつうつ》とした文体で書かれていた。

　顔写真を見て、珠緒は妙な既視感を覚えた。この顔をどこかで見たことがある気がする。だが思い出せなかった。

「いやあ、苦労しましたよ」松浦は滔々《とうとう》と語る。「事件について書いとるＳＮＳアカウントの中から関係者っぽい人だけを炙《あぶ》り出して、その人の投稿から車木が関係しとると思われる情報を抜き出して、ようやく本人まで行き着いたんですわ」

「はあ、それはすごいですね」珠緒は生返事になった。ニュースの記事とＳＮＳの呟《つぶや》きだけで人名を特定するのはすごい……を通り越して怖いけど、つい思ったことを口にしてしまった。「で、これ……事件と関係あります？」

「いや、ないですよ」松浦はあっさりと認めた。「でもね。こういう特定作業って本当に楽しいんですよ。世間の人が知らないことを、世間の人でも知られる情報を元に自分は突き止めたぞというのがね、もう、その快感に病みつきなんですよ！　さっきからここで高峯を待ってたり、朋子夫人を待ってたりで、暇すぎて――」

「松浦。まさか業務中に業務と関係のないことをしていたのか？」話を聞いていた国府が低い声で言った。

「いえ、事件に関係していると思って調べました」松浦は小さな声で答えた。

バカ、と珠緒は囁《ささや》いた。こういう時は素直に謝るべきだ。

「本当に調べたいなら警視庁内のデータベースを使え！　大体、あの話は増田が苦し紛れで話しただけで、本件と関係があるわけないだろ！」

「はいっ！　すみません!!」松浦は叫びながら敬礼した。

本当にアホだなと珠緒は思った。能力が高いのはわかったけれども、もっと適切な場面で力を使って欲しい。あと松浦には絶対にＳＮＳのアカウントを教えないようにしようと固く心に誓った。

「……関係あるかもしれないよ」

ふと見ると葵野が横にいて、机に置かれたパソコンの画面をスクロールしていた。けっこう顔が近い。この男は時たま距離感がおかしい。

「この記事を見て欲しい。まだ車木が事件を起こす前のものだ。真空遮断器の遅れ絶縁破壊現象について発表するために金沢《かなざわ》の電気学会にやって来たというものだが……」

「何を言っているのかさっぱりわかりませんが……」珠緒は言った。

「つまり車木は高電圧工学、平たく言えば榊先生の専門分野について研究していたんだよ」

「えーっと……」珠緒はすこし考えてから言った。「要するに、車木が榊の教え子だった可能性があるということですか？」

「そう。だから事件と関係がある可能性も……いや、ないか。単なる偶然だね」

「そこは『ある』って言って下さいよ」松浦が嘆願した。「私がサボってたことになるやないですか」

「サボってたんですよ」珠緒は諌《いさ》めた。

ようやく東郷署に朋子夫人が到着した。

取調室のカメラ越しに朋子夫人を見て、珠緒は「きれいな人だな」と思った。榊教授と同年代という話を聞いていたが、体形はスリムだし、メイクもしっかりと決まっている。また落ち着いた色のカーディガンの下から覗《のぞ》くインナーの差し色がとてもお洒落《しゃれ》だ。ずば抜けた美人というわけではないが、五十歳を超えながらも美しく在ることを忘れない人という感じがする。

榊明吉とはあまり性格が合わなそうには見える。共通点を挙げるならば、どちらもちょっぴり気難しそうには見える。だが神経質な人同士で居てもろくなことは起きないのではないだろうかと珠緒は思った。あくまで見た目の印象だけれど。

事情聴取が始まった。

だが、どうにも朋子夫人の受け答えは要領を得なかった。

ラウンジに行った理由については、最初は「誰だって一人になりたい時はある」と言っていたが、深く追及されると共に理由を変え、最後には「言えない」に変わった。

第二ラウンジになぜ一時間も滞在したのかという質問への回答も不明瞭《めいりょう》だった。

喫煙所には入ったと証言した。だが中には誰もおらず、煙草を一本だけ吸って外に出たと言う。彼女の話した銘柄の煙草が、実際に吸い殻入れには残されていた。

滞在中に自分以外の人間がラウンジに来たのを見たかと聞かれると「その間中、誰も他の人は見なかった」と答えた。

「怪しいな」事情聴取が終わるなり、国府が口にした。

「でも指紋は一致してないんですよね？」珠緒が言った。

「別の人物との共犯という可能性はある」国府は言った。「例えばこうだ……榊朋子は浮気をしていた。浮気相手と一緒になるために教授が邪魔になり、さらに教授の遺産も欲しいと思った。そこで第二ラウンジに榊教授を呼び出し、待ち伏せしていた浮気相手に教授を殺させた。凶器に付いていた指紋は一緒にいた男のものだ」

「筋は通っとりますし、ありがちなストーリーだとは思いますが、なんで朋子夫人とその男はナイフを置きっ放しにしたんでしょうな」松浦は言った。

「そんなの、気が動転していたからに決まっている」国府は答えた。

「にしては、一度指紋を拭《ふ》き取った跡があるというのが中途半端ですよな。拭き取って置いておくくらいなら持ち去ればええのに」

「被疑者の誰もが合理的な行動を取るとは限らない。これくらいの矛盾した行動なら平気でやる。それに——」国府は続けた。「これまでの証言を全て鵜呑《うの》みにすると、十五時過ぎから十五時二十分までの間に教授と犯人が二人でやってきて、そいつが教授を殺害して立ち去ったことになる。十四時から十六時半の間のほとんどの時間に目撃者がいたのに、たまたま誰も居ない時間に犯人が来たというのは……ちょっと出来すぎている」

それは珠緒も思っていた。二時間半のうちの、最も都合のいい二十分の間に犯人がやってきたのだと考えるのは、刑事にしては純真すぎる推測だ。

やはりこれまでに証言した誰かが嘘をついていると考えるのが妥当だろう。その点、一人だけぼんやりとした供述を行っている朋子夫人は明らかに怪しかった。

「榊朋子の交友関係を洗った方が良さそうだな」

国府が言う。確かに普通はそう考える。でも科対班には、普通じゃない視点で事件を見つめる人間がいる。

「葵野さんはどう思いますか？」

この男なら、また何か突拍子のないことを言うかもしれないと思って珠緒は聞いた。だが想像よりも遥《はる》かに控えめな態度で葵野は答えた。

「まだ全ての材料が集まっていない気がするから、ノーコメントにさせて欲しい。もしも方針を定める必要があるのならば、今のところは国府さんに賛成だな」

どうやら国府の推理に完全に納得がいっているわけではないが、それを上回る案は思いついていないらしい。

ならば国府の意見に従おうと珠緒は思った。別に二人の意見を比べているわけではないけれども、珠緒個人の感覚としても、国府の筋書きは違和感がなかった。経堂署でも似たような事件を担当したことがある。

「提案なのですが」珠緒は挙手をした。「朋子さんは榊さんの秘書なのですよね。となると、榊研究室の学生さんたちとは関わりがあったと思うんです……よね、葵野さん？」

「学生と秘書なら、関わる機会は多いと思うよ」教授職に明るい葵野が補足した。

「だから私は、榊研究室の学生さんたちに聞き込みをしたいです」

「それは良さそうだな」国府は賛成した。

珠緒は時計を見る。すると十八時半だった。この時間に学生が研究室にいるかは、微妙なところかもしれない。

だが榊研究室に電話をしてみると、論文の中間発表が近いらしく、運良く八割の学生が在室しているそうだ。

珠緒が「聞き込みをしたい」と打診すると、電話口の講師は、なるべく学生を留《とど》まらせるようにしてみると了承してくれた。

「珠緒さんが榊研究室に行くならば、僕も同行したい。東大で確かめたいこともあるからね」葵野は言った。

「では一緒に行きましょう」

二人は夜の東京大学に聞き込みに向かった。

6

さっきとは別の門から東京大学に入る。夜だからか学生の数は少なくなっていて、それほど運転の手間は要さなかった。

榊研究室のある工学部十三番研究棟は、一九三〇年に建てられたという茶色い煉瓦《れんが》造りの建物で、照明灯に照らされるその姿には昭和レトロな趣きがあった。

重いドアを二つくぐると、三階くらいの高さのある吹き抜けの空間に出た。その瞬間、珠緒は鼻腔《びこう》がちりつくような臭いを嗅《か》いだ。葵野によると、高電圧放電によって、空気中の酸素が分解されることによって発生するオゾンの臭いだという。

人体とほぼ同じ大きさのコンデンサ、納屋並の大きさの変圧器、天井から伸びている五メートルほどの電極など、圧倒されるサイズのものが多数並んでいた。もちろん珠緒には一つ一つの部品の名称はわからない。なんだか昔にテレビで見た、悪の組織の秘密基地みたいだなと思ったくらいだった。

「おお、これは素晴らしい変圧器だ！」

葵野は円柱形の物体を見ながら感動しているが、その理由も珠緒にはわからない。

「こういうものの値段ってどれくらいなんでしょう。百万円とか？」

それくらいしか話題が思いつかなくて珠緒は言った。すると葵野は首を振った。

「いやいや、七億円はするよ」

「はあ!?　こんな訳のわからないものが!?」珠緒は悲鳴を上げた。

「驚くような値段でもないだろう。これは変圧器の中でも最大級のものだし、全国の変電設備でも使われているものだ」

葵野は当たり前のように言った。国立大学の研究資金はすごいと感じる一方で、そんなにもお金があるなら一千万円くらい私にも欲しいと思ったりもした。

「この部屋にあるものが全体的にそんな感じですか？」珠緒は聞いた。

「まあ……そうだね」そうやって総括するのは大雑把過ぎると感じたのか、葵野はすこし躊躇《ちゅうちょ》したが、最終的には首肯した。「もちろん歴史の長い研究室だから、少しずつお金を貯めて集めたのであって、まとめて買ったわけではないとは思うけれどね。東京大学の高電圧工学研究室と言えば、文字通り日本の高電圧工学研究の最先端だよ。ある程度の設備が揃っているのは当然とも言える」

「……もしかして榊教授が殺されたことって、日本の学会における大きな損失だったりします？」

「まあね。でも命の大切さに大小はないよ」葵野はさらりと言った。

なんとなく、彼の口からその言葉が出てきたのは意外な気もした。もっと現実的なことを言いそうな人間だと思っていたのだ。

誰もが知っているタレントの殺人事件と、誰も知らない独居老人の殺人事件では、外部からの注目度が段違いなのもあって、警察だって前者の事件の解決に力を入れる。「命に大小がない」というのはお題目に過ぎず、実際は自動的に大小が決まってしまうのだろうということに、珠緒はなんとなく気付いている。

でもそういったことを口にする側面もあるんだなと珠緒は思った。単に理詰めなだけの人間ではないらしい。

葵野の言う通りだ。被害者が誰であれ、自分たちはいつも通り業務に励むだけなのだと、気合いを入れ直して榊研究室に向かった。

吹き抜けの空間の二階部分の、重々しいドアの向こうに榊研究室があった。

研究室自体は普通の部屋だ。学生にデスクとパソコンが一つずつ与えられているという意味では、一般企業のオフィスや科対班の班室にも似ているかもしれない。

ただ雰囲気としては楽しげだ。本棚には難しそうな本の隣に、学生が空き時間に読むための漫画本やライトノベルが置いてある。空いたスペースには将棋盤や麻雀《マージャン》セットもあった。

「警視庁捜査一課の大村です」

「同じく葵野です」

出迎えてくれた男性に、二人は警察手帳を呈示した。警察手帳規則には、身分を示す時には警察手帳を呈示しなければならないという条項がある。

「小林孝明《こばやしたかあき》と言います。お話をするんですよね？」

出迎えてくれたのは、先ほど電話対応をしてくれた講師だった。

榊研究室のホームページには、全メンバーの名前が顔写真付きで載っていた。榊教授と、現職ではない名誉教授と、秘書の朋子夫人と、学術専門職員の老人を除いて、一番上に記載されていたのが目の前にいる小林孝明だった。だからそれなりに地位の高い人物なのだろう。年齢も三十代前半くらいで、研究室の中では最年長に見える。話を聞くのにもちょうど良さそうだ。

ふと見ると小林の後ろに、二人の女子大学生が立っていた。その後ろに、さらに男子大学生が二人やってきた。

「葵野先生だよ」「ほら、『東大のアルキメデス』の……」「警視庁に入ったって本当だったんだ」「写真よりもイケメンだね」

学生たちはみな、ひそひそ話をしていた。怪訝《けげん》に思って珠緒は聞いた。

「知っている学生さんですか？」

葵野は小声で答えた。

「……知らないな。でも、向こうは知っているみたいだね」

学生たちの中から男子大学生が一人出てくると、決然とした表情で言った。

「あの、握手してもらっていいですか！」

葵野は渋々手を握った。一方の男子大学生は喜びに溢《あふ》れんばかりだった。

「次は、写真とか……」女子大学生がおずおずと言った。

「……珠緒さん。僕は去るから、後は任せてもいいかな」女子大学生のフラッシュを苦笑いで浴びながら葵野は言った。

「そ、そうですね」狼狽《ろうばい》しながら珠緒は言った。

「このままだと業務が出来ないからね。……ちょうど学内で調べておきたいことがあったんだ」

独り言を呟《つぶや》くと葵野は去っていった。学生たちに落胆が広がり、蜘蛛《くも》の子を散らすように去っていった。

葵野はこんなにも人気があったのか。イケメンでしかも優秀で、若くして准教授の職に就いていた。確かに要素だけを抜き出せば人気にならないはずがない。

でも彼らは葵野の内面を知っているのだろうか。彼が数字と雑学にしか興味がない残念な数学マニアであるということをわかっているのだろうか。何も知らなかったとすれば、勝手に群がってキャーキャー言うのって失礼なんじゃないだろうか？……って、これは業務のためには抑え込むべき感情で——。

「お話、始めましょうか」気を遣ったのか、小林の方から言った。

「ありがとうございます」珠緒は答える。そして自分が無意識のうちに頬を膨らませていたことに気づいた。

榊研究室の中央には、長机を二つ並べたものがあり、そこを談話スペースに用いているようだった。

机の横にはホワイトボードが置かれていて、学生のふざけた落書きがある一方で、机の隅には真面目な電子回路があじさいの葉っぱに止まる蝸牛《かたつむり》のようなささやかさで置かれていた。実にカオスな空間だと珠緒は総括した。

「なんだかあの子たち、あんまり榊先生が亡くなっても動じてないようですね」

小声で切り出した。不必要に皮肉っぽくなっている自分に気づき、内心で自分をたしなめた。

「彼女たちは卒論生ですからね。研究室に入ってまだ間もないですし、榊先生は歓迎会などには出席されないので、最近ようやく中間発表のためにコミュニケーションを取るようになったという所でしょうか。だから、まだ先生が亡くなられたことに実感が湧かないのだと思います」

「なるほど」皮肉と取られなくて良かったと珠緒は安堵《あんど》した。

珠緒は遺体の眉間《みけん》に刻み込まれた深い皺《しわ》と、榊研究室のホームページに載っていた気難しそうな榊の写真を思い起こした。確かに歓迎会などの人の集まる場所は好きじゃなさそうに見える。

「ただ自分は、榊先生とは卒論生の時から、かれこれ十一年以上お世話になっていますからね。数えきれないほどにやり取りをしましたし、すごく良くしてもらいました。未《いま》だに先生が居なくなったということを受け入れられません」

小林は神妙な面持ちで答えた。

葵野に聞いたところによると、講師というものは大学生（卒論生）、大学院生（修士、博士）、助教の職を経てようやくなれる立場なのだそうだ。ちなみにその次が准教授で、最後が教授である。それだけの付き合いがあるのならば、榊教授の死に対する思いも複雑だろう。

「小林さんは農学部第二ラウンジには行かれましたか？」

「あんな所、遠すぎて行こうとは思いませんよ」

「榊先生が誰かから恨みを買っていた覚えはありますか？」

「恨みですか……」小林は目をつぶり、なんとか思い起こそうとした。「神経質な方ですからね。恨む方がいても不思議ではないとは思うのですけれども、殺す程の怨恨《えんこん》があったかというと……」

「どんな些細《ささい》なことでもいいです」

「……車木には恨まれていたかもしれません」

　珠緒は内心で運命めいたものを感じた。ここで松浦がアカウントを特定した車木裕馬の名前が出てくるのか。

「榊研究室に所属していて、泥酔して建造物侵入罪で逮捕され、懲戒処分になった車木さんですよね」

「さすが、刑事さんはよくお知りですね」小林は目を丸くした。「車木は研究室にいた時から酒浸り――いや、あれはアルコール依存症だったと思うんですけど――で、引き金になったのは、恐らく研究のストレスで」

「やっぱり研究って大変なんですか？」

「いや、うちは比較的ゆるい研究室のはずなんですけどね。見ての通りの雰囲気で」

　ふと見ると、暇を持て余した学生たちが集まってボードゲームをしていた。外には七億円の設備があるのだから、もっと熱心に研究してくれよと珠緒は心の中で念じた。

「車木は元は電子情報学専攻だったのですが、より基礎的な勉強がしたいということで、博士課程に入る時にうちに変わってきたんです。もちろんその時には榊先生が採用を決めたはずなんですけれど、なぜだか榊先生はその時から、一貫して車木には意地悪だったんですよね」

「意地悪とは？」

「……榊先生は気難しい方なのですよ。うちの研究室がゆるい雰囲気でいられるのも、榊先生が学生の活動にあまり興味を持たないでいてくれているからなんです。ところが車木の研究には強い興味を示していて、彼に無茶な課題を押し付けたり、彼の質問にまともに取り合わなかったり、週に一度の研究会では、みんなに見える所で車木を叱ったりと……」

「明らかに態度が違うと」

「そうなのです。あげくの果てには……」

「あげくの果て？」珠緒は聞き返した。

「……いえ、なんでもないです」

「心当たりがあったら言ってくれないと困ります」

「いや、思い違いでした」

怪しいと思った。だがこれ以上問いただしても答えてくれるかわからない。それに目下の話題は車木についてだ。追及は一旦《いったん》保留にしようと珠緒は思った。

「それでお酒の量が増えていったと」珠緒は言った。

「はい。目に見えて増えていきましたね。元からアルコールは好きだったそうですが、博士一年の途中に、実家から出て中野《なかの》の飲み屋街の近くに一人暮らしをするようになってからはより悪化しました。最初は飲み屋での失敗を面白おかしく語っていただけでしたが、段々と『朝起きたら駅前で横になっていた』という理由で遅刻をしたり、酒に酔って飲み仲間とふざけた結果、公園の銅像から飛び降りて胸部を骨折したり、泥酔した状態で部屋の洗濯機を起動したら、ホースが抜けていることに気づかないまま寝てしまって、下の階まで浸水して賠償金を払ったり……まあ、どんどんエピソードが過激になっていくわけですよ」

「なるほど」

「だから建造物侵入罪で逮捕された時も、ついにやったかという感じで、驚きはしましたが意外なほどではないという感じで」

「じゃあ車木さんがアルコール依存症になって大学を懲戒解雇されたことを、逆恨み……？　なのか、本当に教授に責任があるのかは私には判断できませんが、ともかく恨みに思って榊先生を殺害した可能性もあると」

「はい。もちろん人を殺すような奴ではなかったとは思いますが、アルコールを飲むと別人のように陽気になるのを研究室の飲み会でも見ていますし、前科もありますから、完全に信じ切れるかというとそうではないです」

　珠緒は車木の指紋採取も依頼した方が良さそうだと思った。次に、珠緒は聞き込みに来た当初の目的を果たすことにした。

「秘書の朋子夫人についてですが」

「はい」

「朋子夫人と榊先生の関係は良好でしたか？」

「部外者の自分にはわかりかねますが、あまり仲は良くなかったように思えました。子供も儲《もう》けられておりませんしね」

　なるほど。不倫の動機もあったのかもしれない。もちろん夫婦仲が良好でも、魔が差す事例はあるとは聞くけれども、悪い方が確率は上がりそうに思える。

「朋子夫人の様子について、以前と変わった点はありましたか」

「あります」小林ははっきりと口にした。「最近、ものすごく綺麗《きれい》になられたんですよね！」

「はあ」食い気味に言われたので、つい生返事になってしまった。

「いや、これは本当なんです。研究室の同僚も同意するはずです」小林は身振り手振りを交えて言った。「朋子さんのこともずっと前から知っているのですが、なんかこう、肌のツヤ……？　みたいなのが全然違って、髪型も変えられましたし、服もね。

昔はもうちょっとサバサバした感じだったんですけど、オシャレになられて、こう……女性として魅力的になられたというか」

「変わったのはいつからですか？」

「一年前くらいですね」

かなり主観的な情報だが、小林によるとそれくらいの時期から朋子夫人は美容に凝っているらしい。浮気相手が出来たのがその頃だとすると筋が通る。

それにしても小林の語りぶりには熱っぽいものがあった。三十代の男性にとって、五十代の女性は恋愛対象になるのだろうか？　珠緒の周りだと、平均して四、五歳差くらいを基準にしている人が多いが、年の差婚をした友人もいるので、価値観は人それぞれなんだろう。

榊朋子の浮気相手が車木というのはどうだろう？

アルコール依存症で懲戒解雇された逆恨みで榊教授を殺したというのは、動機としては弱い気がする（もちろんそういった動機での殺人もある）けれども、朋子と一緒になり、かつ教授の遺産も手に入れるためだと考えると、割に合うかもしれない。

「朋子夫人と車木さんの関係はどうでしたか？」珠緒は聞いた。

「関係？」予想外の質問だったのか、小林は眉《まゆ》をひそめた。「他の学生と同じという感じでしたね。朋子さんは学生と事務的に接する方なのですけれども、車木に対してもそれは同じというか」

うーん、では自分の推理は間違っているのだろうか？

車木が大学を懲戒解雇されたのが半年前。そして朋子が綺麗になり始めたのが一年前だ。半年前に二人が深い仲ではなかったとすると、浮気を始めてから美容に凝り始めたという想定からはズレてしまうけれども、隠れて付き合っていた可能性もあるし、そもそも証言自体が主観的なのでなんとも言えない。

「榊教授以外に、朋子夫人と親しくされていた方はいますか？」

「朋子さんのプライベートはあまり知らないですね」

これ以上、朋子夫人の情報は出てこなそうだと珠緒は思った。

最後に、もう一人の容疑者についての質問をすることにした。

「車木さんの交友関係を、知っている限りでいいので教えて下さい」

「車木は僕の同期です。この研究室にも約七年いたので、在学中はうちの研究室の学生が交友の中心だったと思います。大学外での付き合いで言うと……『中野の飲み屋街に行くと必ず顔見知りが一人は見つかる』とは言っていましたが、具体的な人名は聞いたことがないですね」

「ありがとうございます」

珠緒は礼を言う。そして席を外そうとする。すると小林が呼び止めた。

「……そうだ。もう一人交友の深い方がいましたよ」

「どなたですか？」

「高峯教授です」

先ほど事情聴取を受けていた高峯幸二のことだ。まさかこんな所で名前が出るとは思ってもいなくて、珠緒はつい鸚鵡《おうむ》返《がえ》しにした。

「高峯教授って、……ええと、バイオエンジニアリング専攻の先生ですよね」

「そうです」

「機械系の研究者は、電気系とはあまり関わりがないという話を聞いているのですが、車木さんとは例外的に関わりがあったわけですか」

「そうです。自分も詳しいことは知らないのですが、学内のレストランで高峯教授と会食をしているのをたびたび見かけました。僕以外も何度か目撃しているそうです。研究について相談をしていたのですかね。車木の研究分野と、高峯教授が専門とする生体認証はほとんど関係がないので、どういう相談をしていたのかはわかりませんが」

珠緒は無重力の空間に、幾つものパズルのピースが浮かんでいる光景を思い浮かべた。

その中からピースを一つ手に取って、他のピースと繋《つな》げてみようとしてみた。だがうまく嵌《は》まらず、試みれば試みるほどに全体の像がぼやけていくような気さえする。

だが確実に材料は集まっている。これらのピースを一つに収斂《しゅうれん》させる方法がどこかにある。そう信じて、自分たちは闇雲にでも進んでいくしかない。

車木裕馬について、もっと調査をしてみたい。

珠緒は署に戻ると、車木のプライベートについてもう少し調べることは出来ないか、松浦に相談してみた。するといくつかの新しい情報が手に入った。

そうしているうちに、事件は思いもよらない展開を見せた。

7

凶器に付着していた指紋の持ち主が見つかった。

驚いたことに、それは榊研究室の講師、小林孝明のものだった。

早速、夜九時から東郷署にて小林の取り調べが行われることになった。カメラ越しにその光景を眺めながら国府が言った。

「〇時を超えての取り調べは違法になる可能性がある。あと三時間が勝負だな」

取り調べにおいて、小林は全てを否認していた。

農学部第二ラウンジには行っておらず、凶器のナイフに心当たりはなく、榊教授を殺す動機もないと言う。

だが十四時から十五時二十分の間にアリバイがあるかと聞かれると口をつぐんだ。榊研究室のメンバーも、その時間に小林は研究室には居なかったと証言していた。

「小林が犯人で決まりだな」モニターを見ながら国府は言った。

「……本当にそうなんでしょうか」

珠緒は言う。小林が捜査に協力的で、榊教授を殺したという後ろめたさを隠しているようには見えなかったことを差し引いても、ざらりとした違和感が残っていた。自分たちがどこかに誘い込まれているような。蜘蛛《くも》の巣にかかる蝶《ちょう》のような。

「考えられるのは次の二パターンだ」国府が言った。「小林の単独犯の場合。次に俺が数時間前に話したストーリー通りに、榊朋子が共犯である場合だ。恐らく榊朋子と小林孝明は不倫の関係にあった。二人は共謀して教授を殺害し、邪魔者を消すと共に遺産をも手に入れようとした」

本当にそうだろうかと珠緒は再び思った。小林が朋子に特別な思いを持っていたのかということに関しては、「朋子さんが綺麗になった」と熱っぽく語る彼を思い返してみればありえなくもない気がする。浮気に関しても、教授と朋子夫人の仲はあまり良くなかったようだし、なくはないと思う。でも殺しているかに関しては——。

松浦が国府に聞いた。

「小林はずっとラウンジに行ったことを否認しとりますけど、このまま小林がラウンジに行った証拠が出んかったら起訴できます？」

「凶器の指紋という証拠があることを考えると五分五分か。検察官は起訴をするのを嫌がるかもしれないな」

部屋の隅でずっと考え事を続けていた葵野が、独り言のように言った。

「今、考えるべきことは起訴できるかどうかじゃない。真実は何かということだ」

葵野は小林が犯人という説とは別のことを考えているようだ。また物流倉庫で見せたのと同じ素振りをしている。腕を組んで、じっと何もない右上の方を睨《にら》んでいる。

その時だった。別室で延々と取り調べを受け続けていた榊朋子が、ついに供述を変えた。

「だからその時間に、私の夫はラウンジに居なかったって言ってるでしょう！」長い取り調べに激昂《げきこう》した朋子が言った。「きっと小林くんが証言してくれるわよ！」

「小林とは、小林孝明のことだな」

取調官がそう口にすると、朋子の顔は石膏《せっこう》のように真っ白になった。

「どうして小林孝明の名前が出てくるんだ」

「それは……」朋子は言葉を失った。

「現場には小林の指紋が残っていたことも確認されている。早く吐いてしまった方が楽になるぞ」

「実は――」

朋子はついに、自分が農学部第二ラウンジに行った本当の理由を語り始めた。

小林と朋子は不倫の関係にあった。そして月曜日の十四時からの一時間は必ず、人気のない農学部第二ラウンジで逢瀬《おうせ》をしていたそうだ。榊教授は猜疑心《さいぎしん》が強く、朋子が夜に出歩くことを好まなかったため、日中のこの時間に会っていたのだという。

「それで、第二ラウンジで何をしていたんだ……いや、ちょっと待て」

女性から性的なことがらを聞く必要があると思ったのか、至急別室の珠緒が呼ばれた。東郷署にも女性刑事はいるのだが、時間が遅いために既に退勤してしまっていた。こういう時にも女性刑事は重宝される。

珠緒が聞いたところ、どうやら二人は情事を行っていたらしい。朋子夫人のスカーフは、その時に弾みで落ちたものだという。

朋子が自白したことを伝えると小林も口を割った。小林は今日の十四時からの一時間余り、朋子と共に農学部第二ラウンジにいたらしい。朋子と同じく、そこで情事を行っていたことも自白した。

国府の推理通りだった。また東郷署も同じ推測を元に動いていた。朋子との関係を自白し終えた小林に取調官は言った。

「それで、榊朋子と添い遂げるのに邪魔になったため、教授を殺害したんだな」

そう言うと、小林はがたがた震え始めた。殺人の嫌疑が、もはや晴らすことも出来ないほどに濃くなっていることを察したのだ。

「違う。殺してない。その時間には教授と会ってない。朋子さんが証明してくれるはずだ」

「残念ながら、利害の一致した人間同士の証言は証拠能力が低い。お前の身の潔白を、朋子夫人が晴らすことは出来ない」

「そんな……」

「凶器からはお前の指紋が出ている。お前も朋子夫人も現場に行ったことを自白している。どうすればお前を無罪に出来るのか教えて欲しいくらいだよ」

「違う！　これは陰謀だ！　嵌められたんだ！　俺が榊先生を殺すなんて――」

「言うに事欠いて陰謀とはな」東郷署の刑事はせせら笑った。

「どうやら解決に向かってるようですな」映像を見ながら松浦は言った。

「まだ予断を許さないがな」と言いながらも、国府の緊張はほぐれているように見える。「結論が出てみれば簡単な事件だったな」

映像の中で、必死に言い逃れを続ける小林を見ながら珠緒は思った。

本当にこれでいいのだろうか。なにか別の答えはないだろうか。

そう考えてしまうのはきっと、部屋の隅っこにいる葵野が、じっと天井の一点を睨んで、考えを巡らせ続けているからだ。本人にその気はないのだろうけれど、「まだ他の可能性もあるかもしれないよ、珠緒さん」と語りかけられているかのような気分になる。

実のところ、珠緒にも引っかかっていることがあった。犯人が教授を人気のない農学部第二ラウンジに呼び出したという計画性と、指紋の残った凶器を現場に放置しておくという無計画性が釣り合わないのだ。動揺していたと言われればそれまでだが、現場に二人もいてその両方が、凶器の存在を忘れるということがあり得るだろうか？

その時だった。ずっと部屋の隅にいた葵野がようやく動きを見せた。

国府の前に立つと、意を決したようにある提案を口にした。

「……小林に聞きたいことがあるのですが」

葵野の言葉に、国府は渋い顔をした。

「今は小林を追い込んでいる段階だ。東郷署は俺たちの乱入を喜ばないだろう。それに——」国府が時計を見ると、九時三十分だった。「時間がない。川岸の言伝《ことづて》もあるから、東郷署もこちらの頼み事を無下には出来ないだろうが、時間を貰《もら》えたとしても五分が限度だろう」

「それで問題ありません」

国府はため息をついた。「わかっているとは思うが、お前は小林の取り調べには参加できないぞ。完落ちは目前だ。少しでも証言の証拠能力を失うことはしたくない」

「珠緒さんにしてもらいます」

ちらりと珠緒を見る。急に自分の名前が出てきて驚いたけれども、もちろん用命となればやるつもりだ。

「それからもう一人、お話を聞きたい人がいます。こちらは僕が直接事情を聞きたいと思っています。その人物は――」

葵野はその人物の名前を言った。国府はふたたび険しい顔を見せた。

「だから、お前が取り調べをすると、証拠能力が――」

「取調官との関係を疑われて証言の有効性を失った事例は把握していますが、あくまでお互いの利害が一致した場合です」葵野は急に早口になった。「向こうが一方的にこちらを知っていて、こちらも同様で、かつ利害関係が一致していないという状態で、証言の証拠能力が失われたという例は聞いたことがありません」

「さっきは納得しただろ」

「さっきは参加する気がなかったので」

「まあ、ええんちゃいますか」松浦が言った。「犯人は小林で決まりでっしゃろ。じゃあ他の人物の取り調べくらいは、葵野さんにさせてあげてもええんちゃいます？だいたい葵野さんの言う通りなら証拠能力もあるわけでしょう」

国府は一度うつむいて、それから顔を上げて言った。

「……まあ、俺も保守的になりすぎた所がある。若い捜査官が、経験を積めるチャンスは大切にするべきだ。認めよう」

「ありがとうございます」

「それで、いつその人物の取り調べをするつもりだ？」国府は聞いた。「もう小林と朋子夫人以外の容疑者は家に帰されている。明日も平日だ。向こうの都合を考えると、休日とか――」

「三十分後です」

は？　と国府は聞き返した。

葵野は特に返答もせずに部屋を出ていった。その後ろを珠緒は追いかけた。

「三十分後って、そんなに早く来ていただけるんですか？」

「うん」葵野は続けた。「実は既に呼んであるんだ。国府さんには内緒だよ？　最初から取り調べをするつもりで、東郷署を通して呼んでもらっていたんだよ」

どうやら国府が認めなくても強行するつもりだったらしい。前回もだが、どうしてこの男は勝手に一人で物事を進めるのだろう。学者の習性なんだろうか。

「……国府さんが反対したらどうするつもりだったんですか？」

「僕の階級は警部なんだよ。川岸さんによる特別待遇でね。だからいざとなったら僕の意見の方が、警部補の国府さんよりも正当性があるはずだ」

「はあ……」よくもあんな強面《こわもて》の国府相手に「いざとなったら」なんてことを考えるものだ。「それで、小林に聞きたいことってなんですか？」

「ああ、それは――」


珠緒による小林の取り調べが終わり、葵野の提案から三十分が経った。

その人物は東郷署の取調室に現れた。

涼しげな表情をしている。これから始まる取り調べも、あくまで昼の事情聴取の再確認に過ぎないのだろうと確信しているようだ。椅子にもたれかかって大きく伸びをして、ぼんやりと宙空を見つめていた。

そこに二人の取調官が現れた。

一人が葵野、もう一人は珠緒だ。

実はこれが葵野の初めての取り調べだった。そこで誰かが一人サポートに入ることになったのだが、それに珠緒を指名したのだ。国府は経験の多い自分が入りたがったが、どうしても珠緒がいいと言って葵野は譲らなかった。珠緒も取り調べに慣れているわけではないので国府は懸念を示したが、結局は葵野が押し切る形で珠緒が入った。

珠緒はまだ、葵野がしようとしていることの全容を把握していなかった。

だがふしぎと期待感が胸を満たしていた。この男ならば、自分の心のわだかまりを晴らしてくれる。そんな気がしたからだ。

「警視庁捜査一課の大村です」

「同じく葵野です」

その人物は葵野を見て少し驚いたようだった。だが動揺は、小石を水たまりに投げ込んだ時のように、かすかに現れてすぐに消えた。

葵野はなんの躊躇《ためら》いもなく、ほんの一つの雑談もなく、真っ直ぐにその言葉を口にした。

「高峯幸二教授、あなたが榊教授を殺した犯人ですね」

8

国府はスピーカー越しに取調室の葵野の発言を聞いて絶句した。

小林が犯人ということで固まりかけている状況で、この男は何を言っているのか。

それに今や取調室の全面可視化も始まっていて、一般人の扱いにも繊細になっている。だからシロの人物にカマをかけてみて反応を見るといった、昔は当たり前だったことは許されない。高峯を犯人と呼んだからには、それ相応の根拠が必要になる。

松浦はニヤニヤしながらモニターを見つめている。そして「やっぱり葵野さんっておもろいですよねー」と、誰に言うでもなく呟《つぶや》いた。

高峯はしばらく声を発さず、微笑むような表情のまま固まっていた。葵野は繰り返した。

「あなたが榊教授を殺害しましたね」

高峯は指を額に当ててじっくりと考えると、眉《まゆ》を八の字に下げながら言った。

「君が葵野数則くんか。話したことはないけれども、噂だけはよく聞いていたよ。数学科にとても若くて優秀な准教授がいたとね」

犯人扱いをされたにもかかわらず、その表情は先ほどの事情聴取の時と少しも変わらなかった。まるで昼下がりのコーヒーブレイクの時のような悠然とした態度だ。

「だが東大にいた時ほど、君はここでは優秀ではないらしい。事件に無関係な私を犯人呼ばわりするとはね」

高峯は言う。葵野は意図的な微笑を作った。

「高峯先生。僕もあなたの話を聞いていましたよ。バイオメトリクス……生体認証の分野に多大な貢献をした方だと。先生の最近の研究内容についても、論文誌を拝読させてもらって知っています。先生の研究室で発表されていた、タイピングをする時にキーボードに触れる指紋を使って、継続的に指紋認証を行い続けるアルゴリズムについても面白いと思いました」

葵野が言う。高峯はにこりと笑った。

「よく勉強してるね。東大にいた時から、他分野の情報をよく仕入れていた君だものね」高峯は右手の人差し指の先で、取調室の机から一粒の埃《ほこり》を取った。「……それで、どうしてそんなにも優秀な君が、私が榊を殺したという的外れなことを言い出したのかを聞かせて欲しい」

葵野は一瞬だけ机の上を見て、さっと頭の中で話す順序を組み立ててから言った。

「先生の研究室の共同研究先に、DDセキュリティサービスという会社があります。携帯電話やパソコンやマンションの、生体認証部の製作をしていることでセキュリティ業界では有名な会社です。先生はこの会社と、遺伝的アルゴリズムを使った、より正確な指紋認証に関する研究を行っていましたね」

「相違ないね」

「同時に、学生のセキュリティ意識を高めるために、DD社に協力してもらうことで、ゼラチンで作った本物そっくりの指で、スマートフォンの認証を突破するセミナーを開催していましたね。……恐らく方法はこういうものでしょう。ホームセンターでも売っている一般的な樹脂を温める。そこに指を押し付ける。樹脂を冷やして固める。

こうして出来た型に、お湯に溶かしたゼラチンを流し込む」

「遠くない」

「さて、こうして出来たゼラチンの指で、スマートフォンの指紋認証を突破できるのでしょうか」

高峯はあごの辺りを触りながらじっと葵野の方を見つめている。

「答えは可能」

葵野の言葉を聞いて、高峯は目を細めた。

「スマートフォンは、動作は早いが精度の低い指紋認証を用いているからです。具体的には指の凹凸や、一つの指に百個あるという特徴点が、ある程度合致するかを見ています。その一方でPCの指紋認証は、ゼラチンの指では決して突破できないようになっています。これらは押し付けられた物体の誘電率を測定して、人間の指と等しくなっているかなどの、より精度の高い認証方法を用いているからです」

「その通り。工学系顔負けの知識だね」

高峯は頭を掻《か》いた。口元には笑みを浮かべている。

「どうやら、このセミナーに小林さんは参加していたみたいですね」

葵野は身を乗り出して、じっと高峯の瞳《ひとみ》を覗《のぞ》き込んだ。

「ゼラチン指での認証が成功するか否かは、ゼラチンの硬さや、樹脂の型の明瞭《めいりょう》さに大きな影響を受ける。誰にでも出来るという物ではない。でもどうやら小林さんは、幸運なのか不運なのか、上手《うま》く行ったみたいですね」

高峯は葵野の目を見返した。その目には、珠緒が今まで取り調べをした被疑者から感じたような、不安や狼狽《ろうばい》は一切宿っていなかった。

「大村に事情聴取をしてもらったのですが、小林さんは各社のスマートフォンの指紋認証の大半を突破できるような、素晴らしい指を作ったそうですね。四十人が参加したそのセミナーで、同質の指を作れたのは四人だけだったと言います」

葵野が話している内容は、先ほど珠緒が小林から聞いたものだ。

東郷署から許可された取り調べ時間に、高峯教授とDDセキュリティサービスが共同で行った、ゼラチン指で指紋認証を突破するセミナーに参加したのか、参加をしたとしたらその様子はどうだったか、と質問をしたのだ。

「セミナーが終わった後、作ったゼラチン指は直ぐに廃棄しなければならない。個人情報ですからね。今はどこでも扱いが繊細になっています。……でも」

「…………」

「先生は小林の指だけは捨てなかったんじゃないですか？」

高峯は独特の無表情を浮かべた。口角は上がっているが、そこにはなんの意味も込められていない。無意味さという概念を表出させたかのようだ。

「スマートフォンの指紋認証、PCの指紋認証、マンションの入館の指紋認証……現代では色んな場所で認証を行っています。そういった指紋認証を専門に研究している人間ならば、鑑識の指紋認証をも掻い潜ることも出来るのではないかというのが、僕の推理です」

葵野ははっきりと言った。

「先生は凶器に小林の指紋を付着させて、鑑識の指紋認証を掻い潜った」

その発言と共に、部屋の空気が一段と張り詰めた気が珠緒にはした。物腰柔らかな二人の男の間に、格闘技の試合が始まる直前のような血なまぐさい緊張感が漂う。

「具体的にはこうだ。多くのテレビドラマでは、鑑識は銀色のアルミニウムパウダーをダスター刷毛《はけ》で掃くことによって指紋を集めているが、実際は付着場所が平面なのか曲面なのか、汚れているかそうでないか、紙類なのか金属なのか、皮膚なのか繊維なのか、また予備検査なのか本検査なのかによって様々な方法が使い分けられている。だが基本的な理念は変わらない。指紋に含まれる水分や油分を試薬に反応させるというものだ。今日の現場で使われたのは、そして使われるだろうと当たりを付けられたのは、近年、指紋検出試薬として最高峰だと絶賛されている四酸化ルテニウム」

葵野が言う。高峯は大きく伸びをする。

「東郷署の鑑識課とも話しましたが、今回の指紋はすごく綺麗《きれい》に取れたらしいですね」

「それは何より」

「先生が指紋を偽造するために使ったのはグリセリン脂肪酸エステルですね。これは多くの指紋検出試薬と反応性があります。ゼラチン指を印鑑に、グリセリン脂肪酸エステルを朱肉に喩《たと》えるとわかりやすい。先生は榊教授を殺害すると、凶器に使ったナイフの指紋を拭《ふ》き取り、指紋の印鑑を押した」

「…………」

「時系列を追って話していきましょう。先生は恐らく、小林さんと朋子夫人の不倫関係を知っていた。そして月曜日の十四時からの約一時間、農学部第二ラウンジで逢瀬《おうせ》をしていたことまで把握していた。だから先生は少し余裕を持って、榊教授を十五時半に呼び出した……実際には、教授はそれより少し早く、仕事をサボっていた清掃員の住吉さんが、ラウンジを訪れる十五時二十分より前には到着していた。あなたと話す前に、煙草でも一、二本吸おうと思ったのでしょうね」

「…………」

「十五時半。あなたは農学部第二ラウンジを訪れて教授を殺害し、先ほどのトリックを行った。こうすれば、小林さんが第二ラウンジに来ていたという証拠、小林さんが教授を殺したという証拠、不倫相手と一緒になりたいがゆえにその夫を刺し殺すという納得できるストーリー、その全てが手に入る」

「…………」

「あなたの誤算は三つ。一つは、普段は人気がないはずの、恐らくは何度か視察して人が来ないことを確認したはずのラウンジの近くに、なぜかその日に限って住吉さんがいたこと。もう一つは同じく偶然、増田さんが喫煙スペースを利用したことによって死亡推定時刻が狭まったこと。最後にあなたのトリックを見破ることの出来る僕が刑事だったこと」

高峯は葵野の推理を聞き終えると、ふう、と大きく息を吐いた。そして椅子に浅く腰掛け直すと言った。

「君に准教授の職を与えたのは東大の過ちだったようだね。研究者の基本がなっていない。事実を主張したい時には、まずはエビデンスを示すことが大事だ」高峯は指をひらひらさせた。「果たしてそのトリックが私に可能だったとして、実際にそれをやったという証拠はどこにあるんだね？」

「いくらでもありますよ」

「ほう」

「純度の高いグリセリン脂肪酸エステルを作るには大掛かりな設備が必要です。そして個人が充分な設備を揃えるのは現代の日本ではまず不可能です。大学の実験室レベルの設備が暴力団に渡れば、合成麻薬をいくらでも作れてしまいますからね。ダミー会社を作るといった手段もあるし、オウム真理教は実際にそうしてサリンの製造工場を造ったそうですが、そのためには非現実的なほどの資金が必要です。だから大学の化学実験棟を使うしかない。履歴を調べてみましたが、そこにはしっかりと先生がグリセリン脂肪酸エステルを作ったという証拠が残っていましたよ」

珠緒は思い出す。榊研究室で『学内で調べておきたいことがあった』と言っていたのはこのことだったのか。

「先生の専門は生体認証でしょう。なぜ自身の研究分野と無関係な、化学に関する実験を行っていたのでしょうか」

「生体認証が専門分野だからだよ。さっき君が言ったようなトリックが、指紋認証の突破に使われてしまっては大変だからね」

「人から指紋を盗み取るのは現実的ではないし、企業も研究者も、まずリスクとして想定しませんよ。眠っている他人の指を取って樹脂に押し付けるだなんて、親しい人でもないと出来ないことだし、普通は目が覚める。そこまでが可能だったとして、セミナーの例を見ればわかるように十人中一人くらいしか成功しない」

葵野は続けた。

「そんな意味不明なリスクを解決するために研究を行うとは思えない。行ったとして、グリセリン脂肪酸エステルによって突破できる認証なんて、それこそ鑑識の指紋採取くらいですよ。おまけに学生に任せるのではなく教授自らが行動していると来ている。あまりにも矛盾に満ちた行動だ」

「研究の細部を君に言う必要はない。それに、教授自らが化学実験を行うくらいの自由度は認められている」

「農学部第二ラウンジの喫煙スペースの床に、あなたの生体情報が一つも落ちていないとお思いですか？　警視庁の鑑識課は髪の毛一本すらも見逃しませんよ。成人男性の一日の抜け毛の量は五十から百本と言われています。あなたが喫煙スペースを訪れた跡はすぐに見つかる」

「そうだね。きっと落ちているだろう。私だって一度は喫煙スペースを訪れているかもしれない。だがその髪の毛が今日落ちたものだと君には証明できるのか？　今日の十五時半に落ちたものだと？　また禁煙スペースにあったものが何かの弾みで移動してきたものでないとも？」

「凶器のナイフの取っ手の写真を見ましたが、指紋の付き方が明らかに変でした。指紋を拭き取った跡がありましたが、残った人差し指の指紋があまりにも綺麗すぎる。端っこがかすれてさえもいないし、柄の中央に付いていた。小林さんが拭き残した物ならば、かすれた指紋が柄の隅っこから見つかる方が自然です。その点はどうお思いですか？」

「偶然そういった拭き方をしたのかもしれない」

「あまりにも詭弁《きべん》だ」

「ナイフの柄を拭く方法なんて無限に存在するだろう。数学的に無限にね。なんなら私がシミュレートして、人差し指の指紋だけが残る特殊な拭き方を実演してあげようか。どうして小林が、偶然にも指紋が残るようなナイフの拭き方を選ばなかったことを証明できるんだ」

もしかすると、この高峯という男は絶対に折れないのかもしれない。

優秀な科学者だからこそ、どれだけの証拠を突きつけられた所で「自分が犯人でない」一縷《いちる》の可能性を見つけだし、それを堂々と喧伝《けんでん》することが出来る。あまりにもたちの悪い容疑者だ。葵野が敵になったみたいだ。

高峯は身を乗り出した。

「だいたい私が榊を殺す動機はなんだ？　最初の事情聴取で伝えた通り、私と榊は工学部の同期ではあるが、当時も現在もほとんど関わりがないんだぞ」

動機、と言って葵野は口ごもった。

珠緒は思い出した。前の事件の時に葵野は、人の気持ちを考えるのが苦手だと言っていた。だから今回についても、もしかすると動機については不明瞭《めいりょう》なままこの場に臨んだのかもしれない。だとするとまずい。動機は彼の弱点だ。

それを敏感に察したのか、高峯は捕虜の傷をえぐることに喜びを覚える、戦争映画に出てくる卑劣な軍人のような笑みを浮かべると、声を荒げて言った。

「あははは、動機もわからないのに、私を犯人扱いしたのかね？」

葵野は何も言わずに高峯を睨《にら》んだが、動機の話題で劣勢に立ったのは明らかだった。

「そりゃあ君に人の心なんてわかるはずがないか。だとしたらあんな事件も起きなかったろうから。彼女、まだ二十七歳だったね……若かった。でも君は事件を予測することも出来ず――」

気づけば珠緒は声を荒げていた。

「――その話は今日の取り調べとは関係ありません！」

ずっと黙っていた珠緒が発声したことに高峯はすこし驚き、「その指摘はもっともだ」と言って矛を収めた。

先ほどの高峯の言葉は妙に神経に障った。葵野が関わった事件の詳細は知らないけれども、人には触れられたくないことがあるはずで、去年の事件が葵野にとってのそれならば、目の前で嘲《あざけ》りながら話題にするなんて絶対に間違っている。私にだって、簡単に話題にはされたくない事件があるからだ。

この男を屈服させてやりたい。絶対に罪を認めさせてやりたいと珠緒は心の底から思った。

彼が犯人であることはほとんど明らかだ。ただ一つ、動機だけがわからない。それさえ言い当てることが出来れば、この男は罪を認めるかもしれない。

その時だった。

気持ちが昂《たか》ぶったことで妙なスイッチが入ったのか、あるいはここまでの情報を総合すれば自《おの》ずとわかることだったのか、珠緒の頭の中で、ばらばらだったピースが一つずつ嵌まっていく感覚があった。

寄り集まったピースは、一つの鮮やかな映像を作り上げた。

本当にこれで合っているのだろうか。別の可能性がないとは言い切れない。だが不思議と珠緒には確信があって、静かに高峯に言った。

「動機には見当がついています」

高峯の眉《まゆ》がぴくりと動いた。もしかすると心中では動揺を覚えているのかもしれない。珠緒は続けた。

「きっかけは車木裕馬さんのことですよね」

珠緒の問いに高峯は言葉を失った。あれほど立て板に水だった反論が一つも出てこない。

「……誰だそれは」

高峯はようやく声を絞り出した。先ほどの快活な話し方はどこにもない。

「半年前に逮捕されて東大を懲戒解雇された、榊研究室の元助教です」

「ああ、そんな事件があったね。詳細は知らないが」高峯は咳払《せきばら》いを一つした。

「知らないはずがありません。あなたと車木さんがよく学内で会食していたという証言が出ています。普段は関わることの少ない電気系の助教と機械系の教授が、なぜだか頻繁に会っていた。研究の内容からしても接点があるとは思えないと」

高峯は眉間《みけん》に指を当てて考える素振りをすると、白々しく「ああ」と口にした。

「忘れていたよ。車木くんね。まさかあんな事件を起こすとは思わなかった」

「車木さんと榊教授の間には、少なからぬ因縁があります。榊教授は、何故か車木さんにだけは強い執着を示し、彼に無茶な課題を押し付けたり、質問を無視したり、人前で叱ったりと、まるで怨恨《えんこん》があるかのような行動をした。普段は学生に興味を示さない方なのに。果たしてその理由はなんだったのか」

「…………」

「私のいる高度科学犯罪対策班には、インターネットに強い仲間がいます」松浦のニヤニヤ笑いを思い出しながら珠緒は言った。「彼に車木さんの裏アカウントを暴いていただいたところ、担当教授に対する不満をぶちまけた投稿がありました」

高峯はほう、と言った。あるいはドアが軋《きし》む音だったかもしれないと思うくらいに小さな声音で。

「内容はこうです。自分の教授が、自分の父親に一方的な恨みを持っていて、その当てつけに自分をいたぶっている。自分を採用したのも意図的に自分を攻撃するためで、全ては仕組まれていたのだと」

珠緒は高峯の顔をじっと見据えた。そして確信をより強くした。ああ、そうだ。最初に車木の写真を見た時に感じた違和感はこれだったのだ。

「高峯教授、あなたが車木裕馬の父親ですね」

吹雪が一瞬だけ吹き付けたかのようだ。高峯はわずかに口を開けたまま凍りついた。その様子をじっくりと珠緒は眺める。やはり二人の顔は似ている。特に目尻《めじり》の下がり具合なんかがそっくりだ。

「あるいは隠し子とでも言うべきかもしれませんね。苗字《みょうじ》も違いますし、榊研究室の人も誰も知らないようでしたから」

「見当違いだろう」高峯は言った。

「嘘はいけません。戸籍情報なんて簡単に調べられますよ」

「…………」高峯は言葉を失った。

「高峯教授と榊教授は工学部時代の同期で、特に関わりはなかったと言っていましたが、本当はその時に何かしらの因縁があったのではないですか？」

高峯は口を応答の形に開けたまま、何も答えなかった。

「そして投稿には、あげくの果てには論文の第一著者を他人に変えられたと書かれていました」

榊研究室での聞き込みで、小林は「あげくの果てには――」と言いかけた。きっとこの件を漏らしかけたのだろう。だが自分も関わっていることだけに、言うことが出来なかった。

「榊教授は車木さんの研究を小林さんの名義に変え、その功績で小林さんを講師に格上げした。一方で何の実績も残らない車木さんは助教にとどまった。もしかすると研究者としては車木さんの方が、小林さんよりも優秀だったのかもしれません。でも、いや――だからこそ、榊教授は小林さんを一方的に寵愛《ちょうあい》することで車木さんを貶《おとし》めた。そして小林さんも、自らの利益のためにそれに乗った」

「…………」

「本来は適切な機関にかけ合って、榊教授と小林さんの不正を暴くべきだったんです。でも車木さんの性格もあって、彼はお酒に逃げてしまった。アルコール依存症になり、結果的に建造物侵入罪で大学を辞めさせられることになった。そして――」

珠緒はその続きを言おうとした。だがそれを遮るように高峯が言った。

「はい、殺人を認めます」

珠緒は呆気《あっけ》にとられた。先ほどまで全力で言い逃れを続けていた高峯が、今では真っ向から自分の罪を認めている。

「二度とこのようなことを致しません。深く深く反省いたします」

「それは……自白ですよね？」

つい聞いてしまった。すると高峯はけろっとした声音で言った。

「そうです。自白です」

「……随分とあっさりと認めますね」

「自分と裕馬との関係まで知られているならば、もうこれ以上粘っても仕方がないですからね。投了宣言です。今となっては、早く刑事手続きを終わらせていただきたいくらいですよ」

珠緒は頭がくらくらしてきた。この男の考えていることがわからない。罠《わな》にでも掛けられているのだろうか。

いや、恐らくは本当に言葉の通りなのだろう。証拠が出揃ったから罪を認めた。認めたので早く刑事手続きを進めて欲しい。それだけだ。この男の中ではもう答えが出ているのだ。

「取り調べを続けます」気を引き締め直すつもりで珠緒は言った。「大学時代にあった、榊さんとの因縁とはどういうものでしょう」

「榊はね、ああ見えてすっごく面白い奴なんですよ」愉快そうに高峯は言った。「昔から変わらないんです。瓶底眼鏡をかけて、いっつも仏頂面をしていてね。しかも些《さ》細《さい》なことですぐに怒る。『バーカ』とかそういう小学生みたいな悪口でキレるんですよ。でも逆上したって体格的には私には敵わないことがわかっているから、『この野郎』ってデカい声でいいながら机を殴るくらいでね。ははははは！　そういう奴だと、ちょっとからかいたくもなるじゃないですか」

　珠緒と葵野は言葉を失った。高峯は子供のように笑いながら言った。

「ただ、ある日ちょっとやりすぎてね。あいつの飲み物にこっそりウイスキーを入れておいたら、ものすごい下戸だったようで、授業中にもかかわらず顔が真っ赤になったんですよ。一発で飲酒がバレましてね。おまけにあいつは自己弁護の下手な男ですから、自分から飲んだと誤解されて機械情報工学科には居られなくなりました。それで本人の望まない形で電気系に進むことになった……あはははは!!　笑い話ですが。いつまでも根に持っていたようですね」手を叩《たた》きながら高峯が言う。

「…………」珠緒は絶句した。

「裕馬が榊に不当な扱いを受けていると聞いた時、私は菓子折りを持って榊に謝りに行きましたよ。でも榊は絶対に許さないの一点張りだった。こういう奴ですからね。許さないと言ったら許さないんでしょうね。最終的には、裕馬は研究者としての未来を奪われました。でね、それで思ったんですよ。榊に便乗して講師になった小林が、榊を殺して逮捕されたらさぞ愉快だろうってね。……だが、何事も自分の計算通りには進まないものですね。勉強になりました」

そう言って高峯は礼をした。

では、取り調べを終わります、と、やや急ぎ気味に珠緒は言った。

もう〇時が近いし、既に充分な量の自白は聞いた。後は身柄を東郷署に引き渡すだけだったからだ。

それに……もうこれ以上、この男と話したくないと思ってしまった。姿形だけは人間で中身は別のものと相対しているみたいで、不安ばかりが増大していく。

珠緒は立ち上がり、高峯に外に出るように促した。高峯は大きく伸びをすると、独り言のように言った。

「取調官が葵野くんだった時、実は少しだけ嫌な予感がしたんですよ。……だが、まさか本当に厄介なのが、その隣にいる頼りなさそうな女性刑事の方だとは思わなかったなあ。いろいろと計算外のことがありましたが、これが一番の誤算でした」

9

東大教授殺人事件の次の日、珠緒は川岸に警視庁内の会議室に呼ばれた。二人きりで話したいことがあるとのことだった。

時間の五分前に行くと、川岸は既に着席していた。珠緒は慌ててその向かい側に座った。

川岸はいつも通り、一定の音量を保った声で言った。

「大村さん。科対班へは急な参加だったにもかかわらず、見事な働きのようですね。国府も褒めちぎっていましたよ。あなたのおかげで、私も科対班を続けていける見通しが立って安堵《あんど》しているところです」

「いえいえ、ほとんど葵野さんのお陰です」

「それで、本日ここに呼び出したご用件についてお話しします」雑談はここまでで、すぐに本題に移った。川岸がそういう人だとはわかっているけれども、急カーブに差し掛かって車体が大きく揺れたような感覚だ。「昨日の事情聴取の途中に、一年前に葵野数則に起きた事件のことを断片的に知り、狼狽《ろうばい》する一幕があったと国府から聞きました」

増田里美の事情聴取の時の話だ。もしかするとそれに関わる話かもしれないと、呼び出された時から薄々気づいていた。

「大変申し訳ありません！」

珠緒はあらかじめ用意しておいた百パーセントの謝罪を口にした。だが川岸は柳に風だった。

「ミスを犯して謝っても仕方がありません。人類は永らく、ミスに対して『謝る』という非効率的な修正方法を用いていましたが、最近ではようやく、それよりも効果のある方法が注目されています。それはミスの原因を取り除くことです」

川岸は淡々と言う。経堂署では、全てこの『百パーセントの謝罪』で乗り切れていたので、予想外の反応だった。

「なので、今後はこういったことがないように、葵野数則が一年前に遭遇した事件のことを、大村さんに話しておきたいと思います」

川岸は淡々と口にした。だが珠緒の心は、自分でも意外なくらいに乱れた。

「……私が知ってもいいんでしょうか」

「知ってもいいではなく、知っていただきたいんです。経堂署の担当する事件でなかったとは言え、ネットで『東大　殺人　数学科』とでも検索すれば概要くらいは出てくると思いますが、あなたの態度からすると、そういったことはしていないという認識で問題ないですね」

「してません」珠緒は答えた。そんなことは思いつきもしなかった。

「では話します」

川岸が言う。珠緒は緊張で体が熱を帯びていくのを感じた。

「葵野数則は去年、恋人を殺害されています」

その言葉を聞いた途端、珠緒の頭は真っ白になった。あらゆる騒音が耳の中から取り除かれて、空いた空間に川岸の声がざらざらの粒になって詰め込まれる。

「その犯人はある凶悪な連続殺人犯の模倣犯でした。当初は模倣犯ではなく本人の犯行だと思われていたのもあって、すぐに捜査本部が設置され、本庁からは私も臨場しました。その事件で葵野は見事な推理を披露し、自らの恋人を殺害した犯人を突き止めました。その才能に惚《ほ》れ込んだ私が彼に『高度科学犯罪対策班』の構想を話し、参加していただくという形で科対班は発足しました」

川岸は淀《よど》みなく口にした。だがその間中、様々な想念がひっきりなしに珠緒の中を横断した。あるものは大きすぎて脳のシナプスを通り抜けることが出来ず、あるものは小さすぎて認識されず、またあるものは脳の一部に滞留して他の想念が流れて行くことを阻害した。珠緒は混乱しながらも一つの質問を口にした。

「その凶悪な連続殺人犯は、既に逮捕されているのでしょうか」

「いえ、まだ活動していて、犠牲者を増やし続けています」

「それは……誰でしょうか」

すこし考えればわかることだったかもしれない。でも珠緒の頭にはもう考える容積がなくて、そう聞いた。

川岸は回答した。

「土星23事件はご存知ですよね？」

第三話　展開される爆発

1

始まりは、三年前に起きた奇妙な事件だった。

石川県の山中で一体の死体が見つかった。登山コースから少し外れた所にごろりと転がっていて、登山客が通報した。首なし遺体だった。

ほぼ同時刻に、高知県にて切り取られた人間の首が見つかった。どちらも死後七時間から九時間ほど経っていた。

二つの遺体が同一人物のものであるということは、当初はわからず、遺体発見の三日後に判明した。石川県の山中に首なし遺体が遺棄されていたことをニュースで知った高知県警が、ふと二つの遺体が繋がるのではないかと思い立ったのだ。

犯人は石川県で人を殺した後に、その首を高知県に運搬したと考えられた。死後七

〜九時間経っていたことを考え合わせると、運ぶための時間はあっただろう。

問題は、なぜそんな行為をしたのか、まるで見当がつかないということだった。

不明な点はもう一つあった。遺体の首とふくらはぎに、それぞれ「♄」という、h の上に一本線が引かれたようなマークが刻まれていたことだ。♄は土星の惑星記号であり、西洋にて占星術のために十五世紀頃に考案されたと言われている。死後に彫られたものだと鑑定されたが、その理由はわからない。これは事件に関する重要な情報と見なされ、マスコミには秘匿された。

その二ヶ月後に、ふたたび奇怪な事件が起こった。

沖縄県の浜辺で一体の死体が見つかった。またしても首なし遺体だ。発見時は死後硬直が始まりかけており、だが最も硬直しやすい頸動脈《けいどうみゃく》の付近でも硬《かた》まりきっていなかった。ゆえに死亡から一時間以上かつ二時間以内のものだと考えられた。

奇怪さが強まるのはここからだ。沖縄県で死体が発見されたのとほぼ同時刻に、北海道の草原にて遺体の首が見つかった。

最初の事件と同様に、犯人は沖縄で殺人を行った後、北海道まで行って首を遺棄したと考えられた。

だがそのためには困難な点があった。二つの遺体発見場所の間は、二千キロ以上の距離で隔てられている。これは飛行機でも三時間かかる距離だ。搭乗手続きや空港からの移動距離を考えると、とても二時間では間に合わない。

明らかな不可能犯罪。

新たな被害者の遺体の首とふくらはぎにも、♄という土星の惑星記号が刻まれていた。よって警察は二つの殺人を同一犯によるものと考えて捜査を行った。

共通点はもう一つあった。どちらの殺人も月の「二十三日」が死亡推定日だった。こちらについては警察は軽視していたが、ネットではすぐ話題になった。

関連性は不明だが、その後半年から一年に一回くらいのペースで、計三回、決まって月の二十三日に異常な事件が起こった。世田谷区にて、生きたまま木の枝に包まれて焼かれたらしい遺体が発見される、生放送中に、実業家がいきなり踊り出して毒死する等だ。前者は木の枝に♄という文字が刻み込まれており、後者は被害者が♄のマークの付いた装飾品を身に着けていた。

世田谷区での捜査には珠緒も加わっていた。川岸と初めて会った時の既視感は、捜査本部に彼女も居たからだ。

警察は表立っては同一犯と認めるような声明は行わなかったが、ネット上では面白半分に話題にされていた。月の、なぜだか決まって二十三日に異常な殺人を行う人間がいる。同一犯かもしれない。

ネット上での推測を裏付ける出来事が起こった。五つの事件の犯人を名乗る人物の投書が大手週刊誌の編集部に届いたのだ。

もちろん当初は本気にされなかった。しかし投書を受け取った編集者が、書かれていることを一つ一つ検証していくと、驚くべきことに全て裏付けが取れた。なによりも警察が発表しておらず、インターネット上でも気づかれていなかった、現場に♄が残されているという法則性にまで言及されていた。そこで週刊誌は一大スクープとして、犯人からの投書を公開した。

「土星23事件」

ゾディアック事件や切り裂きジャック事件の再来とも言われる、日本史上最悪の劇場型連続殺人事件は、そう名付けられた。

投書の中で犯人は自分を「土星人」と名乗っていた。そして自分が五件の殺害の犯人であるという証拠を呈示した後には、「土星にとって二十三日は祝うべき日なので、生け贄《にえ》を捧《ささ》げる必要がある」といったふざけた供述を続けていた。

また日本語の間に土星語と呼ぶ、「□」や「⊓」や「┐」などの記号によって書かれた奇妙な文章を挿入していた。こちらの暗号については全国の有志が解読に取り組んでいるが、未《いま》だに判読できていない。

劇場型犯罪は人を惹《ひ》きつける。

模倣犯も出た。二十三日に人を殺してしまった後に、捜査の攪乱《かくらん》のために現場にわの跡を残したという行きあたりばったりな例もあれば、土星23事件に心酔して演じ切ったような凶悪なものもあった。そして葵野数則が恋人を殺された事件も、そういった「凶悪な模倣犯」によるものだった。

川岸から話を聞いている間中、珠緒は自らの拳《こぶし》を痛いほど強く握り、反省させられている子供のように背筋をピンと伸ばしていた。

『もしかしてそれ、葵野さんの元カノとか……』

『前に言っていた元カノから貰《もら》ったものですか？』

自分は無意識のうちに、葵野が一番触れられたくない傷をえぐっていた。

もしも自分が同じことをされたならば、きっと傷つくだろうと思うことを、自分自身が行っていたのだ。

謝らなければ、と思った。だが謝るためには、自分が川岸から葵野の過去を聞いたことを口にする必要がある。自分の知らない所で事件の情報がやり取りされていたことを知れば、当然ながら葵野もいい気はしないだろう。そもそも「謝りたい」というこの気持ちだって、わだかまりを解きたいという私の自己満足かもしれない。

それから数日ほど、葵野の前では普段通りに振る舞えない日々が続いた。話しかけられた時に妙に間が空いてしまったり、変に気を遣ってしまったり、そういった微妙な違和感は葵野にも伝わって、二人が話すこと自体が少なくなっていった。元から多くを話す仲ではなかったのだけど。

業務に集中するためだと川岸は言っていたが、結果的には逆効果だった。珠緒の心の中は混沌《こんとん》としていて、荒く角張った想念がぐるぐる回っていた。こんなことなら教えないで欲しかったという見当違いな不満も浮かんだが、知らなかったら自分は葵野の傷を無意識にえぐり続けていたかもしれないし、それを封じただけでも——川岸にはその意図はなかっただろうけれども——意味があったのだと思うことにした。

晴れない気分が続き、二十三日が来た。

その日は朝から、班内に緊張が走っているように感じられた。誰も口には出さないけれども、土星23事件のことを意識しているふうに思える。

前回の犯行からは半年以上が経っている。そろそろ新しい犯行が行われてもおかしくない頃だ。五件のうち二件は都内で起こっているし、もし起こったら科対班が関わる可能性は高い。なんせ科対班は、過去のほとんどの土星23事件の捜査に加わっていた川岸が結成した班だ。

昼過ぎ、デスクワークを行っていた松浦が、おおーと声を漏らした。

「どうしたんだ」隣にいる国府が聞いた。

「ああ、いえ、業務上必要な情報を収集するためにSNSを見とったんですが」たぶんサボっていたのだろうが、白々しく言った。「都内でマンションの火災が起こったそうです」

そう言って国府にパソコンを手渡した。珠緒と葵野も立ち上がって画面を覗《のぞ》きに行った。

画面には『大きな音がしたから見に来たら……』という書き込みと共に、投稿者が撮影したと思《おぼ》しき動画がアップロードされていた。築四十年ほどの古いコンクリート造りのマンションの一室が、赤い光と共に轟々《ごうごう》と黒煙を吐き出している。

珠緒は交番勤務だった時に、担当区域で起きた火事の担当をしたことがあった。小規模なものだったため、消防車の到着の前に、住民が協力して消火していた。そういった小さな規模のものでも警察は対応して調書にする必要がある。厳密には失火罪だからだろう。今回も失火によるものだろうか……と考えていると、隣にいる葵野が難しい顔をして言った。

「……妙だな」

「やっぱり葵野さんもそう思いますか？」松浦が笑った。

「火の勢いが強すぎる。窓側の壁が綺麗《きれい》に真四角に焼け落ちているほどだ。にしては延焼が少ない。つまりは徐々に燃え広がったのではなく、突然この規模の火災になった。そして『大きな音』」

「火災というよりは爆発でっか」松浦は合点した。

以前に珠緒が担当した火事は「室内でバイクの修理をしていたら、気化したガソリンが誤って部屋の中に充満してしまい、気付かずに煙草の火を点《つ》けた時に火災が起きた」というものだった。要するにそれも爆発事故だったのだが、その時には窓や壁にはダメージがなかったし、火を点けた本人も軽傷で済んだ。

それと比べるとこの爆発の規模は大きい。充満していたガスの量は桁違《けたちが》いだっただろう。中に人が居たとすると無事では済まなかったに違いない。言われてみれば、明らかに事件性がある。

そして今日は二十三日だ。

川岸から聞いた内容もあって、どうしても土星23事件のことを考えてしまう。爆破というのは、いかにも劇場型犯罪者が好みそうだ。これで現場に普通の犯罪にはない「奇妙な点」が残されていれば、土星23事件の完成だ。

「投稿日時はいつだ？」国府が聞いた。

「一時間ほど前ですな。所轄はとっくに動いとるんちゃいますか？」

その時だった。部屋に急ぎ足で川岸が入ってくると、全員が揃っていることを一瞥《いちべつ》で確認すると言った。

「先ほど、港《みなと》区のマンションの一室で爆発が起こりました。一人が死傷しています。事故なのか故意なのか、詳細はわかっていません」

ちょうど今見ている映像の件だと珠緒は察した。人が亡くなっていたのだ。

「担当の芝《しば》署と連携して、捜査に加わって下さい」

2

爆発現場は、港区の麻布十番《あざぶじゅうばん》駅から南東に少し離れた所にあった。

麻布十番と言えば瀟洒《しょうしゃ》なイメージがあるが、一部では昔ながらの商店街も残っていて、駅の南東には古くからの下町もある。昭和風のタバコ屋や、趣きのあるコインランドリーや、木造建築の銭湯が並んでいて、そのどこからも大通り沿いにある高層マンションを仰ぎ見ることが出来る。へんな場所だ。まるで誰も彼もが他人同士であることを町の形で表現したみたいだ。

現場であるセンチュリープラザ芝は、動画で確認した通りの古い三階建てのマンションだった。階段と廊下が外に付いている、いわゆる開放廊下というタイプで、外から全ての部屋の入り口が見えるようになっていた。一階と二階は五部屋ある。三階は角度の関係で見えないが、たぶん同様だろう。

階段は右側に一つ付いていて、階段から離れるごとに左に向かって、一〇一号室、一〇二号室、一〇三号室……の順に番号が割り振られている。今回爆発が起きたのはその一〇三号室だ。

見れば一〇三号室の他にも、両隣の一〇二号室と一〇四号室にも消防隊が突入した形跡があり、困り顔の住民が咳《せき》をしながら家財を運び出していた。動画では一〇三号室の火の勢いが強すぎて延焼が目立たなかったけれど、やはり被害があったのだ。

バリケードテープの外には人混みがあった。野次馬というよりはこのマンションの住人たちだろう。誰もが不安げな表情を浮かべている。

テープの中に入り、所轄の警察官に本庁から来たことを伝えると、担当となる芝署の刑事がやってきて、珠緒たちを現場に案内した。

酷《ひど》い状態だった。玄関には蝶番《ちょうつがい》がねじ切れた跡があり、ドアは爆風によって弾《はじ》け飛んでいて、中の壁紙はほとんど剝《は》がれてコンクリートがむき出しになっていた。床から天井まで煤《すす》で真っ黒に染まっており、足元は消防士の放水した消火剤によってぬかるんでいる。窓側の壁は動画で見た通り綺麗に真四角にぶち抜かれていた。四人は本庁から持ってきた防塵《ぼうじん》マスクを装着した。

間取りとしては1DKだ。玄関から入るとすぐに廊下があり、ユニットバスとダイニングキッチンに繋《つな》がる扉（正確には扉があった跡）がある。ダイニングキッチンは八畳ほどで、その奥には同じ大きさの部屋が一つあり、引き戸（の跡）で繋がれている。

ダイニングキッチンの壁には二つ、幅一メートルほどのきれいな長方形の穴が開いていた。

それぞれの穴が両隣の一〇二号室と一〇四号室に繋がっている。恐らくこの部分にだけはコンクリートが入っていなかったのだろう。配線や配管などを通す都合で行われる「コア抜き」と呼ばれる工事がされていて、それが理由で爆炎が突き抜けたのだ。なんだかマンションの骨組みだけが残ったような状態だ。そこから燃え広がったらしく、両隣の部屋も煤と消火剤によってぬかるんでいた。

「事件時、一〇三号室には一人の男性がいた」芝署の刑事が言う。「児島敬也《こじまのりや》、都内の会社に勤務する三十一歳だ。爆発によって即死した」

「両隣の部屋の住人は無事だったのか？」国府が聞いた。

「運良くどちらも在宅していなかった。軽傷者も含めて、直接的な被害を被ったのは児島一人だ」

「なるほど」

「ここは話し込むには空気が悪いから早く出たいのだがね……」刑事は荒い咳を一つした。「これだけは見せておかなければならないと思ってね。こちらの冷蔵庫の扉を見て欲しい」

冷蔵庫の扉は爆発によって黒く染まっており、さながら歪《ゆが》んだ棺桶《かんおけ》だった。そこに印字された「h」から始まる企業ロゴに異変が起きていた。

hの上部に横棒が足されて、ħと読めるようになっている。

土星23事件の象徴だ。マークを見た国府が、大きく息を吐いた。

「まだなんとも言えない。爆発によって、例えば砂礫《されき》のようなものが勢いよく飛んで、hの上に偶然傷を作ったのかもしれない」

「所轄もそう考えている。土星人は自己顕示欲の固まりだ。もしこれが土星23事件ならば、もっとわかりやすくħのマークを置く」

「そうでっかねえ」松浦は口元に浮かんだ笑みを右手で隠した。「今までに行われた犯行の計画性からすると、あらかじめ企業ロゴの上に傷を付けておいて、冷蔵庫のドアが爆風に耐えることまで織り込み済で爆破を行った可能性も否定できませんが」

「三つの可能性がある。『一、事故』、『二、他殺A……土星人以外による犯行』、『三、他殺B……土星人の犯行』」葵野が総括した。

そこまで話して、一度現場を出た。

マンションを背にして、芝署の刑事が言った。

「三田《みた》消防署による火災原因調査結果は、なんらかの可燃性ガスが充満している状態で、児島がそれに気づかずにドアを開けて、その摩擦熱によって引火したというものだ。浅学にして私も知らなかったのだが、部屋に可燃性のガスが充満していると、煙草や電気器具の点灯といったきっかけがなくても、摩擦熱だけで引火してしまうことがあるらしい」

へえ、と松浦が声を漏らした。

「時系列に沿って話そう。児島は会社員だが、今日はリモートワークだった。十時に出社……つまり自室のインターネットで『出勤』のボタンを押し、十三時までそのまま業務を行った。昼食を取るために外に出て——恐らくその間に、室内に可燃性ガスが充満したと考えられる——十四時に児島は家に帰ってきた。そしてガスが充満していることに気づかずに、廊下からダイニングキッチンに向かうドアを開け、その摩擦熱で引火した。爆発の誘因については、児島が廊下で亡くなっていたことから、まず間違いない」

「廊下からダイニングキッチンに向かうドアでええんでっか？　摩擦熱で火が点くのなら、玄関のドアを開けた時にも爆発しそうですが」松浦は聞いた。「例えば、仮にダイニングキッチンでガス漏れが起こっとったとしても、このドアはそんなに密封できる構造でもなさそうですし、隙間からガスが漏れ出て、当時は廊下にもキッチンと変わらん量のガスが充満しとったんやないかと考えられますが」

「三田消防署はそれについて言及していなかったが、玄関のドアについては、例えば児島がゆっくりとドアを開けたがために摩擦熱が充分でなかったのか、あるいは可燃性ガスの気流の状態がたまたま良かったのか……」

「まあ、神のみぞ知るって所ですか」松浦はうなずいた。科学の実験においては、確率としか言えない要因によって結果が変動することもある。同一の条件で二回実験を行って、片方だけが発火しないということもざらにある。「児島は自分の知らない所で二回、命を賭《か》けたギャンブルをやっていて、二回目で失敗したってことですか」

「そうだな。消防司令補は、今のところ故意か事故かは不明としていて、最終的な調査結果も『不明』になるだろうと言っていた。消防署には原因を究明する義務はないからな。ここからは我々の仕事だ。使われた可燃性ガスについてだが、少なくとも液体ではないと消防司令補が言っていた。例えばガソリンが撒《ま》かれていたのならば、もう少し床が酷く燃えているだろうと」

「じゃあ、水素とか?」ふと思いついて珠緒が言った。水素は燃える気体の代表だ。

「珠緒さん、水素はエネルギーが少ないから、燃えても大きな火事は引き起こさないんだよ。少なくとも一般的な気圧下ではね。これほどの威力ならば、例えばプロパンガスとか……」葵野が言った。

「そうだ」芝署の刑事が葵野に指を向けた。「ちょうど芝署でもプロパンガスに目星を付けている。この物件では都市ガスではなくプロパンガスを使っているから、それが漏洩《ろうえい》した可能性があると考えている。この意見には消防司令補も同意してくれた」

「にしては派手な漏洩ですな」松浦が言った。「例えばガス栓を開けっ放しにしても、ヒューズで止まるでしょうし、あまりに漏れるとマイコンメーターが止めるでしょう。どちらも故障しとらんと、ここまでの爆発は起こらなそうですが」

「うむ。だがその可能性もあると所轄は考えている。見ての通り、このマンションは築四十年が経とうとしているところでね」刑事はひび割れた外壁のタイルを触った。「聞き込みによると半年前の大雨の時にも雨漏りが起きて、一部の住人が被害を被ったそうだ。その時は屋上の排水溝が詰まったことが原因だったそうだが、今回もそういった管理者の過失があったのではないかと考えている」

「だが管理会社は全力で否認するだろうな」国府は言った。「仮にそれが事実だったとしても、色々と理由を付けて自分たちを守ろうとするに違いない。結論を出すにはそれ相応の証拠が必要だ」

芝署の刑事はうなずいた。そして思い出したように言った。

「ああ、そうだ。各階の廊下には一つずつ監視カメラがある。事件の前後の映像はイントラネットにアップロードしてあるから、手すきの際に確認して欲しい」

科対班の四人はパトカーに戻った。そしてアイドリングをさせた車内で、タブレット端末にて監視カメラの映像を確認した。

珠緒の隣で、葵野は映像をじっと睨《にら》んでいた。心なしか普段よりも熱が入っているように思える。

彼は土星23事件の模倣犯に恋人を殺されている。川岸から直接そう聞いたわけではないけれども、土星23事件に対して、葵野は特別な感情を持っていると思う。だから本件の解決には、いつも以上に懸命になっている。

被害者である児島敬也が画面内に現れる。

手にはスマートフォンを持っている。それを操作しながら、慣れた手付きで鍵《かぎ》を開ける。

部屋の中に入る。しばらく動きがない。静止画が続いた後、不意に爆炎が児島宅の入り口から噴き出す。

恐らくはそのタイミングで、ダイニングキッチンに向かう扉を開けたのだろう。

「思ったよりも、廊下に居た時間が長かったね」葵野はそう言いながら、映像を巻き戻した。

「三分ほどありましたね」珠緒は同意した。「部屋に入る時にスマートフォンを触っていたので、たぶん廊下でラインの返信やゲームアプリをしていたのではないでしょうか」

自分も時々やる。一度部屋に戻って荷物を下ろしてからやった方が楽だとわかってはいるのだが、なんとなく面倒で廊下でラインの返信などの全ての用を済ませてしまう時がある。

「行動としては違和感はない。だが……」葵野は言った。「もしも芝署の言うように、ヒューズやマイコンメーターに異常があってガス漏れを起こしていたとしたら、その三分の間に悪臭に気づいてないと変だ」

「そうですかね？　気づかない可能性もありそうですが……」珠緒は言った。

「法律によって、可燃性のガスにはエタンチオールという付臭剤を付けることが義務付けられている」そう言って葵野は助手席で伸びをした。「実はプロパンガスそのものは無臭なんだ。ただそれだとあまりにも危険だからね。エタンチオールという、ギネスブックにおいて『世界で一番臭い』と認定されているガスを始めとした、チオール類を混入しなければならないことになっている。これは空気中に数億分の一でも混ざっていたら感知できるくらいの臭さでね。アメリカの鉱山では、事故などの緊急事態の時に、それを換気系に散布して作業員に知らせるようにしているほどだ。要は『ただ臭い』という、それだけの理由で人類の進歩に貢献している物質があるんだよ。

ちょっと面白いだろう」

確かに。葵野の語る知識の中では、比較的一般受けのしそうな知識だと珠緒は思った。

「プロパンガスは空気中に二・一パーセント以上、九・五パーセント以下存在していると燃焼する。少なすぎるともちろん駄目だが、多すぎても酸素が足りなくて燃焼反応が起きない。爆発時のプロパンガスの存在割合が五パーセントだったとすると、児島のいた廊下では、おおよそ一グラムの付臭剤が空気中に存在していたと考えられる。臭いに気づくというか……嘔吐《おうと》する可能性すらある。そんなものが充満していて何の反応も示さないのは変だ」

葵野は言った。だが状況を総合すると、児島敬也は悪臭が立ち込める空間に、音を上げずに三分ほど立ちすくんでいたことになる。

「自殺というのはどうでしょう？」珠緒は提案した。

「興味深い意見だ」葵野は答えた。

「児島は十三時に部屋を出た時に、帰宅後に爆死しようと思って、あらかじめガスの元栓を捻《ひね》っておいたんですよ。そして芝署の言う通り、ヒューズやマイコンメーターが故障していたがために、異常な量のプロパンガスが漏洩したんです。たぶん児島は摩擦熱でも引火することを知らなくて、コンロで点火しようと思って、キッチンに向からドアを開けた瞬間に死んだんです。三分は覚悟を決めるための時間です」

「『帰宅後に爆死しよう』……面白い響きだな」葵野は顎《あご》の下を触った。

「本気で聞いてます？」珠緒は聞いた。

それから二人は、十三時に児島が部屋を出てから、十四時に児島が戻ってくるまでの間に、一〇三号室に不審な人物の侵入がないかを確認した。その間の人の出入りは一切なかった。

3

二十三日に起きた事件であること、また爆発のビジュアル的な強烈さも相まって、港区のマンション爆破は大々的に報じられた。

事件当日の夜、児島の働く「株式会社アタマ・ネットワーク」が、捜査のために情報を提供したいと名乗り出た。

アタマ・ネットワークが提供してくれたのは、生前の児島のチャットのログだった。監視カメラの映像にてスマートフォンを触っていた児島は、その間、ビジネス用のチャットツールによって、同僚から来た自分宛の質問に答えていた。

監視カメラに映っていない「児島が廊下に居たと考えられる時間」にも一通のチャ

ットを送っていた。文字の分量的に、恐らくはそれを送信してから、キッチンに向かうドアに手をかけたのだろう。

「自殺ではなさそうだね」

翌日の班室で葵野が言った。確かにこれから自殺をする人間の行動とは思えない。

「プロパンガス以外が犯行に使われた可能性はないですかね？　例えば完全に無臭で、あっという間に燃えちゃうガスとかあったりしませんか？」珠緒は聞いた。

「ない」葵野ははっきり答えた。「そんなものがあったらテロリストが大喜びするよ。可燃性のガスは基本的に『ガス事業法』によって、法律で付臭することが義務付けられている。もしも違反したら罰金以上の刑に問われるし、こうして事件になれば業務上過失致死傷罪にもなる。メタンガスも都市ガスも無臭だが、臭いは事業者によって必ず付けられている」

「事業を通さずに個人的に作れたりとか」

「それもほぼ無理だ」葵野は断定した。「高峯教授が東京大学の化学実験棟を用いていたことを思い出して欲しい。個人が質の高い化学の実験器具を持つことは難しいし、大学の化学実験棟を使うにしても、さすがに大量に可燃性ガスを作れば怪しまれるよ。相応の理由があればまだしもだが、可燃性ガスを大量に製造する理由なんて……」

「……はあ、これは本当か」

芝署から共有された資料を読みながら、国府は独り言を呟《つぶや》いた。

ヒューズについては破損が激しくてわからないが、児島の家にあったマイコンメーターについては、事件時も正確に動作していたことが判明したらしい。どうやらガス漏れの可能性も低そうだ。

現時点ではわからないことが二つあった。

『一、なぜ現場に大量の可燃性ガスが立ち込めていたのか』『二、なぜ悪臭のガスが立ち込める空間に三分間も児島は留《とど》まっていたのか』

不可解な状況に首を捻っていると、ふと松浦が言った。

「窓側に監視カメラはなかったですよね？」

「そうですね。ちょうど路地になっていて、近隣のマンションの監視カメラからも映らない死角になっていたと思います」珠緒は言った。

「じゃあ、児島が出払ったことを確認した、彼に恨みを持つ何者かが、空き巣みたいにちょろっと窓を割って、そこから手を突っ込んで窓の錠前を回して、部屋に侵入して、可燃性のガスをばら撒《ま》いて外に出たというのはどうでっか？」

「窓を割ったらそこからガスが漏洩《ろうえい》しちゃうんじゃないですか？」珠緒は言った。

「そりゃあ帰りに、蠟《ろう》とか樹脂とかで窓を補修しとくんですよ」

「なんで蠟や樹脂……？　ああ、全部溶けちゃって証拠が消えるってことですか？」

「そういうことです」松浦はにやりと笑った。思いつきで口にした割には筋が通ったという表情だった。「別にガムテープでもええんですがね。どうせ燃えたら当時の状況なんてわからんくなると思いますし。証拠は吹っ飛んだ後に回収するという手もありますから」

「ガスを撒くまではわかるけれど……」葵野は言葉を濁した。「犯人はどうやって部屋を出るんだい？　当時、現場は児島が引火させた時よりもガスの濃度が高くて、犯人が足の裏をこする摩擦熱だけでも引火しかねない状態になっていると思うのだけど、そんな部屋において窓の開閉なんて怖くて僕なら出来ないな」

「うーん……犯人は滅茶苦茶《めちゃくちゃ》運のいいアホやったんやないですか？」

「それが有りならなんでも有りになりますよ」珠緒は咎《とが》めた。

松浦の推理には無理があったが、いい所を突いているかもしれないと珠緒は思った。それは犯人が「児島に恨みを持つ何者か」であると言った所だ。映像が強烈なのも相まって、つい爆発の原因ばかりに気を取られてしまうけれども、捜査の基本は被害者の縁故を当たることだ。まずは被害者の人間関係を洗うべきかもしれない。

「松浦さん、児島のSNSって特定できますかね？」珠緒は聞いた。

そして人間関係を知るためにはSNSを使うのが一番早い。それが扱える仲間が科対班にはいる。

もちろんやりますよ、と嬉《うれ》しそうに松浦は答えた。

4

その日のうちに芝署にて事情聴取が行われることになった。

任意での聴取に答えてくれたのは、児島の知人である宮内朱音《みやうちあかね》である。

SNSでの投稿を見るに児島の恋人のようだったが、珠緒が電話をして宮内本人に確認した所、三ヶ月前に別れたらしい。だがそれまでは三年以上児島と交際していたらしく、彼の交友関係についてはあらかた知っているようだ。

宮内はフリーランスらしく、平日にもかかわらず時間的に余裕があり、すぐに芝署まで来てくれるとのことだった。

「元彼女が痴情のもつれで昔の恋人を殺害する……よくあるストーリーだ。一応は疑ってかかった方がいいな」国府が言った。

「そうですね」珠緒は答えた。疑うのは刑事の仕事で、その心持ちでいるのに越したことはない。

珠緒と国府が事情聴取に出発しようとした所、葵野が言った。

「ここからは別行動にしませんか？　僕は『他殺B』について調べてみたいです」

他殺Bというのは、今回の爆発が土星23事件の一環だったという可能性である。葵野はその線で捜査をしてみたいと言う。

「様々な可能性を検討するのは悪くないが……」国府は難色を示した。「こう言ってはなんだが、今回の事件は過去の事件とはあまり関係がないように思える。♄のマークだって偶然出来ただけのように見えるし、何よりも奴の犯罪らしい異常性がない」

「異臭がする空間に三分も留まったというのは異常とは言えませんか？」

「お前の発言にしては納得感がないな。劇場型の殺人犯というのは、もっと……言い方は悪いが、大衆ウケのする犯罪を選ぶだろう。奴ならば♄のマークだってより派手に描く。もちろん奴の考えていることなんて理解できないが」

珠緒は国府の意見の方に納得がいった。本件が土星23事件だとすると、まるで署名を書き忘れた契約書のようだ。葵野は過去の事件にこだわりがあるがために、無理に本件を結びつけようとしているように珠緒には見えた。

「では私も他殺Bで動きましょうかね」国府の意見にもかかわらず、松浦は葵野に賛意を示した。「そっちの方がおもろ……いえ、捜査の初期に可能性を広げておくのも悪いことやありませんので」

葵野はともかく、この男は自分の好奇心の赴くままに行動しているだけではあるまいな、と珠緒は思った。

「松浦さんも土星23事件に興味があるんですか？」珠緒は聞いた。

「もちろんですよ。非常に好奇心の湧く……いえ、大変許しがたい犯行ですからね。入庁する前も、ディスコードに土星23事件について語り合う会員制のチャンネルがあって、そこに全国の識者が集まっておるんですが、自分も参加して発言してました。佐井義徳《さいよしのり》っていう、事件の調査の急先鋒《きゅうせんぽう》となっているジャーナリストが作ったチャンネルなんですが、今回も彼らからどういう推理が出るか楽しみで……いや、楽しみというのは愉快という意味ではなく、己の正義感が湧くという意味で」

白々しく松浦は言ったが、国府は眉間《みけん》に皺《しわ》を寄せた。

「……お前、まさか捜査の情報を漏洩したりはしないだろうな」

体中に電撃が走ったかのように、松浦は体をびくりと震わせ、慌てて否定した。

「いえいえ、やっていいこととあかんこととの区別は付いてますよ！」

「しかもジャーナリストが作ったチャンネル!?　警察の敵じゃないか！」国府は苦々しげに言った。「お前、直ぐそのチャンネルを抜けろ。何が起こるかわからない！」

「はい。抜けます抜けます！」

松浦は威勢よく言ったが、絶対に抜けないだろうなと珠緒は内心では思った。

「いいか、警察官になった時点で、お前という人間はお前のためにあるのではなく、国家に尽くすための者で――」

長い説教が始まりそうになったので、珠緒は上手《うま》く話の切れ目を見つけると、「じゃあ、二チームに分かれて捜査しましょう！」と元気よく口にして、会話を終わらせた。

芝警察署の入り口で、宮内朱音を出迎えた。

宮内朱音は死亡した児島敬也と同年代で、耳が見えるくらいのショートカットで、髪の毛を赤く染めていた。

美人だが、どこか造り物めいた美しさだ。もしかすると整形しているのかもしれない。肌は白く、鈍い太陽の光に照らされているだけでも、赤く腫《は》れやしないかと心配になるほどだ。かなり痩《や》せていて、細い二の腕に薄く骨の形が浮かび上がっている。体質的なものではなく、一度や二度、拒食症になった経験があるのかもしれないと、刑事としての観察力が告げていた。

資料とSNSで確認した児島敬也は、いかにもな「普通の男性」という感じがしたので、彼と三年以上付き合った彼女の風貌《ふうぼう》がここまで個性的なことには驚いた。もちろんSNSの写真では見ていたのだけれども、実物を見るとさらにその実感が強まるというか。

取調室に入る。

　宮内と向かい合ってみて、意外にも落ち着きを覚えている自分に気づく。自分以外の人間はこういう気分にはならない気がするので、他人には理解しがたい感覚かもしれない。

「本日はお越しいただきありがとうございます。児島敬也さんが亡くなられた爆発事件について、ご事情をお聞かせ下さい」珠緒は切り出した。

「はい」宮内は答えた。緊張している様子はない。

「一応ご質問をしておきますが、宮内さんは事件が起きた昨日の十三時から十四時の間には何をしていましたか？」

「四谷《よつや》のコワーキングスペースに居ました。入り口に監視カメラがあって、それが私の出入りを記録してくれていると思います。また固定席で、左右に男性が一人ずつ座っていたので、その二人も私が居たことを証言してくれると思います。二人の男性の連絡先も、店の人に聞けば確認できると思います」

「わかりました」限りなくシロに近いなと珠緒は思った。「宮内さんから見て、児島さんが誰かから恨みを買っていた覚えはありますか？」

「やはり他殺なんですか？」珠緒の質問には答えず、宮内が聞いた。

「事故と他殺の両方で動いているところです」珠緒は説明した。

「恨み……」宮内は取調室の机に肘《ひじ》を突き、手の平で頬を押さえながら言った。「敬也はとても人当たりが良かったので、誰かから大きく恨みを買うことは無かったと思います。私は二年半敬也と同棲《どうせい》していたので、事件のあったセンチュリープラザ芝にも住んでいたことがあるのですが——」

確かに、一人で住んでいるにしては広い部屋だなと珠緒は思っていた。同棲していたのならば納得が行く。

「彼は部屋の中で蜘蛛《くも》なんかを見つけても、殺さずに逃がしてあげるような人でして、文字通り『虫も殺せない』人でした。車が一台も通らない、ハリボテのような赤信号だって律儀に守る人で。敬也と喧嘩《けんか》をしても、私が一方的に怒っていて、敬也がずっと私をなだめているといった構図になって……たまに酷《ひど》いことを言ってしまったり、物を投げて怪我をさせてしまったりしても、一度も怒ったりはしませんでした。彼を殺したいほどに憎んでいる人間なんて、私にはちょっと想像が付かないです」

ドローン殺人事件において、物流倉庫の従業員たちは、被害者の大河原を「恵比寿《えびす》様」と呼んでいた。だが、それはあくまで外部から彼を見た時の感想だった。

その点、三年以上も交際していた恋人が見て「虫も殺せない人」だったというのは、本当にそうであった可能性は高いのかもしれないと珠緒は見積もった。

ふと宮内の着けているブレスレットが目に留まった。そしてつい、思ったことを口にしてしまった。

「……宮内さんは、今も児島さんのことが好きなんですか？」

そのブレスレットは、児島がSNSにアップロードしていた写真にも映っていたものので、二人がお揃いで着けていたものだった。別れた後もそれを着けているということは、少なくとも悪い別れ方はしていないのだろうと珠緒は推測した。

あまり事件とは関係のない質問だと思ったのか、国府は渋い顔をした。珠緒も「しまった」と思ったが、宮内は悪い顔はせず、むしろ懐かしむように答えた。

「そうですね。……私と敬也は真逆の性格で、私はあまり安定していなくて、向精神薬を三種類常用していますし、激情型というか、自分でも訳のわからない怒りが時々湧いてくることもあるのですが、敬也は良くも悪くも普通の人で、性格も穏やかで……でもジグソーパズルのピースのように、全く違う形なのにがっちりと合ってしまう人がいるんだなと思って」

「素敵ですね」珠緒は言った。

「よく二人で映画を観ていました。音楽や漫画の趣味は合わなかったのですが、お互い映画については詳しくないから、ミーハーでなんでも楽しめたという感じで、ネットフリックスのお勧めに出てくる映画を思いつきで観て、それが終わったらまた別のものを観て、お腹が減ったら彼が何かを作って、退屈になったらセックスして……気ままな猫のような生活をしていましたよ」

その語りぶりには温かみがあった。珠緒は内容というよりもその話し方から、宮内が児島に寄せる強い愛情を感じ取った。

「どうしてそんなに好きなのに別れてしまったんですか?」珠緒は聞いた。

「黙秘でお願いします」

突然会話をシャットダウンされたようで、珠緒は面食らった。

国府から、その話は大筋とは関係がないから別のことを訊《き》け、とでも言いたげな気配を感じたので、珠緒は宮内から、児島の人間関係などの情報を聞くことにした。

だが事件にとって重要だと思えることは、それ以上聞くことは出来なかった。

5

マンションの爆発事件から一週間が経った。

事件の捜査は一向に進んでいなかった。珠緒が科対班に配属されてから初めて覚えた停滞感だった。いや、これほどに捜査が遅々として進まないのは、経堂署に勤務していた頃も含めて、初めての経験かもしれない。

「国府さーん。マイコンメーターが感知しない形でガス漏れが起こっとって、その証拠が爆発で失われたっていうのはどうでっか?」松浦が聞いた。

「同じ論理でガスの管理会社は、児島は他殺されたのだが、その証拠が爆発で失われたと主張するだろうな」国府は答えた。

「そうですよね」松浦は眠そうに目を擦《こす》った。「というかこの話、昨日もしましたね」

捜査が停滞している大きな理由は、現場が焼損していて多くの証拠が失われているためだった。芝署によって何度か現場検証が行われているが、有力な手がかりは得られていない。とはいえ誰の目にも明らかなくらいに大きな爆発が起こっているのに、その理由がわからないというのは実に歯がゆい。

捜査が進まない理由はもう一つあると、珠緒は個人的に思っていた。

いつもは思わぬ角度から事件を解決してみせる科対班のエースが、今回に限っては鳴かず飛ばずなのだ。

葵野は連日、過去に起きた土星23事件の資料を見返していた。そして何の手がかりも得られずにため息をつく、ということを一週間続けていた。休日出勤もしたそうだが、その間に進捗《しんちょく》がなかったのは明らかだった。

葵野は他殺Bの可能性を高く見積もりすぎている。一昨日《おととい》に国府が、そう葵野に苦言を呈した一幕もあった。だが結果的には、葵野は今日も他殺Bに絞って捜査を進めている。ちなみに松浦は、とっくの昔に事故・他殺Aの方に宗旨替えしている。

葵野を信頼しているがゆえに思う。この事件は土星23事件とは何の関係もないのだ。

もしも関係があるとすれば、すでに彼が証拠を見つけているはずだからだ。

他殺Bの可能性を捨てて欲しい。

そう言いたかった。でも口にする気にはなれなかった。葵野が土星23事件にこだわる理由を知っているからだ。恋人を凶悪な模倣犯に殺されたことを、川岸から聞いているからだ。


珠緒はその日、一人でセンチュリープラザ芝に向かった。手がかりが得られないのならば、せめて足を使おうと思った。

今日は雨が降っているからか、現場から漂う焦げ臭さは控えめだった。こんなにも頻繁に火事の現場に訪れたことがないから知らなかったのだけれども、火事の臭いは本当にしぶといくらいに消えないのだ。明日《あした》になればまた火事直後と変わらない臭いを発するだろう。ここで何が起きたのかを、延々と伝え続ける語り部みたいに。

珠緒が現場から出てきたところで、黒い傘をさしている人物と鉢合わせた。

宮内朱音だ。手には小さな花束を一つ持っている。一〇三号室の出口には花がたむけられているが、その数は事件当時から段々と増えていて、古い物から新しい物へと下から順番に積まれて地層のようなものを作っていた。彼女がここに来るたびに増やしているのかもしれない。

「刑事さん、進捗はいかがですか？」宮内は聞いた。

「いえ……あまり」珠緒はつい正直に答えてしまった。なんとなく彼女の前だと、刑事の仮面を作るのは難しい。

「そうですか」内心では思う所はあるのだろうけれども、宮内はそれについては口には出さなかった。「刑事さんの生まれはどこですか？」

　思いも寄らない質問に、珠緒は思わず息を呑《の》んだ。

「東京です」

「へえ。……初めて会った時から、敬也と似た雰囲気の人だと感じていたので、もしかすると生まれが同じかもと思っていたのですが、彼は鹿児島生まれですから、関係なかったですね」

　珠緒は宮内と初めて話した時、不思議と落ち着くと思った。今も心をほだされている気がする。この感覚は児島敬也も持っていたものなのだろうか。だとすると、その正体はなんだろう。

「警察って本当に役に立ちませんよね」珠緒の内心をよそに、ばっさりと切り捨てるように宮内が言った。「私の実家の近くには、停止線のわかりづらい踏切があって、そこにはいつだって暇そうな交通課の警察官がいて、思い出したように違反切符を切ってましたよ。住民は皆腹を立てていました。あんなのが何かの役に立つんですかね？」

　世間で言われる交通課の点数稼ぎだ。宮内は続けた。

「私、この見た目もあって、よく職務質問をされるんですけど、その時に一回だけ身分証を持ち忘れていたことがあったんです。フリーランスですし、自分を証明することが出来なくて、結局は交番に連行されたんですけど、あの時の警察官の、私を犯罪者だと決めてかかったような態度！」感情が昂《たか》ぶっているらしく、宮内の声は怒声へと化していた。「今思い出しても腹が立ちます」

「同職が無礼を働いたようで、申し訳ないです」珠緒は頭を下げた。

　警察官に就職する人間の多くは、少なからずこの世界に正義と悪というものがあって、それは二分化できると考えている。その考えは警察学校での教養や、実務によって反復学習されていく。

　それは業務を効率化させていく一方で、一度悪と見なした人間には、どんな態度を取っても構わないと思うような横柄な警察官を一部では生み出す。もちろん良くないことだ。宮内が会ったのもそういった人間だったのだろう。

「結局のところ、警察にとって市民なんて点数稼ぎの道具でしかなくて、私たちのことなんてどうでもいいと思ってるんですよね？」

「そんなことは……」珠緒は言い淀《よど》んだ。

「たかだか一人の男が死んだくらいのこと、警察にとってどうでもいいんですよね。わかってます。でも……」

　そこまで言うと宮内は、頬を紅潮させたまま居住まいを正し、額をマンションの石床に吸い込まれるかのように鋭く頭を下げ、激情と恭順さの狭間《はざま》で揺れ動きながら、はっきりと言った。

「お願いします……！」

　珠緒は思わず立ち竦《すく》んだ。目の前の女性が見せた思わぬ行動に、その場に釘《くぎ》で留められたようになった。

「敬也は本当に……素敵な人間なんです。理由もわからず理不尽に死ぬだなんてことは、あってはいけないくらいに」

　宮内は湿り気を帯びた声で言った。珠緒の喉《のど》も、綿を詰められたように痛くなった。

「私が正しいと思うことは全部正しくなくて、私が変だと思うことが当たり前に進行していくこの世界において、敬也は灯台の光のようでした。全てがわからなくなっても、彼と一緒に居たら、結局は自分の選択したことを百パーセント正しいんだと思い込んで生きていくしかないんだってこと、そんな当たり前のことを思い出せた……そんな人間が理由もわからずに亡くなってしまうなんてことは、あっていいはずがないんです」

宮内は一息に言った。ずうっと考え続けていたことが、自然と激しく流れ出ていったという感じだった。宮内は汗ばんだ手で珠緒の手を握った。

「敬也の死の原因を暴いてくれませんか。どうか……よろしくお願いします」

宮内は頭を上げると、珠緒の目をじっと見据えた。珠緒は目を逸《そ》らしそうになって、ぐっと堪《こら》えた。

『私たちはみな本気で捜査をしています。敬也さんを巻き込んだ爆発の原因は、きっと突き止めます』

頭に浮かんだその言葉を、珠緒は口に出来なかった。

なぜ出来ないのか。きっと嘘だからだ。綺麗《きれい》事だからだ。目の前にいる人間は本心しか口にしていなくて、彼女にそれを言うのはあまりにも不誠実だと思ったからだ。たとえその言葉が彼女に、偽りの安息を与えたとしても。

珠緒にはわかっている。まだ私は、本当の意味で全力でこの事件に取り組んではいない。だって、出来るにもかかわらず取り組んでいないことが一つある。

宮内の言った通りだ。「たかだか一人の男が死んだくらいのこと」だと、私はどこかで思っていたんだ。

馬鹿だ。私にとっては日々の業務でも、そこに関わっている人間は全員本気だっていう、当たり前のことを忘れていたんだ。

珠緒が黙り込んでしまったからだろう、宮内は続けた。

「実は事情聴取の時に、隠していたことがあったんです」

「……それはなんでしょう」心の中が混沌《こんとん》としていても、刑事の仮面だけは淡々と業務をこなした。

「私と敬也が別れた理由です」

宮内が黙秘した件だ。彼女は明らかに児島を愛している。にもかかわらず別れた理由が明かされていなかった。

「私は小さな頃から結婚がしたかった。ささやかでもいいから幸せな家庭が作りたかった。私自身がそういう家庭に生まれていないから、それを実現したかったのだと推し量ります。でも敬也との結婚を、両親は絶対に認めなかった。だから別れました。結婚が認められなかった理由は――」

宮内はそこで一息呑んだ。そして心を落ち着けてから言った。

「敬也の父親は殺人犯なんです」

宮内との会話を終えた後、珠緒は直ぐに国府に電話をかけて、急いで本庁に戻った。

班室に戻ると、国府は珠緒が頼んだ調査を既に終わらせてくれていたらしく、声を弾ませた。

「よく気づいたな大村。当時現職だった俺でも気づかなかった。児島敬也は二十年前に銀行強殺をやって、既に死刑が執行されている田沼鷹英《たぬまたかひで》の息子だ。離婚して苗字《みょうじ》を変えた上に、伯父《おじ》の養子になっている。ここまでやったら普通は気づかない」

「児島敬也本人は誰の恨みも買っていないかもしれません。でも、田沼鷹英への恨みを息子に転嫁した人物がいたのかもしれない」珠緒は言った。

「ありえる話だ。だが、犯人はなぜ児島が田沼の息子だとわかったんだ?」国府は頭を掻《か》いた。

「当時のインターネットは、今よりも無法地帯ですよ」松浦が口を出した。「加害者の家族が特定されて、住所、写真、生年月日まで含めて全部晒《さら》されとったとしてもおかしないです。それを忘れんようにしとった奴がおったのかもしれません。おー……怖っ」そう言ってふざけた。

「当時からずっと児島敬也の動向をチェックしていた奴がいたのか。あるいは田沼に恨みを持った人間が、時を経て偶然にも児島と出会い、よくよく情報を知っていくうちに田沼の息子であることを確信したのか。どちらかだな」

国府はそう言うと、ある書類を眺めた。それはセンチュリープラザ芝の入居者をリスト化したものだった。

「当時田沼に殺害された銀行員は三人。西村一弘《にしむらかずひろ》、関川茂《せきかわしげる》、広浦順子《ひろうらじゅんこ》の三人だ。爆破された一〇三号室の隣の、一〇二号室に住んでいる人物の名前が関川宏《ひろし》」

「関川茂の血縁者でしょうか？」珠緒は聞いた。

「わからない。戸籍情報を当たってみよう」

国府が港区役所に要望を出すと、注目度の高い事件であることも相まって、一時間後には照会結果が出た。国府が結果を読み上げる。

「関川宏は関川茂の息子だ」

児島敬也は、二十年前に銀行強殺を行っている田沼鷹英の息子だ。そして一〇三号室に住む彼の部屋の隣の一〇二号室に、田沼鷹英によって父親を殺された関川宏が住んでいる。

偶然とは思えない。もはや関川宏が犯人だと推理するのも、この状況だと飛躍とは言えない。

「国府さん、マンションの管理会社に関川宏について当たってみました」珠緒が言う。

「近隣のスーパーで働いているフリーターだそうです。危険物取扱者の資格を持っているわけではなさそうなので、可燃性ガスの入手元がわかりませんが……」

「大村さん、プロパンガスならば誰でも買えますよ」松浦が言った。「たこ焼き屋とかたい焼き屋とかの車ってあるでしょう？　ああいうのの火を起こすためにプロパンガスが使われとるんです。そういう人が買うためのものなので誰でも購入できます」

「ネットで買ったのか実店舗で買ったのか。前者ならば宅配会社から当たれそうだな。段々と情報が出揃ってきた。だが……」

国府はそこまで言うと言葉を濁した。まだ幾つかの問題が残っている。

「関川宏はどうやって、ガスの充満した空間から脱出したんだ？　そして児島敬也はなぜ、悪臭の立ち込める空間に三分も留《とど》まったんだ？」

そうだ。結局はそこに戻ってくる。犯人の用いたトリックを暴けない限りは、ようやく突き止めた事実だって「単なる偶然」に過ぎない。

だが、それを解く能力を持っているかもしれない人間が、科対班に一人いる。

珠緒は立ち上がり、その人物の隣に行った。

彼は先ほどからの室内の会話を全く意に介していないようで、ヘッドフォンをしたまま土星23事件の資料をこねくり回し、ぶつぶつと独り言を呟《つぶや》いている。

「葵野さん」

珠緒が肩に手を置くと、葵野はヘッドフォンを外し、澄んだ目で珠緒を見上げた。

捜査の疲れが顔に出ているのか、いつもよりも顔が青白かった。

「お願いがあるんです」

「どんな」端的に葵野は聞いた。

「この事件を、関川による他殺の線で調べてみてくれませんか？」

関川？　と葵野は聞いた。やはり自分たちの話は聞いていなかったらしい。珠緒は関川が捜査線上に浮かび上がってきた経緯《いきさつ》を説明した。

「なるほど。しかし……」

葵野の片手には土星23事件の資料がある。その素振りからも、彼が他殺Bの説を捨て切れていないことがわかる。

葵野が土星23事件にこだわる理由は知っている。彼は昔、恋人を土星23事件の模倣犯に殺されている。

だが珠緒は宮内の懸命な懇願を思い出した。「過去のことがある」「関係を悪くする」「頼みづらい」……そんなくだらない理由で、自分が今まで葵野に意見しなかったことを、珠緒は心の底から恥じた。そして彼女から勇気を貰《もら》ったつもりで、決心と共に口を開いた。

「私は川岸さんに、葵野さんが関わった過去の事件の話を聞きました」

ついに言った。珠緒にそう口にされても、葵野の表情は変わらなかった。だが段々とその意味を理解していったように、みるみるうちに表情が不快げに染まっていった。

「悪くは思わないで下さい。川岸さんは、私が葵野さんの過去を知ることが、業務に必要なことだと考えてそれを共有しました。私もそれを受け入れました」

葵野は班室の窓の方を見て、そうか、とぽつりと呟いた。班室はしんとしていて、その言葉はコンクリートの壁に吸い込まれて、どこか非現実的な所へと消えていったかのように思えた。

「まず謝ります。私はそれを知らずに無神経にもあなたの恋人のことを話題にすることがあった。ごめんなさい」

葵野は、別にいいと答えた。そして次に何かを言おうとしたが、その言葉はついぞ発されることはなかった。

「……正直なところ、私には、葵野さんの気持ちはわかりません。ただ経緯として、葵野さんが土星23事件にこだわっている理由は推察しています。それがあなたにとって大切な意味を持つということも」

そういう言い方をした。気持ちがわかるだなんて言ってしまったら嘘になるからだ。もしもこれが供述調書であれば「葵野数則は過去の事件があって、土星23事件にこだわっている」と書く。でもそこに何の真実がある？　私は葵野と同じ経験をしたことがないし、仮に全く同じものをしたとして、それは無関係な絶望が、二つ孤独に横たわっているだけだろうから。

葵野は小さくうなずいた。珠緒はあやふやな気持ちを押し潰《つぶ》して、宮内朱音から説得されて思ったことを、そのまま口にした。

「……でも一つ一つの事件が、その関係者にとっては大切だと思うんです。だから今は、より客観的に成果の上がりそうな捜査の方針を取ってくれませんか？」

「だから関川による他殺の線で、この事件を調べて欲しいと」

「そうです」

「論理的には繋《つな》がっていないよ」突き放すように口にした。

その途端、珠緒の目の前が真っ暗になった。

珠緒が立ち竦《すく》んでいる隣で、葵野はゆっくりとした動きで立ち上がった。それからじっと目をつぶり、額を科対班の天井に向けた。三十秒ほどその姿勢でいると、誰に言うともなく呟いた。

「……宅配会社を当たって通信販売の履歴を突き止めるか、あるいは近隣の薬局を総ざらいしよう」

葵野は続けて言った。

「関川宏は炭酸ナトリウムを大量に購入しているはずだ」

珠緒は顔を上げた。二人の会話にじっと耳を澄ましていた国府が口元に笑みを浮かべ、松浦がにやりと笑った。

6

その日、珠緒の世界は音もなく崩れ去った。

テレビに映る父親は、今までに見たことがないような悪人顔をしていた――上手《うま》くそう見えるような角度でマスコミが切り取ったのだろうと今になっては思う。

画面の右上にはテロップが出ていた。

「現役警察官、一般人を銃殺」

珠緒の父親大村悟志《さとし》は、かつての同僚によって手錠を嵌《は》められ、逃げ出さないように両隣を囲まれ、パトカーによって厳重に護送されていった。

いかがわしげなコメンテーターが、知ったふうな言葉で父親を批難した。テレビスタジオにいる誰もが容赦なく父を憎んだ。まるで彼が世界の公然の敵であり、自由に石を投げてもいい対象のように。

訳が分からなかった。

珠緒にとって父親は、世の中の悪と戦う正義のヒーローのはずだった。そんな父親が今は悪役になっていて、正義を標榜《ひょうぼう》する人たちによってめった打ちにされている。

事件を知った母親の対応は聡明《そうめい》だった。

マスコミが嗅《か》ぎつける前に、直ぐに他県にいる祖母の家に、母子共々引っ越した。そのおかげで珠緒は二次的な被害に遭わずに済んだ。

母親によって、テレビのニュースを見ることは禁じられた。代わりに事件について、母親と祖母から副次的な情報を与えられた。

大村悟志が殺害したのは、逮捕直前の容疑者だ。

彼は爆弾魔であり、既に三つの事件を起こしていた。彼が犯人であることはほぼ確定していたが、警察は最後の証拠を得られないでいた。自分の逮捕が近いことに薄々気づきつつあった彼は、最後に大きな事件を起こそうとした。それを事前に知った父親は、阻止するために彼を銃殺した。もしもあの時犯人を殺していなかったら、より甚大な被害が出ていただろう。

母親と祖母のフィルターのかかった情報だったが、高校生になり、自分でニュースやインターネットを見ることを許された珠緒も、ほとんど同じ情報を目にした。

要は手順の間違いだった。

もしも手順を取り違えなければ、英雄視されていた行動だ。だがボタンを一つかけ違えたことによって、父親は悪へと成り果てた。

正義って一体なんだろう？

その頃から、珠緒はぼんやりとそんなことを考えるようになった。

正義とは絶対的なものではなかったの？　お父さんは悪い人を倒したのだから正義ではないの？　結果的にはたくさんの人を守ったのだから、お父さんの判断は正しかったのではないの？

珠緒は悩んだ。当時考えていたことはどれも稚拙すぎて、警察官として九年働いた今となっては口に出すのも恥ずかしいことばかりだ。

ただそれでも当時から一貫して、二十年近く珠緒の頭を巡っている考えがある。どう言語化されるかは時期によって変わるが、形を変えながらも頭を満たしている考えがある。

それは「自分は正義について考える宿命を負っている」ということだ。そしてその答えを出さない限りは、自分は決して死ぬことは出来ないのだ。

だから刑事になった。ヒーローになりたいという幼稚な動機ではなくて、正義とは何かを見極めたかったからだ。当時の大村悟志を知っている先輩からは嫌味を言われたりもしたが、気にせずに業務に励んだ。

そのうちに珠緒は「正義というのは、公務員によって執行される一連の手続き」という考えを持つようになった。

出勤／会議／検証／取調／調書／送致／裁判／有罪。この一連の工程を正義と呼ぶのだ。

お父さんは手続きを踏み倒したのだから、悪であると見做《みな》されて当然なのだ。

本当に？

お父さんによって守られた命もあったのに？

その結論にしっくりと来ているわけではない。何よりも、その手続きを時たま軽視しながらも、見事に事件を解決していく葵野数則と出会ってしまった。

お父さんに話を聞いてみたかった。

あの時何を考えていたのか。それを知ることが出来れば、自分の問題も解決の糸口を掴《つか》めるような気がした。

だがそれはとっくの昔に不可能になっていた。お父さんは自分が小学生のうちに亡くなっていたからだ。

高校生になった日に、母親にそう教えられた。理由は教えられていない。ろくな理由じゃない気がするので、珠緒も聞いていない。いつの間にか父親は灰色の墓石に成り果てていた。まるで遠くの国の悪い魔女に魔法をかけられてしまったかのように。

宮内朱音を見た時に覚えた落ち着きは、自分が加害者遺族だからだ。

同じく加害者遺族である児島敬也が、秘密を明かしても尚《なお》、落ち着きを感じる相手が宮内だった。自分と児島の共通点がそう思わせたのだろう。

なにかそういう他人の罪を許せるような、いい意味で無関心でいられるような素養が宮内にはあったのだろう。私や児島にしか嗅ぎ当てることの出来ない、さみしげな、それでも確かに存在する、ぼろぼろで湿っていて、濡《ぬ》れた野良犬の胴部のような温かみを感じる何かが。

7

二日後に関川宏は逮捕された。

児島のいた一〇三号室を爆破したのが彼であることが確定したのだ。殺人の意図を持っていたことまで自供している。

二日前、葵野はこう言った。

『プロパンガスやメタンガス、都市ガスなどのガスは本来無臭だが、ガス事業法によって臭いを付けることが義務付けられている。これは文字通り「吐き気を催す」臭いであり、空気中に数億分の一でも分子が混ざっていれば気づくほどだ。義務を怠れば罰則があり、付臭されていない可燃性のガスは、少なくとも通常の範囲では日本には存在しない。また一から可燃性ガスを作るのも、個人のレベルだと困難だ』

『ほう。ではどうするんでっか？』松浦が聞いた。

『発想を変えるんだ。市販のプロパンガスから付臭剤を取り除く……これならば出来る。方法はこうだ。まず近隣の薬局などで炭酸ナトリウムを購入する。次にそれを用いて水上置換法を行う……水上置換法は知ってるね。小学六年生の時に誰もが履修しているやり方だ』

水上……？　何？　と珠緒は思ったが、小学生レベルの理科の知識を持っていない人間だと思われるのは癪《しゃく》だったので口にしなかった。後で検索してみよう。

『こうすれば大量の無臭のプロパンガスを得ることが出来る。児島敬也がガスの充満した空間に三分間も留《とど》まっていたのはこれが理由だ。臭いが消されていたんだ』

『ふむ。では関川はどうやって、ガスの充満した空間から脱出したんでっか？』松浦が聞いた。

『関川と児島の部屋が隣同士だったというのがポイントだ』葵野は言った。『本来は無臭化した所で、プロパンガスを犯罪に用いるのは困難だ。ガス事業者並の技術があればボンベに詰め直すということも出来るだろうが、普通は危険すぎて持ち歩くことさえも難しいからね。だから関川は持ち歩かなかった』

『どういうことでしょう』珠緒は聞いた。

『一〇三号室と一〇二号室の間に大きな穴が開いていたのは覚えているかな』

葵野は言った。現場に足しげく通ったのもあって、難なく思い出せた。そこだけは配管の都合でコア抜きが行われていたという理由で、綺麗《きれい》に長方形に抜けていた。

『関川はあそこに小さい穴を開けたんだ。恐らくは児島が昼食のために出払っていた十三時から十四時の間にね。その穴に管を通して、部屋の中で水上置換法を行い、無臭化した大量のプロパンガスを直接注入し、最後に蓋《ふた》をした。そして自分が被害に遭わないように外に出た。関川が部屋に居ないうちに児島が帰宅し、摩擦熱によってプロパンガスを発火させた。その爆発によって――』

『証拠も見事に焼損するってことでっか』松浦が合点した。

『そうだ。仮に燃え残っていたとしても、自分の部屋を整理するふりをして取り除いてしまえばいい。事件直後、僕らがセンチュリープラザ芝に到着した頃には、既に証拠の隠滅は終わっていただろうね』

『なるほど。……でも証拠がないなら、どうやって罪を認めさせましょう』松浦が言った。

『ここまでの情報があれば恐らく行ける』国府は言った。『まずはプロパンガスと炭酸ナトリウムの購入履歴を調べよう。そういった情報を全て握って、呈示した上で取り調べに及べば、上手《うま》く言い逃れられる奴なんて、それこそ東大の高峯くらいだ』

国府の言う通りだった。プロパンガスと炭酸ナトリウム、さらにドリルとチューブの購入履歴までが割れた後に関川に話を聞くと、ついに口を割った。

動機はやはり、田沼鷹英が父親を殺害したことへの復讐《ふくしゅう》だった。

田沼の銀行強殺によって、自分の人生が滅茶苦茶《めちゃくちゃ》になってしまったという憤りを、取調室で関川は興奮しながら語った。

小学生の頃の自分は外向的な人間だった。だが事件のショックによって対人恐怖症になり、以降は友人が一人も出来ず、就職活動も上手くいかなくてフリーターになり、バイトをしているスーパーでも怒られてばかりで、おまけに奨学金の返済のせいで不自由な生活を強いられているのだと関川は言った。

関川が児島の隣に引っ越してきたことは完全なる偶然だった。だが挨拶《あいさつ》回りの時に「敬也《のりや》」という少し珍しい名前を聞いて「もしかしたら」と思った。関川は当時インターネットに出回っていた加害者遺族の個人情報を全て保存していたので、試しに幼少期の敬也の顔と比較してみるとよく似ていた。それからは児島の出したゴミを漁《あさ》ったり郵便物を盗むことで、彼の個人情報を照会し、児島が元々「田沼敬也」だったことを突き止めた。

被害者遺族である自分が事件の後遺症に苦しんでいる一方で、加害者遺族の児島が順風満帆に生きているように見えるのが辛《つら》かった。

苛立《いらだ》つ気持ちはあれど、最初は抑えようとした。だがマンションの会合で上手く発言できなくて恥をかいた日、児島にフォローをされ、おまけにこんなことを口にされたことには憤怒した。

『僕、実は幼い頃に父親を亡くしまして……。それで内気な性格になったので、関川さんが人前が苦手な気持ちもわかります』

児島に悪意はなかったのだろう。だがその言葉が関川の殺意に火を付けた。自分の父親を殺して死刑になった人物のことを、よくもまあ美談の材料に出来るものだ。

芝署による供述調書を読みながら、おそらくは関川にも、彼なりの語られない物語があったのだろうと珠緒は思った。

でもそれには同情をしない。私の想像力は有限だから。好きな所で想像力を使う。ここでは使わない。

ちなみにㄣのマークについては全く意図していなかったそうだ。やはり最初に国府が言っていたように、爆風が作った偶然の産物だったらしい。

珠緒は宮内朱音に思いを馳《は》せた。犯人逮捕のニュースを眺めながら、これが彼女にとってせめてもの鎮魂の意味を持っていて欲しいと、そう切に願った。

8

その週の金曜日、珠緒は虎ノ門《とらのもん》駅の近くにある一軒の居酒屋に呼び出された。目の前には一人の男がいる。西洋の彫刻のような風貌《ふうぼう》をした、スーツ姿のイケメンだ。普通はこんな人間が向かい側に座ろうものならば喜びに沸き立つものだろうが、中身が数学マニアであることを知っているのでそうはならない。

二人は先ほどから一言も声を発していない。注文を聞きに来た店員に、

「アイスミルクで」

「じゃあ私もソフトドリンクの……ウーロン茶で」

と言ったきりだ。

呼び出された理由はわかっている。自分が川岸から葵野の過去を聞いた件だろう。でもどう切り出すべきか、葵野は悩んでいるようだ。

飲み物が届く。

特に乾杯をせずに葵野が口を付ける。そういえば前の飲み会の時も、葵野は乾杯の前にお酒に口を付けてしまっていた。それを思い出して珠緒は思わず口角を上げた。葵野も失敗に気づいたらしく苦笑した。

緊張がほぐれる。ようやく葵野は一言目を発した。

「川岸さんから聞いた話はどんなものだった？」

結局のところ直接的な質問になる。恋人に浮気を問いただしているかのような。それが下品に感じられて、彼は切り出すのを渋っていたのだろうけど、こういう時は直接的でいいんだろうと珠緒は思った。

珠緒は先日、川岸から共有された内容を子細な所も含めて葵野に語った。なるべく詳細な方が葵野の希望に添うだろうと思ったので、思い出せる限りのことを話した。

それを聞いた葵野はふたたび黙り込み、一言も発さなくなった。

騒然とした居酒屋において、この席だけは妙に静かで、飲み物の氷が融けて落下する音でさえも反響を伴って聞こえてくるほどだった。

不思議と、悪くない沈黙だなと珠緒は思った。たぶん、必要な沈黙だからだろう。ここに沈黙が要ることは芝居のト書きに書かれていて、私たちはそれを実演している要領のいい演者なのだ。葵野がこれから長い話をするためには不可欠な時間なのだ。

「珠緒さん、僕はきみを評価している」

葵野はそう言うと、氷がほとんど融けてしまったミルクを一度口に運んだ。

「ドローン殺人事件の時は、僕がわからなかった犯人の動機を当ててくれた。東大教授殺人事件の時も同じことをして、犯人に追い込まれた僕を助けてくれた。爆破事件の時は、明後日《あさって》の方を向いている僕を正しい方向へと揺り戻した。どれもきみの高い実力があってこそのものだ」

「ありがとうございます」謙遜《けんそん》はしなかった。葵野はそういうことを美徳だと思っていなそうだからだ。

「きみには人の心が理解できるのかな」そう言ってから、訂正した。「いや……違うか。ある種の人間に対する共感能力のようなものがあるのかな。きみの力を上手く言語化することは出来ないけれども、きみは普通の人が持ち得ないものを持っていて、同時に普通の人が当たり前に持っているものがたぶん欠落している。その凹凸《おうとつ》の形が上手く嵌《は》まる瞬間が割と頻繁にあるんだろう。……元准教授の癖でね。上から目線のように聞こえたら申し訳ない。でも本当に尊敬している」

　その発言には珠緒も思う所があった。だが最終的には真っ向から「尊敬している」と言われたのが照れくさくて、はにかむような形で表情が固まった。

「そんなきみが僕をどう見ているのかに興味を持った。……実のところ、僕は他人に自分のことを語ることがほとんどない。一度しかなく、その相手もとうに他界している。だから他人から自分がどう見えているかがわからない。……いや、興味がなかったと言い換えてもいい。だからいざ知ろうとすると、どうすればいいかがわからない。他の人たちはどうやっているんだろう。後ろに目でもあるのかな」

　彼は大きく息を吐くと、手に付いたグラスの水滴をペーパーナプキンで丁寧に拭《ぬぐ》ってから言った。

「珠緒さんに僕の話を聞いて欲しい」

　居酒屋に入ってから今まで、ずっとその言葉を待っていた気がした。

いや……本当はもっと前から待っていたのだ。葵野と初めて出会って、彼が数字の話を始めた時から、数学の話の根源にある「実は」の話が聞きたかった。「実は自分はこういう人間で……」と話してくれるのを、私は期待していたんだ。

「僕は自分の半生についてきみに話す。僕が科学捜査官になった経緯を話す。そしてそれを聞いてきみがどう思うか、僕の下した決断が妥当だったかどうか、総合的に判断して欲しい」

第四話　未証となる愛情

1

幼少期の葵野は、特別目立つ子供ではなかったという。

声が大きいとか、仕切りたがるとか、癇癪《かんしゃく》を起こすとか、意地悪をするとか、自信に満ちているとか、世話焼きとか——そういった特徴は特になかった。

ただ大人しくて、手のかからない子供だった。だがそういった子供は葵野の住んでいた東京の郊外の幼稚園では珍しくはなかったから、その意味でも普通だった。

それに気付いたのは、幼稚園の外装にある、紫色の菫《すみれ》のイラストを見た時だった。

葵野はすこし前に、先生から「数字」というものを教えてもらっていた。

数え方も覚えた。ひとつ、ふたつ、みっつ……時たまそういう子がいるように、葵野も数字を覚えた後に、なんでも周りのものを数えてみる子の一人だった。

壁にある菫は三つ、葵野はそう思った。

三は三だ。それ以外の何物でもない——と通り過ぎそうになった。

だがその時だった。偶然、自分の右の手の平が目に入った。

そして自分の小指も、二つの線に分けられて、三つの区画を形作っていることに気づいたのだった。

僕の小指の四角の数は、菫の数と同じだ。

菫の横には色とりどりの風船が描かれていた。そちらは五つだ。

三と五の間には、なにやら孤独な隔たりがあるように葵野には思えた。冷え冷えとした殺風景な空間に、三と五がそっぽを向いて座っている。だが何かしらの共通点があれば、きっと二人は打ち解けられる。そんな確信があった。

ふたたび自らの手の平を見た。すると折のいいことに、薬指と中指と人差し指も、それぞれ二つの関節を境にして三つの固まりに分かれているのだった。

ふと塗り絵をしていく感覚で、虹色《にじいろ》の絵の具が自らの小指をきれいに染めていくところを思い浮かべた。それからはにゅっと絵筆が薬指の先から下りてきて、第二関節までの二つの区画を同様に染めた。そうすれば、合わせて五になる。自らの手の上で、三と五の間に平和な繋《つな》がりが生まれる。ふたつの数字は初対面の者同士の、心地よい面はゆさを経ると、やがて打ち解けて仲良しになった。数字を使ったままごと遊びは、こうして幸せに終わった。

その日だったか別の日だったか、この方法で葵野は、右手の四本の指にある十二個の区画を使えば、十二までの数字を表せることに気づいた。

奇《く》しくもこれは、古代バビロニア人が用いていた数字の数え方と同じだった。彼らは人差し指から小指までの指にある、関節で分けられた十二個の区画を、余った親指で押さえることで数を数えていた。十二までを数えると、もう片方の手の指を一本折った。例えば指を一本折って、小指の二つ目の区画を指差すと、十二足す二で、十四という数字を示す。

また五本の指を折れば、十二かける五で六十になる。バビロニア人が偏愛した六十という数字は、今も六十秒が一分であり、六十分が一時間という形で、現代にまで受け継がれている。

もしも、葵野の発見の場に数学者が居合わせていれば、彼の才能の特異さに気づいたかもしれない。

だがその場には彼と、色あせた幼稚園の壁が在っただけで、ただ彼の感動は彼の中にのみ秘められ、「エウレカ」の一言も発されなかった。

葵野の特異さが増してきたのは小学校に入ってからだった。

幼稚園の時に社交性のあまりなかった子が、小学校に入ってから人と関わるようになるという例はよくある。

だが葵野の場合はその逆だった。数学の世界に没入しすぎて、どんどん周囲が見えなくなっていったのだ。

例えば、先生からプリントが配られる。

ごく普通のA４用紙だ。そしてふと何かに気づく。

試しに二つに折ってみる。すると驚くべきことに、この紙は何度折っても縦横の比率が変わらない。黄金比だからだ。他の四角形と違う！　そんな感動を覚えているうちに、後ろのクラスメイトは早くプリントを回して欲しがっている。

休み時間は一人で、校庭の花壇に下りた。

花の花びらの枚数は三、五、八、十三……驚くべきことに、どの花びらの数もフィボナッチ数列という特殊な数列の構成員になっている。枯れたり萎《しお》れたりした一部の花を除けば、ほぼ全て同じであることを葵野は確認した。まるで花そのものが数学のルールを知っているみたいだ。

「友達が出来ない」と、深刻そうに先生が親に相談しているのを見たことがある。でも葵野はなぜ自分が、先生や両親に心配されているのかわからなかった。

「普通じゃない」と、親戚《しんせき》から言われたこともある。でも気にしなかった。毎日が数字の中での発見の連続で、こんなにも楽しいからだ。

小学五年生になって「将来の夢を考えよう」という授業があり、その時に先生から、数字のことばかりを考えていられる夢のような職業があるのだと聞いた。

「数学者」だ。

葵野は大変そうに仕事に行く親の姿をいつも見ていたから、大人とは辛《つら》いものなのだろうと漠然と思っていた。だからまさかそんな、まるで遊び続けているだけでお金が入ってくるような、素敵な職業があるとは思わなかった。

葵野は、彼が五桁《けた》の掛け算を解くのと同じくらいの速度で——つまり一瞬で——将来の夢を決めた。

将来は数学者になろう。それも、一番研究が進んでいる東京大学の数学者になりたい。

東京大学の入試は数学と物理で満点が取れていれば、他は五分の一でも点が取れていれば通過できる。

何回確認してもそうなっている。こんなにも簡単でいいんだろうかと葵野は思ったが、騙《だま》されているわけではないらしく、現に合格できた。

大学でも、葵野は友人を一人も作らなかった。さすがに小学校の時以上の社会性は身につけていて、ある程度他人とも話せるようにはなっていたけれども、必要性を感じなかったのだ。

誰かと話すよりも、数学に関する本や論文を読んだり、計算やコンピューターシミュレーションを試みる方が楽しかったし、将来に役立つと思っていた。

恋人を作る気なんてさらになかった。だから彼女と付き合うことになったのは、本当に運命的なことだったのだろうと葵野は回想する。

2

彼女のことは、実際に彼女と話す、二年前から知っていた。

理学部のラウンジの隣にある花壇に、よく水をやっていたのが彼女だったからだ。

葵野は花が好きだ。どの花にも数学的な調和がある。だから葵野は時々、少しだけ遠回りをしてその花壇に寄った。彼が講師となって、以前よりも学生の指導を行う必要が出てきて、自分の研究を進める時間が取れなくなり、その不満から心の安らぎを求めていた頃だった。

花の表す数学的な調和は、枯れたり萎れたりすれば失われてしまう。だからそれを維持している彼女には、自然と尊敬の念を抱いていた。

水をやっていたのは決まって彼女だった。大学の事務員というわけではなさそうだし、年齢的には大学を卒業していそうなので、大学公認の園芸部員というわけでもないだろう。水をやっている様子には、いつも愛情のようなものが垣間見《かいまみ》えているので、雇われているというわけでもなさそうだ。

とはいえ葵野は彼女の素性のことを気にしたことはなかった。今思えば、いくら人間に興味を持つことが少ない自分とはいえ、あれほど彼女のことを頻繁に目にしていて、なぜ気にしなかったのだろうかと思う。

もしかすると自分は彼女のことを、花の一部に含まれる、一種の幻影のように感じていたのかもしれない。花畑が示す数学的な調和の中に、彼女の存在も含まれていた。

東郷キャンパスから少し歩くと上野《うえの》駅があり、それから数分で上野美術館に着く。葵野は時たま健康のために上野まで散歩をすることはあったが、美術館に行ったのはその日が初めてだった。

その日はエッシャーの展覧会があった。有名な「無限階段」の絵を始めとして、エッシャーの絵には数学的なアプローチを使ったものが多く、美術に疎い葵野も例外的に好んでいた。例えばＰＣのデスクトップの背景はエッシャーの「滝」にしていた。

まあ、デフォルトのものよりはいいだろうと思って設定しただけで、それほど思い入れがあるというわけでもないけれども。

だからその日も、言ってしまえばふらっと行っただけだった。

「変容《メタモルフォーゼ》I」という絵の前で、花壇に水をやっている彼女を見かけた。

今日は深い臙脂《えんじ》色のハットをかぶり、体がすっぽりと隠れるような長丈のワンピースを着ている。

軽く会釈をされる。向こうも自分のことを知っていたことに少し驚いたが、考えてみれば頻繁に顔を合わせているので当たり前かもしれない。会釈を返した。

葵野はじっとその絵を見た。細長い絵で、左端にある小さな街が段々と無機質な立方体に化していき、それが千鳥格子《ハウンドトゥース》に変わり、最後には一人の人間に集約していく。

変化はどれも自然で、左端から何も考えずに目を動かしていくと、いつ絵が変わったのかがわからず、脳が何度も騙されるような感覚に陥る。

平日の午後で来訪者が少なかったのもあって、立ち止まっている自分の存在が邪魔になることはなく、いつまでも眺められた。どれだけ見ても飽きなくて、むしろ他の人たちが絵をちらりと見て、ふうん、と訳知り顔で去っていくのが不思議だった。

何がわかるだろう？　僕には何もわからない。いつまでもわからなくて、わからないから面白い。

しばらくして葵野は、自分と全く同じ時間だけ、絵の前に彼女が立ち止まっていたことに気づいた。

ほとんど同じタイミングで、彼女も同じ時間だけ葵野が絵を見ていたことを悟ったようだった。目が合ってしまったので、葵野は聞いた。

「まだ見られますか？」

すこし考えてから彼女は答えた。

「次の絵を見ようかと思います。先生はどうされますか？」

「僕もそろそろ、次の絵に行こうかと」

二人は隣の絵に移動した。

特別、示し合わせたわけではなかったが、ふしぎと歩調が合った。完全に合致しているわけではなく、例えば「幾何」のコーナーでは葵野の方が長く絵を見ていたが、「聖書」のコーナーでは彼女の方が長く絵を見ていたので、結果的に足並みが揃ったりもした。ただ展覧会を出るタイミングはぴたりと一致した。

物販で葵野は、小さなポストカードを手に取った。一方の彼女は、迷いなく大判の画集を抱いていた。

「美術館にはよく来られるんですか？」

あまりにも躊躇《ため》いなく大きな買い物をするので、葵野はつい聞いてしまった。

「はい、先生は？」と言ってから、彼女は続けた。「……ああ、先生のことは、一方的に存じてしまってます。『東大のアルキメデス』と呼ばれている、葵野数則先生ですよね？　数学者の権威であるフィールズ賞の受賞も期待されているとかで、メダルの肖像であるアルキメデスにちなんでそう言われていると、伝聞にて知りました」

波間をゆらめくような話し方だった。声を聞いているだけで、時間の進みが少しずつ遅くなっていくような。

「その通りです。僕もあなたを何度か花壇で見たことがあります」

「私もです」

「あなたは……ええと」いつまでも「あなた」では呼びづらいなと思った。「あなたの名前はなんですか？」葵野は聞いた。

「江南《えなみ》三来《みく》と言います」

三来。

すぐに、39という数字が葵野の頭の中に浮かんだ。

3は葵野が一番好きな数字だ。美しい数字だし、三月生まれであることも関係しているかもしれない。

また3×3＝9なので、一桁《ひとけた》の数字では9が二番目に好きだ。くわえて39は3と9の組み合わせというだけではなく、（3＋9）＋（3×9）＝39であり、$3+3^2+3^3$

＝39になるという特徴がある。

性格や顔で人を好きになることがあるのならば、名前で好きになってもいいんじゃないかと葵野は思った。

試しに「三来」と心の中で唱えてみた。するとその言葉は葵野の中で完璧《かんぺき》な調和を保っていて、心地の良い風が通り抜けた。

三十歳を前にした葵野数則の、遅すぎる初恋はこうして始まった。

今思えば、ずいぶんと馬鹿馬鹿しいことばかりした気がする。

難しい言葉が並んでいた研究室のパソコンの検索履歴に、「初デート　場所」といった単純な言葉が加わったり。

「デート　誘い方」「告白　やり方」「レストラン　マナー」……なんだか本当に、当時のことを思い出すとこっ恥ずかしかった。

三回目のデートで告白をして、葵野は江南三来と付き合うことになった。

江南三来は文系の博士課程の学生で、西洋の美術史について研究していた。

理学部のラウンジの横にある花壇は、元は彼女の所属していた大学公認の園芸サークルが管理していたものだったが、後任が居なくなり、また彼女が個人的に花を育てることが好きなのもあって、今でも水やりを任されているのだそうだ。

江南三来は、知れば知るほどに、ふしぎな女性だった。

電車にはほとんど乗らないと言っていた。彼女の下宿がある東郷三丁目の付近だけでも生活が出来るくらいには繁栄していたし、行動の選択肢を増やすよりも、今の選択肢を大切にしていく方が、生活が豊かになるという持論を持っていた。なによりも子供の頃からの聴覚過敏で、地下鉄なんかに乗った日には、騒音で一日中耳が痛くなってしまう。

インターネットも最低限にしか見ないと言っていた。せいぜい研究に必要な範囲で利用したり、東京の展覧会のスケジュールを確認するくらいだ。いわゆる「言葉の雑音」にも敏感だったのだと思う。SNSのアカウントも持っていなかった。

ロングスリーパーで、一晩に十時間は眠った。一日に二つ以上の予定は入れず、二日連続で大きな予定を入れることもなかった。

歩くのも話すのもゆっくりだった。なので彼女と歩いている時、葵野は気を遣って歩速を落とした。

すると時々落としすぎて、彼女の方が葵野に合わせてさらにゆっくり歩くことがあった。その繰り返しでついには止まってしまうこともあった。

赤門《あかもん》から東郷三丁目駅までの、本来なら五分ほどの距離を、彼女と二人で二十分ほどかけて歩いたりもした。

その時のことを葵野は鮮烈に覚えている。お互いの生きている時間だけが、周囲よりもゆっくりと進んでいる感じがして、普段は目にも留まらない、街灯だとか商店だとか乗用車だとかの当たり前の灯《あか》りが綺麗《きれい》で、世界がスローモーションの花火のように輝いていた。


デート先には、東郷三丁目の近くにある純喫茶や、上野美術館や国立科学博物館、ホテルのアフタヌーンティーなどを利用することが多かった。

時々、会話が止まってしまうこともあった。でも彼女との間では、そのことはほとんど気にならず、むしろ豊かな沈黙にさえ思えた。

よく覚えている一幕がある。

会話がスッと途切れたある時、喫茶店の窓の外が見えた。

駅前の店だったからか、外には騒がしげな雑踏があった。

男子高校生が痙攣《けいれん》のような身振りと共に激しく雑談に興じていて、肌を出した女性がスマートフォンを見ながらその脇を通り抜けていく。駐輪場には多くの自転車がはみ出しながらぶち込まれていて、飲食店の店員が大声で呼び込みをしている。ユニフォームを着た中年女性たちが政治に関するチラシを配っていて、スーツ姿の男性が腕時計を見ながら小走りしている。雑踏という海の中で誰もが溺れないように必死に手足を動かしているが、誰一人正しい泳ぎ方を知らないように見える。一方で二人の間には穏やかな沈黙があり、しっかりと碇《いかり》の下ろされた小舟の上に居るみたいだ。

「こんなふうに誰かと一緒にいてもいいものなのかな」

ぽつりと葵野は言った。ほんの一言、三来は答えた。

「素敵だと思います」

いつしか葵野は、江南三来の生き方を尊敬するようになった。

そして自分が案外、承認欲求の強い人間なのだということを思い知るようになった。「自分はどうやっても普通の人にはなれない」ということが、結局はコンプレックスだったのかもしれない。それが原因で誤解を受けることも、不利益を得ることもあったからだ。だから自分はいわゆる「普通の人」以上の成功、例えば数学の分野で偉大な業績を残すとか、そういった見返りを求めて生き急いでいたのだろう、と省察するようになった。

だが彼女の隣だとそういうことを考えずに済んだ。

過去がどうあれ、なるべく今が幸せになるように、出来る限り幸せが続くように生きていけばいいのだという、そういった当たり前のことを考えられるようになった。

そして――。

そんな江南三来は、無惨にもバラバラ死体となって葵野の目前に現れた。

3

体のパーツが個包装されていた。

一つ一つのパーツが、葵野のいる数学科の研究棟から、ベルヌーイの螺旋《らせん》という名の渦巻き模様を描いて等距離に遺棄され、探索するごとに江南三来の体が下半身から組み立てられていくという仕掛けになっていた。

一番最初に見つかった白い足の裏には「♄」が彫られていた。ゆえに土星23事件の一環だと考えられ、すぐに捜査本部が結成され、本庁からは川岸が出向いた。

そこで葵野は自らの手で、恋人を殺害した犯人を暴き出した。

犯人は数理科学研究科の同期だった。

網走夕太《あばしりゆうた》は見た目には爽《さわ》やかな好青年だったが、同時にどす黒い内面を持っていた。

彼には犯罪傾向があった。昔から腹の立つことがあった日は、意図的にポイ捨てをしたり、小動物をいじめたり、いたずら電話をしたり、公共物を破壊することを習慣にしていた。犯罪を行うと「自分は他の人が出来ないことが出来る、特別な人間なんだ」と思うことが出来て自尊心が高まった。

友人は多かった。彼女もいた。頭も良く、大して勉強せずに東大に入れた。だがそういった現実的なことは彼には何の喜びも生み出さなかった。彼に生の実感を与えてくれるものは犯罪だけだった。

痴漢、空き巣、置き引き……犯罪は徐々にエスカレートしていったが、その刺激にも慣れてきた。そんな時、彼にとって画期的《エポックメイキング》な出来事が起きた。

土星23事件だ。

テレビで報道される猟奇事件の数々を眺めながら、網走は静かな興奮を覚えていた。

そうだ、次は殺人がいい。

じゃあ、誰を殺そう？

最初は葵野を殺そうと思った。東京大学で今最も有名な若手教員だ。話したことはないし、特に恨みもないが、殺す相手として申し分ないと思った。

だが殺人の計画のために葵野の私生活を調べていくうちに、葵野に恋人がいることが明らかになった。そして段々と別の興味が頭をよぎるようになった。

江南三来を殺したら、葵野数則はどんな反応をするのだろう？

「『こんなものか』って感じだったな」取調室で網走は語った。「今も何の感情も抱いていない。真っ平らな板のような気分だ」

江南三来が殺害され、自らの手で犯人を暴いた後、葵野は何もする気が起きなくなった。

今まで普通にやっていたことが出来なくなった。朝起きて、昨日の夜に起動したシミュレーションの結果を確認する。学生の研究の進捗《しんちょく》を見て意見したり、質問に答える。講義の時間に、事前に作成した資料を読み上げる。会議に出席し、そこで共有された事項をPC上のカレンダーやメモ帳に書き留める。

江南三来が居なくなっても、当たり前のように回り続けていく世界が許せなかった。不合理な感情であることはわかっていても、どうしても抑えられなかった。

馬鹿なんだろう、自分は。

まさか映画のように、誰かが死んだところで悲しげなBGMが流れ、関わった人の傷を癒《い》やすような、親切で心温まる物語が進行していくはずがない。

実際に人が死んだ後には、恐ろしいほどの無音の世界だけがあった。

沈黙が一番恐ろしかった。彼女が死んだことで世界に何も起きていないこと、それをありありと見せつけられていくような日々が苦しかった。


休職を願い出た。

すると診断書が必要だというので、都内の心療内科に予約の電話をかけた。東京は心の病気を持つ人が多いのだろう。いくつか電話をしてみて、一番早く診療してもらえる所が三日後だった。それまでは有休を取った。

残念ながら葵野と彼女の関係では慶弔休暇も出ない。彼女の死は葵野からあらゆるものを奪っていく一方で、休暇の一日をも生み出さない。

食事も喉《のど》を通らないという表現があるが、それは葵野の実感とはかけ離れていた。実際は「食事を取る必要がない」という方が近かった。

何も食べなくても二、三日は平気だった。三日目の夜にふと空腹感を思い出して、コンビニでサラダチキンとヨーグルトを買って食べた。それでまた三日は持った。

何の興味もなかったが、休職中の時間を潰《つぶ》すために、自室の電化製品の説明書を最初から最後まで読んだりしていた。

なにか趣味を行うといいのだろう。でも葵野の趣味は、植物を育てるとか、美術館に行くとか、古本を読むとかの、全て江南三来が自分に与えてくれた趣味で、それをやると彼女のことを思い出してしまうからやりたくなかった。

ただぼんやりと日々を過ごした。そのうちに一つの考えが頭に浮かんだ。

土星23事件の犯人を暴くのはどうだろう。

土星23事件は、三来の死の間接的な原因ではある。だが直接的な原因ではない。だからこれは恨みを晴らすだとか、報復だとかそういう意味では——少なくとも意識的には——違っていて。

ただ葵野は、江南三来の死に何かしらの意味を見出《みいだ》したかった。

土星23事件の間接的な被害者の、ある意味では遺族である自分が、事件の犯人を暴き、将来の被害を未然に防ぐ。

そういった映画のような物語を実演することが出来れば、彼女の死に、ささやかにでも意味を付加できる。

なんたってあまりにも残酷じゃないか。誰かが理不尽に死んで、それが社会や個人に対して何の意味も持たないなんて。

そんな時に、葵野は川岸のことを思い出した。

当時はちゃんと話を聞ける状態ではなかったのだけれども、あの時彼女は「高度科学犯罪対策班」という、最新の科学を用いて犯罪を捜査する班を結成する構想があると言っていた。それはきっと土星23事件の解決の急先鋒《きゅうせんぽう》となるだろうと。そして葵野の才能を買っているので、出来れば参加していただきたいと言っていた。

葵野は無造作に鞄《かばん》に放り込んでいた皺《しわ》だらけの名刺を広げ、川岸に電話をかけた。

こうして葵野数則は科学捜査官になり、科対班は結成された。

第五話　復号される誘拐

1

堪《こら》えようとしたのだけど出来なかった。珠緒は涙を流しては、それをペーパーナプキンで拭《ふ》き取り、拭《ぬぐ》い切れなかった水分をシャツの身頃に吸い取らせていた。

自分はきっと酷《ひど》い顔をしているのだろう。先ほどまで自らの経験を語っていた葵野は、自分が一番辛《つら》いだろうにもかかわらず、泣いている子供をあやすようにささやかな微笑を浮かべている。

「保留にさせて下さい」と、珠緒は言った。

元はと言えば葵野からの要望は、自分の半生についての感想が欲しいということと、自分の決断——つまり科学捜査官になったこと——が妥当だったかどうか判断して欲しいというものだった。

まだ答える準備は出来ていないと珠緒は思った。自分なりに、ちゃんと胸を張って口に出来る答えを探したい。葵野はそれだけの経験を、私だけのために語ってくれたのだから。それに見合うとまでは行かなくても、せめて半分くらいの誠実さを持ちたい。

気長に待っていると葵野は答えた。アイスミルクの氷がからんと音を立てて、それが閉会の合図になり、二人はそれ以上の会話をせずに別れた。

翌週からの二人の関係は、珠緒が葵野から秘密を明かされる前の——さらに言えば川岸から葵野の話を聞かされる前の——状態に戻った。

コミュニケーションに不全はなく、同時に交流が必要以上に増えることもなく、同僚という言葉の距離感をそのままに表現しているかのようだった。

ただ時々、観葉植物のミントに水をやったり、切り戻しをしている葵野を見ると、胸が締め付けられた。あのミントは江南さんから貰《もら》ったものだ。そう思うと時空が歪《ゆが》み、あの日の居酒屋に引き戻され、私たちは名前の付けられない関係に戻る。

そんなある日、科対班で使っているチャットツールにこんなメッセージが届いた。

2

『＊月＊＊日、一緒に有休取りませんか？』

松浦が、彼と葵野と珠緒の三人がいるチャットルームに送信したものだ。

目の前のデスクに座っているのにわざわざチャットを使ったのは、国府に知られたくないという思惑《おもわく》があるのかもしれない。

『何をするんです？　ディズニーにでも行くんですか』珠緒は適当に返事した。

『ディズニーより、もっと楽しいとこに行くんですよ』

ほう、と珠緒は思った。自分はディズニーの楽しさをそれなりに高く見積もっている。それ相応のものがあるのだろうな。

『どこに行くんだい？』と、葵野が端的なメッセージを送った。

『前に私が、土星23事件について議論し合う会員制のチャンネルがあるって話したことを覚えてますか？』松浦が伝える。国府に抜けろと言われていたチャンネルだ。

『そのチャンネルを主宰する佐井義徳というジャーナリストがですね、刑事である私に、自分が集めた情報を、直接会って提供したいと言い始めましてね』

あれ？　あの時松浦は「抜けます抜けます！」と威勢よく断言してはいなかったか。

まあ、そんなことだろうとは予想していたので、特にうるさくは言わない。

『佐井さんって……確か松浦さんが、土星23事件についての調査の急先鋒《きゅうせんぽう》だと言っていた方ですよね？』珠緒は聞いた。

『そうです。事件に関する記事もよく書いとりますよ。ほら、あの記事とか――』

松浦が名前を挙げた二、三の記事は、どれも刑事一課内で噂になっていて、珠緒も読んだことがあるものだった。内容を苦々しく思った同僚が九割。よく調べたなと舌を巻いた同僚が一割だった。口に出してはいないが珠緒は後者だ。

『なんでそんな提案が松浦さん宛に来るんですか？』

『向こうは私が警視庁の科学捜査官になったことを知ってますし、二週間ほど前に、一度連絡を取ったんですよ』

その頃はマンション爆破事件の捜査の真っ最中だ。やはり当時、土星23事件の情報を求めて個人的に連絡を取っていたのだろう。国府も言っていたが、この男はいつか警視庁内の機密を外に漏らすのではあるまいなと心配になった。

『ずっと返信がなくてですね。筆忠実《まめ》な男なので「あれ、おかしいな」と思っておったんですが、昨晩いきなり連絡が来てですね。こんな内容で』

そう言って松浦はメールのスクリーンショットをチャットに貼った。

『素晴らしいメールアドレスだ!!』

内容を読む暇もなく、葵野が即座に返信した。佐井のメールアドレスは『Shannon0471****@*****.***』というものだった。

『471が好きなんですか？　素数とか？』珠緒は聞いた。葵野は素数を好む傾向があることはもう把握していた。

『好きな数だが、素数ではないね。気になったのはShannon《シャノン》の方だ。僕が敬愛する数学者のフォン・ノイマン、同じく数学者のアラン・チューリングと並んで、現代のコンピューターの基礎を作り上げたクロード・シャノンのことじゃないかな。彼が居なければ、僕らが今操作しているこのデバイスも存在しなかった！』

『まあ、ええです』松浦はさらっと流した。『それよりも、メールの中身の方を見て下さい』

松浦の言う通り、佐井が送ってきたメールは、土星23事件について自分が知っている情報を、直接会って提供したいというものだった。

メール内で、会う日時と場所は指定されていた。平日の午前中だ。場所は住所で表記されている。

珠緒は違和感を覚えた。こういうものって、お互いの都合のいい時間帯と場所を打ち合わせてから、満を持して企画するものではないか？　休日ならともかく、平日の午前中をいきなり指定してくるのは大胆だ。

百歩譲って、佐井がとても多忙な人物で、その時間のその場所でしか会えなかったとしても、「こちらで問題ありませんでしょうか？」といった断りを入れるのが普通な気がするが、それもない。

内容もだが、文章も違和感がある。文法的に上手《うま》く繋《つな》がっていない所がある一方で、妙に慇懃《いんぎん》な部分がある。前者は慌てて書いたことを思わせるし、後者は考えて綴《つづ》ったことを思わせる。どんな状態でこの文章を書いたのか予想も付かない。

『佐井さんの文面っていつもこうなんですか？』珠緒は聞いた。

『ぶっ切りな印象があるね』葵野も同意した。

『フリーランスのジャーナリストですよ。文面なんていっつも適当です』と松浦。

『せめて休日にはならないんですか？』珠緒は不平を漏らした。

『そこしか空いとらんかったんちゃいますか』

松浦が気にしていないのならば、そういうものなのかもしれない。自分はジャーナリストと付き合いがあるわけではないし、彼らの世界では普通なのかもしれない（にしてもやや失礼な気はするけれど）。

次に珠緒は、佐井の指定した住所をグーグルマップに入力した。

てっきり喫茶店やコワーキングスペース等が引っかかるかと思っていたが、世田谷区の住宅街の中央にある公園が出てきた。

住所を入力し間違えたのかと思った。しかし、何度入力したって公園だ。遊具とベンチが並んでいて、それを森林が取り囲んでいるだけの小規模な場所だ。

『……これ、本当に大丈夫なんですか』珠緒はつい聞いてしまった。

『大丈夫って、何がでっか？』松浦は答えた。

『なんか変ですよ。もしかすると、罠《わな》とか』

『私を嵌《は》めて何か得することとってあるんでっか？　私は金も知名度もない、何の変哲もないデブですよ』

そうかもしれない（それを自分で言えるのはすごいけど）。

それに、もしも彼を嵌めようとしている誰かが居たならば、より治安が悪かったり、人気のなさそうな待ち合わせ場所を選びそうだ。麻薬のやり取りに公園の茂みが使われることはあるが、そういう時ももっと打ち捨てられた公園を選ぶ。佐井の指定した場所は都内では田舎だが、まさか真っ昼間に住宅街で犯罪を行おうとは思わないだろう。

『僕は行くよ』

葵野は言った。やはり土星23事件関係のこととなれば気になるのだろう。それに今は比較的閑暇で、有休を取っても問題なさそうだった。

『葵野さんが来るなら私も行きます』

『決まりですね』というメッセージを、松浦は送った。

土星23事件についての情報を得るということになれば、厳密には業務の一環ということになるのだろうけれども、まさかジャーナリストと会うことを国府は良しとしないだろうし、有休を使うくらいが丁度いい。

もしもバレたら「松浦さんを見張るために行きました」と言おう……という狡《ずる》いことを考えていると、葵野からメッセージが来た。

『このメール、画像が添付されているんじゃないかな』

『そういえばそうですね』松浦が返信した。確かに松浦の貼ったメールには画像添付の跡がある。『たぶん誤って添付したものだと思うのですが、一応貼りますね』

それはノートにアルファベット交じりの数列を書き付けたものだった。

『141b910371d1』

と読める。丁寧な字だ。

『暗号かな』葵野は聞いた。

『おもろいことを言いますね』向かいのデスクで松浦がにやついた。『でも暗号を書くくらいなら、直接メールに書けばええだけですからね』

『まあね。でもこれだけだと、単なる文字の羅列で何の意味もない……文字列なのか、あるいは十六進数の数列なのか』

『予想ですが、チケットの発券番号か何かを書き留めて写真に撮ったものを、誤ってメールに添付してしまったんやないですかね？　ほら、レジで番号を伝えると発券してもらえる形式のものってあるでしょう。そのために一旦《いったん》メモをして、携帯で写真を撮ったんですよ』

それならば直接メモを持ち歩くか、わざわざメモには書き出さずに、発券番号の表示されたメールの写真をそのまま撮る方が自然だと珠緒は思った。

とはいえ、常識的に考えて暗号ではない。それこそ松浦の言う通り、直接メールに書けばいいだけの話だ。

『空き時間にでも解いてみようか』と、文章を送信しながら葵野はわずかに微笑んだ。

『止めはしませんよ』と、（笑）《かっこわらい》付きのメッセージを松浦は送った。

翌週、三人は同じ日に有休を取り、佐井に指定された公園に向かった。

出発する時、珠緒はちょっとワクワクしている自分に気づいた。たぶん、思う存分私服を着られるからだ。刑事部は私服勤務とは言えオフィスカジュアルが原則だし、休日も平日の激務で遊びに行く気にはなれないしで、着たかったのに袖《そで》を通せていないワンピースがあった。警視庁の早朝柔道の関係で、普段はしていないフルメイクも出来る。

目的の公園への最寄り駅は、各駅停車の電車しか停まらない小さな駅で、駅前には低い建物が建ち並んでいて、人通りは緩やかで、茫洋《ぼうよう》とした灰色の時間が流れていた。駅の北口から三人で並んで歩いた。葵野は代わり映えのしないスーツ姿で、松浦は珠緒が薦めた服をそのまま着ていた。

住宅街の中に入っていく。人通りはさらに減り、道中で二、三人とすれ違ったくらいだ。鄙《ひな》びた雰囲気は歩くごとに強くなり、小規模な畑が点在していて、無人の野菜の直売所があり、手作りの料金入れが置かれている。

元々世田谷区勤務だった珠緒は、区内にもこういった地域があることは知っていたが、そんな彼女でもこういった風景を見るたびに、「本当にここは東京だろうか」と思ってしまう。

「佐井はどうやって情報をやり取りするつもりなんでしょうね」

珠緒は聞いた。公園で落ち合ってから、近くの喫茶店にでも移動する心づもりなんだろうかと想像していたのだが、この雰囲気だと喫茶店もあるかどうか。

「ほんとですよね。私も駅前にしてくれって頼んだんですが、ラインの返信も来んのですよ」松浦は歩き疲れたらしく、フウフウと荒い息を漏らしている。昨日は「怪しい」と言っても蛙の面に水だったのに、フィジカルに負担がかかると不平が多くなるタイプなんだろうか。「そういえば葵野さん、暗号は解けましたか？」

「昨晩取り組んでみたのだが、さっぱりだった」葵野は大きなあくびをした。「ところで松浦くん、佐井には小学六年生の娘がいたんじゃないかな」

「ほう、よくわかりましたね」

「あの画像、ノートに文字を書き付けたものだと思っていたのだが、よく見るとルーズリーフでね。ほんのわずかだが裏写りしていた。人間の目だと判読できないが、画像解析をしてみると女児向けのアニメの描かれたデスクマットが写っていた。僕はアニメには詳しくないし、暗号とは関係がなさそうだから深くは調べていないのだが、どうやら六年前に放送されていたアニメのようだ。彼は六年前に女の子用のデスクマットを購入している。そういったものは普通、小学校の入学時に買うものだろう。つまり小学六年生の娘がいると推理した」

さすがですね、と松浦は言った
相変わらず、葵野の観察は鋭い。だがなぜ、わざわざ子供の机の上で写真を撮ったのだろうという疑問は残る。気になるならば本人に聞けばいいので、深くは考えなくていいのだろうけれども、色々と不詳な点の多い画像だと珠緒は思った。

その時だった。三人の隣を一台のパトカーが通った。

自分たちがこうしてのんべんだらりとしている時にでも、働いている警察官がいるのだなあ、と平和な気持ちでいると、続けて二、三台のパトカーが走り抜けていった。

何かがあったのかもしれない。

……いやいや、自分はオフなのだから関係がないのだ、と気を落ち着かせていると、目的としていた公園の前にもパトランプを点灯させている車が停まっていた。

「どうしたんだ。三人揃ってこんな所で」

おまけに国府もいた。段々と休暇気分が薄れてきた。

「まあ、色々と」珠緒は言った。まさか佐井と会おうとしていたことを言うわけには行かない。「なにか事件が起きたんですか？」

「ああ、子供が誘拐された。それで中町《なかまち》署と連携して、科対班……というよりも、本日出勤している俺が応援に来ているわけだ」国府は続けた。「三人は非番だろう。気になるかもしれないが、自分たちの予定を優先してくれてもいいんだぞ」

お疲れさまです。ありがとうございます——と言って立ち去るタイミングをくれたのだろうけれども、残念ながら自分たちの目的地もここなのでそうもいかない。

松浦は、公園の中にいるはずの佐井の姿を探した。

ちょうど待ち合わせの時間だが、公園内に警察官以外の人影はない。狭い公園なので、ここから見えない所に佐井がいるという可能性もなさそうだ。……というより、相当に無神経な人間ではない限り、バリケードテープは貼られていないとは言え、こんなにも忙しげに警察官が働いている場所に乱入しようとは思わない。公園の外に野次馬が一人いたが、ランニング中の老人であり、やはり佐井ではない。

松浦は携帯電話をチェックした。相変わらず佐井からの返信はない。

「あの、公園に人はおったんですかね？」

松浦は公園に佐井が居たのかを国府に確認してみた。すると国府はそれを、誘拐の目撃者の情報だと解釈したらしい。

「一人だけ居た。通報者がその人物だ」

国府は中町署の刑事と話し込んでいる人物を指差した。女性の高齢者で、佐井でないことは明らかだった。

「公園の向かいのマンションの監視カメラにも、ワンボックスカーが女の子を誘拐する所が録画されていた」国府は補足した。

「ナンバープレートは映っていましたか？」珠緒は聞いた。正直なところ、佐井と会うことよりも誘拐事件の方が気になっている自分がいた。

「映っていた。だから交通課と連携して、それを使って検問を行っている」

その時だった。公園の奥側から一人の警察官が走ってきて、中町署の刑事に呼びかけた。

「係長。誘拐犯が利用したと思われる路地に、彼らが捨てたと思《おぼ》しきものが――」

それを聞いた中町署の刑事は小走りで路地へ向かった。その後ろを国府がついていき、なんとなく三人も同行した。

　そこにあったのはノートパソコンとスマートフォンだった。スマホカバーはピンク色で、いかにも誘拐された女の子が持っていそうなものだ。恐らくGPSによる追跡を恐れて誘拐直後に捨てたのだろう。

　ノートパソコンには大量のステッカーが貼られていた。企業名やバンドやアート作品のステッカーで、とても誘拐された女児の所有物だとは思えない。だが同じ場所に捨てられていたということは、彼女がそのパソコンを持っていたのだろう。

　そのPCを見た途端に、松浦はおびただしい量の汗を流し始めた。

「ど、どうしたんですか？」尋常でない様子に、思わず珠緒は聞いた。

「いや、その……」松浦は口をつぐんだ。

　検証のために警察官の一人がノートパソコンを開いた。するとログイン画面が表示され、ユーザー名が示された。

『Shannon0471』。

　最近、同じ文字列を目にしたことがある。確かあれは――。

「そのPCの持ち主、私知っとります」松浦が挙手をした。

「それは誰だ？」驚きながらも国府は聞いた。

「佐井義徳というジャーナリストのものです。背面のステッカーにも見覚えがありますし、ユーザー名もメールアドレスと同じやから間違いありません」

少しの間が空いた後「ああ、あいつか」と国府が合点した。松浦がマンション爆破事件の時に話していたことを思い出したのだろう。中町署の刑事も手を打った。

「あの佐井義徳か。俺も知っている」

「ほう。警察でも名が知れとるんですな」松浦は言った。

「いいや、偶然だ。奴の事件は俺が担当したからな」

事件？　と、松浦は素っ頓狂《とんきょう》な声を出した。

佐井は何か事件を起こしたらしい。だが松浦の反応を見る限り、彼はその事件を知らず、またあまり有名な事件でもないようだ。見ているだけの珠緒にもそれは読み取れた。

中町署の刑事は、「なんだ、知らないのか」という言葉に続けて、ぶっきらぼうにその言葉を言った。

「佐井義徳は一ヶ月前に自殺したんだよ」

3

松浦は絶句し、氷漬けにでもされたかのようにぴくりとも動かなくなった。

珠緒も訳がわからなくなった。その佐井に呼ばれて、自分たちは今日、ここに来たのではなかったか？

「そんな馬鹿なことありません！」松浦は声を荒げた。「先週、私宛に連絡があって——」

「何かの間違いじゃないのか？　調書は取れている」中町署の刑事は取り合わない。

「それにあいつは自殺するような奴やないです。娘を愛してましたし、土星23事件の犯人を、絶対に暴いてやるんやと意気込んでました」

松浦はわなわなと身を震わせている。対照的に刑事は冷淡だった。

「死の直前の行動が、自殺を前にした人間の行動だとは思えない、という意見は署内でも上がっていた。だが総合して自殺としか判断できない状況だった」

「嘘でしょう……」松浦は消え入りそうな声で呟《つぶや》いた。

「それに自殺の動機がないわけではなかった。夫婦生活が上手《うま》くいかず、六年前に離婚しており、男手一つで娘を育てていた。だがフリーランスで収入も安定せず、経済的に困窮していたことも自殺の一因だと考えられた」刑事は言った。

「そんなこと言ったら貧乏な人はみんな自殺の動機があることになりますよ」松浦は珍しく、感情的になって否定した。「絶対に自殺なわけがありません」

刑事は黙り込んだ。彼の思考は「どうやってこの場を終わらせるか」という公務員は明らかだった。
的な逡巡《しゅんじゅん》のみに向けられていて、松浦の言葉を真正面から受け止めている訳でないの

「そう言えば君のように、『絶対に自殺なわけがない』と言い張って聞かない人間がいたよ」刑事は口の中で小石を転がすような空虚な笑みを浮かべた。

「それは誰です？」松浦は聞いた。

「佐井義徳の小学六年生の一人娘、佐井茉理奈《まりな》だ」刑事は冷笑的に言った。「佐井義徳は土星23事件の報道の急先鋒《きゅうせんぽう》だったらしいな……私は知らないが」

記事の名前さえ言えば、たぶん目の前の刑事は知っているだろうと珠緒は思った。なんたって噂に疎い自分ですら知っていたほどだ。

だが自分の知識の無さを棚に上げて、「自分が知らないから矮小《わいしょう》な人物だろう」と決めてかかる人間はいる。目の前の刑事からその傾向が感じられて、珠緒は少し嫌な気分になった。

「父親が土星23事件の決定的な証拠を摑《つか》んだから、それを知った土星人が父親を口封じのために殺したとかなんとか……子供の妄想だよ。君もその小学生と同じことを言っている。我々はしっかりとした順序を辿《たど》って自殺の結論を出したんだ。無意味に口を出すのは止めてもらおうか」

「松浦くん、後で調書を取り寄せようか。怪しむべき点が多い」

さらりと葵野が言った。皮肉のようにも聞こえたが、彼はただ思ったことを口にしただけなのだろう。

でも少し溜飲《りゅういん》が下がった。感情的になってしまったとは言え、友人の死を突きつけられた上に不必要に責められるだなんて、松浦があまりにも可哀想だからだ。

「情報が多くて煩雑になってきたから、一旦《いったん》必要だと思われる部分だけを抜粋しようか」葵野は誘拐事件に関する情報をまとめた。「犯人は公園で女児を誘拐してワンボックスカーに乗せ、道中で彼女の持ち物を遺棄した。恐らくはGPSによる追跡を逃れるためだろう。それがスマートフォンとパソコンで、パソコンは佐井義徳のものだった」

国府は咳払《せきばら》いを一つした。佐井の事件よりも誘拐事件の方に目を向けろと、松浦と珠緒に伝えているようだった。

「佐井義徳のパソコンを持っていたということは、誘拐されたのは佐井茉理奈である可能性が高いな」

「論理的な必然ですね」葵野は答えた。

「彼女の通っている小学校の教諭に、誘拐の瞬間の映像を見てもらうように手配しよう」国府は言った。「しかし今は平日の午前中だ。どうして佐井茉理奈は小学校を休んで、こんな所に父親のパソコンを持って突っ立っていたんだろうな」

葵野は右上をすっと見る。考える時の癖だ。今日が曇天であることを穴が空くほど確認しているように思える。そして言った。

「ここから先は推理の領域になりますが、僕たちと会うためだと思います」

葵野は国府に対して、自分たちがここに来るまでの経緯を説明した。

死んだはずの佐井義徳から松浦の下へ、警察に情報提供をしたいという内容のメールが届いたこと。時間と場所は平日の昼間の公園に指定されており、自分たちはそれに従ってここに来たこと。すると誘拐事件が起きて、佐井義徳の娘である佐井茉理奈が誘拐されたこと。

情報提供を受けるためとは言え、ジャーナリストと会おうとしたことをあっさりと自白するものだから、珠緒はドキドキした。頭の中で言い訳と謝罪を各種三パターンほど用意したが、あまりにも葵野が堂々としていたがためか、とりあえず不問になった。

「なるほど。だがそれを知った所で、『お前たちと会うため』には繫《つな》がらないが」

国府は言った。自分も同じことを思っていたので言ってくれて助かった。

「つまり、松浦くんにメールを送信していたのは佐井茉理奈なんです」

珠緒は佐井から届いたメールの支離滅裂な文面を思い出した。

確かにあれが、小学六年生が書いたメールだとすると納得が行く。佐井茉理奈は初めてビジネスメールと呼ばれるものを書いたのだ。そのために父親のメールを切り貼りしたり、ネットに載っているビジネスメールの書き方を参考にした。だからなんとなくぶつ切りな印象のある文面になったのだろう。

「父親が土星23事件に関する決定的な証拠を摑み、それが理由で土星人に自殺に見せかけられて殺害された――と、少なくとも佐井茉理奈は思い込んでいました」

先ほど中町署の刑事が言っていた言葉を、葵野は慎重に引用した。

「だから佐井義徳を騙《かた》って松浦くんに接近することで、父親の持っていた捜査資料を提供しようとしたんです。彼が集めていた情報となれば恐らく膨大で、彼女自身はその中のどれが最も重要かは判別することは出来なかったと思いますが、きっとそこに『決定的な証拠』とやらが混在していると考えて松浦くんに譲ろうとしたんです」

「佐井が死んだ後に、あいつのパソコンが茉理奈ちゃんの管理下にあったとすれば、ほぼ当然の帰結ですな」松浦が言った。佐井の死を知らされた時よりも、少し落ち着いているように見える。「だがどうして我々に提供しようとしたんです？　情報を渡すだけならば、近くの交番にでも持っていけばええだけの話やないですか？」

「たぶん……中町署の刑事が原因じゃないかな」

葵野は端的に言った。近くで現場検証をしていた、刑事の顔がぴくりと動いた。

「父親が死んだ。彼女は現場で、自分の父親が土星人に殺されたのだと訴えた。だが警察は聞く耳を持たなかった。『子供の妄想』だとか言ってね。その失敗の経験があるからこそ、情報を提供する相手を慎重に吟味したいと思うようになった。間違った相手を選んだら、父親の、もしかすると土星人すらも脅かしかねない、貴重な調査結果が無駄になってしまう」

「そう考えると交番には持っていきたくないですな」

「気は進まないだろうね」葵野は首肯した。「茉理奈は恐らく、ネット上に父親が土星23事件について語り合う会員制のコミュニティを作っていたのを知っていたのだろう。だから佐井義徳のパソコンを使ってそこにアクセスした。すると、警視庁の科学捜査官でありながらも、ジャーナリストからの情報提供を求める風変わりな人間がいて、しかも生前の父とそれなりに交流があったのを知った。それが松浦くんだ」

「なるほど」松浦はうなずいた。「でもそんな人間って、他にもおりませんか?」

「いませんよ」「いないいない」珠緒と国府の言葉が重なった。

葵野の言う通り、松浦のような人間は、日本全国の警察を当たっても彼しかいないだろう。もしも佐井茉理奈が葵野の言うような行動を実際に取っていたとしたら、情報提供の相手として松浦を選ぶのは妥当だ。

……というかあまりにも的確すぎて、佐井茉理奈はもしかすると、年齢の割にものすごく聡明《そうめい》な女の子かもしれないと思うくらいだ。

「松浦くんは約三週間前に佐井義徳にメールを送っている。恐らくはそれが感情的な引き金となって、佐井茉理奈は松浦くんに彼の調査結果を明かそうと決心した」

「なるほど」松浦は答えた。

「だがどう明かそう？　正直に自分が佐井義徳の娘であり、彼の調査結果を提供したいと言うのは、中町署の刑事の対応を思い起こす限り、『どうせ子供の言うことだ』と言われて相手にされない可能性が残る。そこで彼女は松浦くんが父親の死を知らない様子であることを利用して、佐井義徳を騙って君をおびき寄せることを思いついた。自分が小学生であることは、どの道会ってみればバレることではあるが、まだメールで伝えるよりも直接話す方が、本気で情報を受け取ってくれる可能性が高いと考えたのだろうね。また人間は自分の行動に一貫性を持たせたいというバイアスがあるから、その意味でも一度こちらに来させた方が成功率は上がる。彼女がそこまで意識していたかはわからないが」

「待ち合わせ場所が公園なのも、子供には喫茶店やコワーキングスペースはハードルが高いからでっか。また駅前で待ち合わせをすると、今度は人通りが多くて私の面がわからん可能性も出てきます。よく考えられてますな」松浦は感心した。「そして……」

「偶然にも、ここで誘拐に遭った？」

葵野は言う。彼自身がその発言を疑っているような声音だ。

死んだ佐井義徳からメールが届いた理由や、ここに佐井茉理奈が居た理由は呈示された。だが誘拐が起きた理由は、まだ何も示されていない。

「国府さんは、誘拐事件を担当したことはありますか？」珠緒は聞いた。

「した記憶がある、というくらいだな」国府は言った。「身代金目的の誘拐は、第二次世界大戦後から集計して、三百件に届くか届かないかくらいしか起きていない。そのうち身代金の獲得に成功した事例は、未解決の物も含めて一つもない」

「そうなんですか」珠緒は目をぱちくりさせた。

「そうとも知らずにやる馬鹿もいるがな」国府は毒づいた。「誘拐の目的の大半は、性交渉だ。最近よく聞くのは、SNSに『家出をしたい』と書き込んだ未成年の女の子に、無関係の大人が『泊めてあげる』といったメッセージを送り、そこに泊まり、略取誘拐罪が成立するという例だ」

「『神待ち』って奴ですよね」珠緒も聞いたことがある。

「今はそんな直接的な言葉は使わずに、かつ大手のSNSよりも、もっとマイナーなトークアプリに移行しとるイメージはありますね」松浦が補足した。

誘拐事件は最近増えている。とはいえ件数としては他の犯罪の方が多く、去年全国で認知された誘拐の件数は百件ほどだ。自殺が二万件ほど起こっていることを考えると圧倒的に少ない。だから担当したことのある刑事の方が少数派だ。

「とりあえず、三人にも監視カメラの映像を見てもらおうか」

どうやら今日の休暇は返上することになったらしい。珠緒と葵野は気にしなかったが、松浦は「今日の有休って戻ってきます？」と国府に聞いていた。


国府は公園のベンチに座ると、タブレットを取り出し、イントラネット上にアップロードされた誘拐の瞬間を捉《とら》えた監視カメラの映像を再生した。

佐井茉理奈（と思《おぼ》しき少女）がマンションから出てくる。どうやらここに住んでいたらしい。公園の向かい側のマンションに住んでいたからこそ、公園を待ち合わせ場所にしたようだ。実に大胆不敵な発想だ。

きれいな子だと珠緒は思った。目鼻立ちがくっきりとしていて、さくらんぼ色の唇をすぼめて、まるで頭の中で忘れ物がないかを確認しているかのようだ。おかっぱ頭で、なめらかな髪の頭頂には綺麗《きれい》な光輪が出来ていた。彼女は薄い肩に大きな鞄《かばん》を下げている。恐らくは中に佐井義徳のノートパソコンを始めとした捜査資料が入っているのだろう。

不意に彼女の前に、後部座席がスモークになったワンボックスカーが停まった。

佐井茉理奈は緊張した面持ちでその中を見つめた。松浦の車だと思ったのかもしれない。

車のドアが開く。すると中からは豚のマスクを付けた男と、ガスマスクを付けた男と、天狗《てんぐ》のマスクを付けた男が降りてきた。

茉理奈は怯《おび》えのあまり身を強張《こわば》らせ、なすすべもなく口内に布類を突っ込まれ、口元をガムテープでぐるぐる巻きにされ、車に連れ込まれた。全工程を合わせてほんの二十秒ほどだった。遅れて公園で涼んでいた目撃者が走ってきて、車のテールランプを狼狽《ろうばい》の目つきで追いかけた。

犯行時刻は待ち合わせの二十分前だった。

「やけに準備がいいね」葵野が言った。

犯行グループには、少なくとも三人分のマスクを準備するだけの計画性があった。また単純にテープで口を塞《ふさ》ぐだけでは声を出すことは封じられないので、事前に布類を口内に入れるという知識も持ち合わせていた。マンションから出てきた直後に誘拐が行われたのも、あらかじめ入り口を見張っていたことを思わせる。全工程が二十秒ほどだという短さも、かねてから犯行のシミュレーションを行っていた可能性がある。

「誘拐には三ステップがあると言われている」国府が言う。「一、誘拐対象を決める。二、誘拐対象を調べる。三、誘拐対象が予想された行動範囲にいる時に実行する」

「一～三まで完璧《かんぺき》ですね」葵野が言った。「この計画性からすると、このナンバーが偽造ナンバーという可能性もありますか」

「検問をする交通課には既にその情報も伝えて、車種や、乗っている人間のことも見定めてもらっている」国府は言う。織り込み済のようだ。

「どう見ても、この時間に佐井茉理奈がこの公園にいることを確信して行われた犯行ですね」葵野はタブレットから顔を背けると、独り言のようにそう言った。「どうして平日の午前中に、小学生の女の子が公園に居ることが予想されていたんだろう？」

葵野が言ったことは国府の言った三に当たる。「佐井茉理奈が平日の午前中に公園の前にいる」という情報が、これほどに手際のいい誘拐には不可欠だと葵野は言っているのだ。

「所轄は近年よくある、ＳＮＳ上で『家出をしたい』と彼女が書き込み、この時間にこの場所で待ち合わせていて、やってきた男たちが暴漢だった……というストーリーを考えている」国府は補足した。

「その可能性は無さそうですね」葵野は自信を持って断定した。「同時刻に僕らと待ち合わせをしていたわけですし。それに、それだと茉理奈本人も同意の上の誘拐ということになりますから、わざわざ目撃者の居る所で彼女を襲って通報されることもありません」

「犯行自体は衝動的なもので、誘拐の手際が良く見えるのも偶然だという可能性はある。現状の情報では、俺はこの考えを支持している」国府は言った。

「その可能性もあります。でも、国府さんにも違和感はありませんか？」

「ある。それが解決できるなら越したことはない。そしてこの映像を見た時点で、お前ならそういった可能性を模索するだろうとは思っていた」

松浦は、刑事によって透明な袋に入れられた佐井のパソコンを指差した。

「このパソコンにマルウェアを仕掛けた人間がいて、それで私宛に送ったメールが読まれとったんちゃいますか？」

マルウェアというのは悪意のあるソフトウェアという意味で、ウイルスと呼ばれることもある。それを使ってメールの情報が盗まれたのかもしれない。

「そうだね。というより、そうとしか考えられない」葵野は言った。

確かに佐井茉理奈が送ったメール以外に、ここで落ち合うことを記したものはない。不可能なことがらを全て消去していくと、いくらありそうにないことでも、それが真実であるという言葉があるそうだが、今の葵野はそれを実演しているように見える。

「よっしゃ、私の出番ですな。マルウェアがあるかどうか、ぱぱっと調べたります」

松浦はそう言って、許可を取るために刑事に掛け合った。二人の交渉を眺めているうちに、茉理奈の小学校への問い合わせ結果が出た。

「被害者《マルガイ》、佐井茉理奈で間違いありません」

中町署の巡査長が言った。そして小学校の教諭から聞いた話を続けた。

「佐井茉理奈はどうやら、父親が死んでからも、ここで暮らしていたそうです。学費は母親が払っていたそうですが、母親との折り合いが悪く、一緒に住んでいる様子はなかったと。伯父《おじ》が月に何度か訪問して、世話をしていたようですが、もしかすると母親は監護義務を怠っているのかもしれないと、学校側でも気にかけていたそうです。それで今朝、彼女から直接『風邪を引いたので学校を休みたい』という連絡を貰《もら》い、一旦《いったん》受理しました。一旦というのは保護者への確認義務があるからですが、母親が彼女の欠席を拒むことはなかったそうなので、特に問題視はしていなかったそうです」

話を聞いた国府は言った。

「佐井茉理奈に性的な好奇心を抱いた被疑者がいたとする。そいつは誘拐のために彼女の行動を調査した。その一環として彼女が使っていたパソコンにマルウェアを仕掛けた。すると今日ここで誰かと待ち合わせをしていることを知った。格好の機会だと思って誘拐を行った。……ふむ、筋は通っているな」

「全然通ってませんよ」葵野が言った。忌憚《きたん》のない意見を言うことは、捜査においては重要だけれども、年長者の国府に対する恐れも知らない態度に、珠緒はドキドキしてしまった。「佐井茉理奈をここで誘拐する理由がありません。むしろ誘拐しない理由の方が多いです。今日ここで自分たちと会うことを把握できているほどに彼女の情報を握っていたのならば、それこそ小学校の帰りの人通りの少ない路地なんかを狙う方が遥《はる》かに理にかなっています。なんせ今日は、佐井茉理奈が早めに待ち合わせ場所に来ていたからこそ良かったものの、逆に遅れて来ていたら、自分たちと鉢合わせしていたわけですからね」

「その時はどうするつもりだったんでしょうね？」珠緒は聞いた。

「武器を使って僕らを倒すつもりだったんじゃないか？」葵野は恐ろしいことをさらりと口にした。

「まあ、そうか」国府は特に機嫌を悪くすることもなく納得した。「なぜ犯人は、今日この場所にこだわっていたのだろうな」

「昨日でも明日でも駄目ってことですからね」松浦が言った。

葵野はちらりと珠緒を見た。それは彼からの暗黙のメッセージを示しているような気がして、珠緒は言った。

「犯人の目的は誘拐以外にもあったんじゃないでしょうか」

「どんな目的だ」国府は聞いた。

「彼女を誘拐するのはあくまでついでで、欲しかったのは彼女の持っていた佐井義徳の捜査資料だったのではないでしょうか」監視カメラの映像で、佐井茉理奈は鞄一杯に捜査資料を詰めていた。「だからそれを彼女が持ち出すタイミングで誘拐する必要があった。そんなタイミングは今日しかなくて、自分たちと鉢合わせする危険性があったとしても、そのリスクを取らざるを得なかった」

「なぜ犯人は佐井義徳の捜査資料を欲しがったんだろう？」

葵野は聞く。たぶん、この先の言葉は彼にもわかっている。私が居なかったら、自分で口にするつもりだったかもしれない。

でもこれは少々馬鹿らしく聞こえる。だからこういったことを口にするのは、この場で一番馬鹿げたことを言うのに向いている自分の役目なのだ。

珠緒はワンピースの裾《すそ》をぐっと握り、先陣を切るつもりで言った。

「犯人が土星人だから……とか？」

4

明滅する淡黄色。それは目隠しに付けられているささくれだったタオルの色だ。抽象画のように、車体の揺れに応じてころころと明るさを変える。目を閉じると瞼《まぶた》の裏の赤色に、開けると黄色に。

佐井茉理奈の体はシートが三列あるワンボックスカーの最後列に放り出されていて、その隣には天狗《てんぐ》の面をした男が座っていた。

ずっと腕を縛られているので、血が上手《うま》く巡らずに指の辺りが痺《しび》れていた。窒息する可能性があると思ったのか、口枷《くちかせ》は外されていた。とはいえ悲鳴を上げたって、車の外には聞こえないだろうし、それよりも隣の天狗の男から繰り出される厳しい折檻《せっかん》の方が予想される。

耳栓は付けられているが、その隙間から外の音は聞こえている。

もちろん男たちだって、完全に聴覚を奪えると思っているわけではないのだろう。彼らはこれから向かう先のヒントのようなものは、自分に聞こえるようには一度も口にしていなかった。ただ外の音から、車が高速道路に乗っていてどこか遠くに向かっていることはわかった。

名乗られたわけではないけれども、誘拐犯たちはお父さんを殺した土星人の手先だろうと茉理奈は予想した。だから私の持っている捜査資料を奪おうとしたのだ。

こんな状況でありながらも、茉理奈は極めて冷静だった。

茉理奈は小学五年生の時、心療内科で小児うつだと診断されたことがある。

理由はなんとなく予想がついた。小学校の授業があまりにも簡単すぎて、日々苦痛だったし、同級生たちは幼稚すぎて話が合わなかった。そのくせ自分の行動の揚げ足を取っては稚拙なからかいを受けたりした。

だが病気の苦しさに、どうして自分がこんな病気になったのかと父親に訴えた所、彼はこう答えた。

「うつ病の人は先に悪いことが起こることを予測している分、強いプレッシャーの下だと、他人よりも冷静に行動する傾向があるらしい。神様は緊急事態でも全ての人間が混乱してしまわないように、意図的にうつの傾向がある人を作って交ぜておいたんだろうね。もちろん外的な要因でうつになる人は別だろうけど」

その緊急事態が今だ。お父さんの言う通りならば、私はこの状況でも適切な行動が取れるはずだ。

誘拐犯は四人。

豚のマスクの男、ガスマスクの男、天狗のマスクの男、最後に車を運転している道化師の仮面の——さすがに運転中は外しているかもしれないが、自分が目隠しをされる直前までは着用していた——男だ。

道化師の仮面の男が主犯格なのだろう。他の三人に命令を下している所をよく耳にする。

自分を誘拐して直ぐに道化師の男がやったことは、お父さんの捜査資料を漁《あさ》ることだった。

お父さんは重要な情報を全て紙で管理していた。インターネット上に安全な場所なんてどこにもない、だから茉理奈も気を付けなさい、というのが父の口癖だった。

だから土星人がお父さんを殺してまで守ろうとした情報は、お父さんの書斎の鍵《かぎ》の付いた引き出しの中にあった紙束にあるはずで、しかしどう読んだってどれが「重要な情報」なのかわからず、結局茉理奈は松浦にそのまま紙束を渡すつもりで鞄《かばん》の中に入れていた。

道化師の男は書類をざっと確認すると、ある一枚に目を留めた。

それは茉理奈も怪しいと思っていたもので、二つの文字列がルーズリーフに走り書きされたものだった。一つは数字を主にしたアルファベット交じりの文字列で、もう一つは数字だけで出来た数列だった。他の資料はちゃんと文章化されているのに、それだけは一見して意味がわからなかった。

暗号?

茉理奈はそう考えた。自衛意識の高い父のことだ。情報が漏れないように紙を用いて、さらには暗号を使ってセキュリティを強化していた可能性もある。

自分で解こうとしてみたが、まるで解き方がわからなかった。そこで、試しにその文字列のうち一つ、アルファベットが交じっている方を、松浦さん宛のメールに添付してみた。彼が「異常なくらい優秀な、元数学科の准教授の捜査官がいる」と、自慢気に父宛のチャットに書いていたことを思い出したのだ。その捜査官ならば解けるかもしれない(あるいは自分が知らないだけで、既に解けている可能性もある)。

道化師の男はその暗号をしばらく睨《にら》むと、「予定変更だ。向かうべき所がある」と言った。

そして私がまだ目隠しをされていないことに気づき、天狗の男を――私に目隠しをする手はずだったのを忘れていたんだろう――叱りつけ、自分の手で私の目元にタオルを巻いた。

つまり――と、茉理奈は考えた。

誘拐犯たちには元々の目的地があった。恐らくはそこに私を監禁し、しばらくお父さんの捜査資料を吟味し、もしもそこに自分たちが求めている情報がなければ、私が何かを知っていないかをあらゆる手段で尋問し、最後には……たぶん殺すつもりだったんだろう。私を生かしておいたって何のメリットもないのだから。

だが、ルーズリーフの文字列を見て行き先を変えた。

理由はわからないけれども、そこには何か行き先を変える誘因があった。

色々と推測は出来るけれども、確かなことは一つだ。

今、車が向かっている場所と、お父さんが残した暗号には関係がある。

次に茉理奈が考えたのは、自分が誘拐されたことは、既に警察に通報されているだろうか、ということだった。

されていない、と判断した。ちゃんとマンションの監視カメラに映り込む所に立っていたし、近くに住んでいる老人が決まって公園で涼んでいる時間帯を待ち合わせの時間に選んだからだ。

お父さんの捜査資料を持ち出す以上は、一応は不測の事態（殺人とか）が起こる可能性も考えていたのだ。まさか誘拐されるとは思わなかったけど。

それに、ここに来るまでに一度検問があった。彼らは通り抜けてしまったが、あれが自分の誘拐と関係している可能性もある。自分は自動車の検問の頻度を知らないので、なんとも言えないけれど。

仮に通報されていないとしたら、それは何をしたって助かることは不可能なんだから、そのパターンは考慮する必要がない。脳の容積の無駄。

決まり。

私が誘拐されたことは、既に通報されている。

そして私は、私を捜してくれている誰かに、お父さんの暗号を伝える必要がある。

松浦さんに送ったものは断片的なものだ。残りの部分を伝えなければならない……

（もちろん、私が添付したものだけでも解読できる可能性はある。だがその場合でも、道化師の男が見たものと同じ情報を与えておくに越したことはない）。

数列はしっかりと記憶している。だがどうやって伝えよう？

茉理奈は意を決して、極めて幼児的な声を作って、誘拐犯たちに尿意を訴えた。

「は？　トイレ？」

豚のマスクの男が言った。茉理奈は目隠しをされているので、今はマスクを外している可能性もあるが、記憶としてはその男の声だ。

「我慢できねーのか」

この甲高い声は天狗のマスクの男だ。漏れてしまう、と弱々しく答えた。

「急いでいる。問題ないから漏らせ」

この低い声は、道化師の男だ。彼は冷酷に言い放った。

「冗談じゃねえ。これ俺の車だぞ」

助手席のガラガラ声はガスマスクの男だ。道化師の男に反発を示している。

「まだ距離あるだろ？」天狗の男も加勢してくれた。「くせー中移動するのは嫌だよ。お前らと違って俺は隣に座ってんだぞ」

道化師の男は大きくため息を付くと、仕方ねえな、と言った。

ナンバープレートは変えてある。検問は通過しているし、既に誘拐場所からは遠く離れている。ほんの少し寄り道をした所でバレるはずがない。

佐井茉理奈の乗ったワンボックスカーは、高速道路のサービスエリアを訪れた。

5

珠緒がその可能性を示した後、水を打ったような沈黙があった。

国府は身振りを交えて、熱を帯びた議論を中断させようとして言った。

「……やめよう。どうも仮説の上に仮説を立てているような気がする。それに他にも色んな可能性がある。生前の佐井の成果を盗もうとした粗暴なジャーナリストの仕業や、土星23事件でない資料を目的にしている第三の犯罪者の可能性もある。また偶然誘拐が上手《うま》くいっただけの可能性や、俺たちの想像も付かない理由で今日を選ばざるを得なかった可能性も否定し切れない。土星23事件云々《うんぬん》はあくまで可能性の一つに止《とど》めるように」

「ま、結局は、なんであろうと茉理奈ちゃんを見つけてあげるだけですからね」公園のベンチで佐井のパソコンを確認していた松浦が言った。「ささっと確認したところ、やはりこのパソコンはマルウェアに感染しとりますね。メールが盗み見られる状態やったかまでは、もう少し調べてみんとわかりませんが」

「素晴らしく早いね！」葵野は絶賛した。

「ロックのかかったＨＤＤを別のＰＣに移動して、起動時のアプリケーションを見るだけですからね」松浦は謙遜《けんそん》した。「……犯人が土星人であるという説に立脚すると、彼らが佐井義徳の捜査資料を求めながらノートパソコンを遺棄するという、一見矛盾した行動を取った理由は、既にこのパソコンの調査は終わっていたからかもしれませんね。……ああ、もちろんマルウェアも含めて偶然だという可能性もありますが」

　現場検証を終えた刑事たちが引き揚げていく。科対班の四人は彼らと共に中町署に向かい、事件を担当する中町署の刑事一課の空きデスクを借りた。

　少しすると一人の若い刑事が、声を張り上げて言った。

「係長、二十分ほど前に、東北自動車道のNシステムで不審なワンボックスカーが検出されたそうです！」

　Nシステムというのは「自動車ナンバー自動読取装置」のことで、全国の主要国道や高速道路におよそ二千箇所設置されている。そこに不審なワンボックスカーが映っていたとのことだった。

「不審というのはどういうことですか？」珠緒が聞いた。

「車種が誘拐車両と同一です。ナンバープレートは監視カメラに映った物とは異なりますが、盗難車として登録されている番号で、この車両に移し替えたのだと考えられます」

「このタイミングで、偽造ナンバーの同一車両が走っているのは怪しいな」国府は言った。

　Nシステムの設置されている箇所が共有される。犯行後に経過している時間と移動距離を照らし合わせても矛盾がなかった。

「またこのワンボックスカーは、栃木県のサービスエリアに立ち寄っていたようです」

　中町署の若い刑事は続けた。サービスエリアに寄っているのならば、そこで犯人グループの情報がわかる可能性がある。

「監視カメラの映像はあるか？」国府は聞いた。

「今、管理者に掛け合って送ってもらっています」

　十分ほどのじれったい時間が経過した後、刑事のディスプレイに、サービスエリアの駐車場に設置された監視カメラの映像が表示された。

　ワンボックスカーからは、帽子を目深にかぶった大柄の男と、その男に手を引かれている女の子が出てきた。

　衣服、背丈、容貌《ようぼう》、全て間違いない。

　佐井茉理奈だ。

　大柄の男は茉理奈を多目的トイレに連れて行った。まず自分が中を確認し、それから茉理奈を入れて、入り口に番人のように立った。恐らくは茉理奈が便意を訴えて、それで仕方なくここに来たのだろう。

それなりに長い時間が経ち、外の男が茉理奈を急《せ》かした。すると、中から急いで茉理奈が出てきた。

男は茉理奈の手を引きながら、ふたたびトイレの中に入った。なにかヘルプサインのようなものを残されると厄介だと思ったのだろう。入念に確認していたが、どうやら男の目に留まるものはなかったらしく、ワンボックスカーに戻り、車が発進した。

「東北自動車道沿いの県警と協力して、各インターチェンジに検問を設けよう」国府が言った。もちろんわかっているというように、係長が咳払《せきばら》いをした。

「しかし栃木ですか。えらい遠出してますな」松浦が言う。

「そうだな」国府は同意した。「性交渉を行うために、人気のない山中を目指しているのかもしれないが、そのためだけに向かっているというのも腑《ふ》に落ちないな」

「多目的トイレ内を調べてみることは出来ないか。被害者からのメッセージがある可能性がある」葵野が言った。

「一番近い所轄に協力して貰《もら》っています。もうすぐ着くはずです」監視カメラの映像を貰っていた刑事が言った。

「調べてみるに越したことはないが……もしもメッセージがあるとすれば、連れ立っていた男が見つけるような気もするな」国府が言った。

「たぶん直ぐにはわからないように隠したんだ。彼女ならきっとそうする」

葵野は断言した。彼は佐井義徳の名を騙《かた》り、自分たちを誘い出した茉理奈の知恵を高く評価しているようだ。

待ち時間の間、葵野は松浦へのメッセージに添付されていた十二文字の文字列を眺めていた。ここまでの茉理奈の行動には全てに何かしらの意味があった。だとすれば、この数列を添付した意味も何かあるはずだ。そう考えているようだが、一向にわからないらしく、彼にしては珍しく焦ったように髪の毛をくしゃりと摑《つか》んでいた。

「所轄の刑事、到着しました。一見して異変はないようですが……」刑事は言った。

「とりあえず、全て写真に撮って送ってみて欲しい」葵野は言った。

葵野の頼みで、刑事のパソコンに無数の写真が送られてきた。葵野はそれをイントラネットに上げてもらい、自分のタブレットでトイレの中の写真を確認した。珠緒も同じように自らのタブレットで確認する。

汚いトイレだ。ゴミだらけで、誰かが捨てたらしい使い捨てのコンタクトレンズの容器や、ビニール袋や、丸めたティッシュが散乱している。張り紙が多く、「トイレットペーパーを勝手に持ち帰らないように」「トイレを綺麗《きれい》にお使い下さい」「落書き禁止」の三つの警告の隣に、それらを嘲笑《あざわら》うように誰かの電話番号が落書きされていた。

見える所に佐井茉理奈からのメッセージは無かった。本当にメッセージなんてあるのだろうかと珠緒は思った。例えば男たちの不手際で、つい目的地を口にしてしまったとする。しかしそれを、茉理奈がトイレの中に書き残そうと思うかどうか。恐ろしい誘拐犯たちに取り囲まれれば、小学生の女の子でなくたってパニックになるし、またメッセージを残すこと自体、バレたら暴行を受ける可能性のある危険な行為だ。メッセージそのものだって「私は佐井茉理奈と言います。誘拐されました」という内容になるのが普通で、目的地の手がかりが書かれる可能性は低い。

だが葵野はそうは思っていないようで、目を皿にして写真を確認していた。

やがて一つの写真を表示して手を止めると、珠緒に言った。

「珠緒さん。この貼り紙なんだけれども」

葵野が指差したのは、『トイレットペーパーを勝手に持ち帰らないように。窃盗行為として、見つけ次第直ちに110番通報します』という貼り紙だった。

「これがどうしたんですか？」

「よく見て欲しい。『110番』の最初の『1』と『0』の二箇所が破れている」

彼の言う通りだった。確かに破れている。

「偶然ではこうはならない。もしも誰かが意図的に破ろうとしたのならば、こんな綺麗に二箇所だけ破れない。僕の予想だが、トイレの中に誰かが忘れていった、眉《まゆ》カット用の小型ハサミがあった。あれで一度数字の上に傷を付けて、丁寧に引き裂いたんじゃないかな」

「……まさか佐井茉理奈がやったとでも言うんですか？」

「確信はない。だが、ともかく意図的な傷がこのトイレには多い。壁にマジックで落書きされた『0287—＊3——5＊＊2』という電話番号だが、『0』『8』『7』『3』『5』『2』の六箇所にそれぞれ傷が付けられている。恐らくこちらはハサミではなく、小石のようなものを使ったのだろうね。意図的じゃないと付けられないくらいに、深く抉《えぐ》り取られている。『1』『0』そして『0』『8』『7』『3』『5』『2』

傷をズームする。確かに深く、おまけに新しい傷だった。鑑識を入れてみないと断定は出来ないが、少なくとも最近彫られたものではありそうだ。

「現地の刑事に、コンタクトレンズの容器を写してもらうことは出来るかい」

葵野は聞いた。刑事は訝《いぶか》しげな表情を見せたが、葵野の真剣さに黙って従った。

コンタクトレンズの容器の写真がイントラネットに上げられる。

今度は一目見て珠緒にもわかった。「左—6・0」「右—6・5」の『6』『6』『5』だけが小さく切り取られている。

「こちらは小型のハサミを使ったのだろうね」

『『1』『0』『0』『8』『7』『3』『5』『2』『6』『6』『5』——それが、佐井茉理奈の残したメッセージだと葵野さんは言っているんですか？」

「うん。正直に言おう。ほとんど確信している。このタイミングで無関係な他人のいたずらが見つかるというのも変だ。貼り紙と電話番号はともかく、コンタクトの容器に意図的に傷を付けようだなんて奴は中々いない」

「じゃあ、ここから佐井茉理奈の行き先が分かる可能性も……」

葵野は小考すると、珠緒に言った。

「……暗号は主に、『暗号文』と『復号アルゴリズム』と『答え』からなる。例題を出そうか。暗号文は『まつたたうたたらたくん』で、復号アルゴリズムが『たぬき』だったら——」

「答えは『松浦くん』ですね」

珠緒は言った。それくらいの暗号なら自分にも解ける。たぬきというのは、文章から「た」を抜くようにという復号アルゴリズムを示している。

「その通り」葵野は白い歯を見せた。「簡単な暗号だが、先ほどの例から『たぬき』という復号アルゴリズムが抜けてしまうと、解くのは格段に難しくなる……というより、どうとでも解けてしまう。例えば『二文字飛ばしで読む』という方法でこの暗号を読むと、今度は『瞬《また》く』という動詞になる」

珠緒はそらでやってみた。確かにその言葉になる。

「『ドラベッラの暗号』というものがある。これは十九世紀の末に作られた暗号で、ほんの三行しかないにもかかわらず、百年以上経った今でも明確な答えが出せていない。ゾディアック事件の犯人が作った暗号が、五十一年間誰にも解けず、ようやく最近民間人によって解かれたことを思い出して欲しい」

「暗号文はあっても、復号アルゴリズムがないと難易度が上がる」珠緒は繰り返した。

「そう」葵野はうなずいた。「暗号の主な用途は戦時中の無線通信だった。復号アルゴリズムを秘密にしておけば、通信が盗聴されても内容を知られることはないからね」

早口で葵野は言った。ふと思いついて珠緒は聞いた。

「……復号アルゴリズムが、松浦さん宛のメールに添付された、あの数列だったとすればどうでしょう？」

全てを言い切る前に、葵野は刑事に呼びかけた。

「ビニール袋のバーコード!!」

刑事は何も言わずに従った。やがてバーコードを拡大した写真がイントラネットに上げられた。

珠緒にもわかる。コンタクトレンズの容器と同じように、『7』の部分がハサミで切られていた。

「……一文字増えました？」

珠緒にはそれだけのことに思えたのだが、葵野の顔には達成感があった。

「バ、ー、ナ、ム、暗、号、だ」葵野は言った。「バーナム暗号は一九一八年に開発されたもので、復号アルゴリズムがバレない限りは絶対に解けないという特性がある。また暗号文と復号アルゴリズムが同じ文字数になるという特徴もある。メールの数列と比べると佐井茉理奈の暗号は一文字足りなかったから、もしかするともう一文字あるのかもと思って聞いてみたんだけど、当たりだったね」

葵野は指の先で髪の毛の汗を拭《ぬぐ》った。頭を使いすぎたのか、髪の毛がびしょ濡《ぬ》れになっている。こんなふうになるまで脳を使う人は見たことがないなと珠緒は思った。

「バーナム暗号の理論を確立したのは、佐井義徳のメールアドレスにもなっていた数学者のクロード・シャノンだ。だからもしかするとと思ったのだが……」

「ということは、答えも……」

「いや」葵野は否定した。「まだわからない。なぜなら佐井茉理奈が残したのはバラバラの数字だからだ。それがどう、い、う、順、序、な、の、か、は、わ、か、ら、な、い。『100873526657』なのか『326750185670』なのかわからない。それがわからない限りはバーナム暗号は解けない。僕らはたまたま自分たちが見つけた順に数字を並べているだけだからね。彼女の意図は不明だ」

「でもここまで来れば、あとは総当たりで――」

「大村さん」隣で聞いていた松浦が言った。「十二個の数字が並ぶ順序なんて、それこそ星の数ほどあるんですよ？　コンピューターでプログラムを組めば、全てを確かめるのは不可能ではないとは思いますが、そんな直ぐには――」

「総当たりでやれば、１４９６８８００通りだ。星の数と比べたら圧倒的に少ない」

葵野は即座に訂正した。「それに、ある程度当たりを付ければ……」

そう言って葵野は、刑事一課の空いた椅子に座り込んだ。

じっと目をつぶった。大きく息を吐いて下を向き、頭の上に手を二つ置いて、その姿勢のまま固まった。

信じられなかった。十二桁《けた》の数字の並びを前にしているのに、この男は。計算している。

頭の中で、どの順序で数字が並んでいれば暗号が解けるかを試している。

「……『当たりを付ける』って、どうやってするんでしょうか」

珠緒は圧倒されながらも、ようやく言葉を絞り出した。すると松浦が珠緒のそばに来て言った。

「バーナム暗号っていうのは、アルゴリズム自体は簡単なんですよ」小さな声だ。葵野の集中を阻害しないためだろう。「各桁を足すだけなんです。例えば『０２４』を『１１１』で復号すると『１３５』になるわけです。そして一般的にはこれを、１↓A、２↓B……↓Zというふうに変換していきます。『１３５』なら、１↓A、３↓

「C、5→Eで、『ACE《エース》』ですな」

珠緒はうなずいた。

「今回だと、復号アルゴリズムは『141b910371d1』ですが、このうちの『0』や『1』の桁は、現実的にはA～Eくらいのアルファベットにしかならんやろと思うわけです——ちなみに、復号アルゴリズムのbとdは、それぞれb＝11、d＝13と読みます。これは十六進数という有名な表現法です——そしてbやdの桁には、恐らくそこから辿《たど》り着けるアルファベットで使用頻度の高いもの、oやsやpに変わるんやろな、ということが予想できるわけです」

松浦は顎《あご》の下にある、伸びかけのひげを触りながら続けた。

「また英語であるのなら、子音の後には母音が来るやろし、母音の後には子音が来るやろな、といった予想も利くわけです。例えば子音の後に『1』が来たら、ほぼ『a』か『e』で決まりで——ああ、暗号文に『4』がないから『e』にはならんので『a』で確定ですか——という感じで、本来はそういった推測を元に、紙に色んなパターンを書きつけて、長い時間をかけて試すわけです」

本来はそうする。「でも——」

「葵野さんは全部、頭の中で出来るんでしょうな。……本当におもろい人です」

珠緒は拳《こぶし》を握ったまま、じっと葵野を待った。今となっては自分に出来ることは何もないけれども、せめて敢闘する彼の姿を見届けたいと思った。

十分ほど経過した頃だ。

葵野は顔を上げた。虚《うつ》ろな目で宙を見据え、手短にタブレットに何かを入力し、何かを確認した。

にこりと余裕のある笑みを見せる。そしてはっきりとした声色で言った。

「佐井茉理奈のメッセージは『15687032706５』。そして誘拐犯の向かった先は栃木県のトランクルーム、『big《ビッグ》 space《スペース》那須《なす》』の『f番』だ」

6

低い唸《うな》りが消え、車体の振動が不規則になる。一般道に入ったのだ。

高速道路を下りる時に、再び警察の検問があった。だが、どうやったのかはわからないが、彼らはまたしても容易《たやす》く突破してしまった。鳥かごを自らのクチバシで開けてしまう狡賢《ずるがしこ》いセキセイインコみたいに。

二回目の検問だ。お父さんと高速道路に乗ったことは数回しかないけれども、そんなにも頻繁に検問をやっていた記憶はない。だからやはり自分の誘拐は警察に通報されていて、それが原因で検問を行っているんだろう。そう信じるしかない。そして自分のメッセージが「異常なくらい優秀な、数学科の元准教授の捜査官」に伝わっているのだと。

車体が止まる。赤信号があったのだろう。

「もうちょっとスピード出せねーの？」ガスマスクの男（の声）が不平を述べた。

「こんな所で交通違反取られたらどうすんだ」これは道化師の仮面の男の声だ。

「そうだ、もうちょっとなんだ」と、豚のマスクの男が言った。位置を知らせる発言はＮＧだからか、言い終わる前に口をつぐんだ。

「葵野さん、正解でしたよ」松浦が上機嫌に言った。「トランクルーム『ビッグ・スペース那須』に問い合わせてみた所、『f番』の倉庫の利用者が佐井やったそうです。貸し出し用途も確認しとるそうですが、佐井は『書類』と答えていたそうです。ここまでの流れからすると、重要な捜査資料はそっちに分けて保管しとったのかもしれませんね」

「……お疲れさまです」珠緒はねぎらった。

葵野は中町署に常備してある経口補水液に口を付けてから言った。

「僕が調べた中で、唯一の意味のある文字列がこれだった。『156870327065』+《たす》『141b910371d1』=《は》『2971916135141196』。これをアルファベットに変換すると『ｂｉｇｓｐａｃｅｎａｓｆ』になる。栃木県にあるトランクルームの名前と番号だ」葵野は続けた。「数字の並びがもう少しひねくれていたら、直ぐに答えは出せなかったかもしれない。運が良かったよ」

と言いながらも、彼の中には、「たとえ難しかろうが解いてみせる」という、元数学者の自信がみなぎっているような気がした。

だが、葵野の推理を聞いた国府の反応は厳しかった。

「……そんな証拠を元に動けというのか？」

国府がこういう反応をするのは半ば予想していた。珠緒は身じろぎした。

「土星人云々《うんぬん》は信じてくれなくて構いません」葵野は毅然《きぜん》として言った。「明白な事実は三つです。一つ、車が栃木方面に向かっている。二つ、佐井茉理奈は多目的トイレにメッセージを残している……これは偶然ではないと思います。ちゃんと鑑識を入れれば、どれか一つくらいは彼女が作ったメッセージだと証明できるはずです。三つ、そのメッセージと佐井茉理奈から事前に送られたメッセージを合わせると、『ビッグ・スペース那須』の『ｆ番』となり、そのトランクルームは生前の佐井義徳が利用したものである」

「…………」国府は沈黙した。

「こういうのはどうでしょう」葵野は論文を発表する時のような滑らかな弁舌を用い

た。「実は佐井茉理奈と誘拐犯はグルなんです。そして、警察を相手どって自分たちの暗号が読めるかどうかを試している。狂言誘拐を楽しんでいる」

葵野が本当にそう思っていないことは明白だった。国府は何も答えなかった。

「なんでもいい」葵野は語気を強めた。「どうとでもこじつければいい。ともかく、『ビッグ・スペース那須』に警察官を出動させて下さい。このままだと取り返しがつかなくなる」

国府は大きくため息をつき、俺にもヤキが回ってきたか、とぼやいた。

「川岸に話を回す。あいつならば他県の所轄も動かせるかもしれない。だが誘拐犯は、今この瞬間もその場所に向かっているんだろう。果たして手続きが間に合うかどうか」

「もう、僕たちが直接向かうしかないですね」葵野はそう言って、中町署の出口に向かった。「警視庁内のヘリを借りましょう。川岸さんに手配してもらうんです」

警視庁の航空基地から、一台のヘリを飛ばす。

珠緒たちが到着した時には、既に川岸からの話がついていたらしく、警視庁が所有しているることを示す青色のヘリが離陸の準備をしていた。

「一応確認しておくが、もしもお前の推理通りだったとして、現場には武装した犯人がいるんだぞ？」国府は念押しした。

「大丈夫です。僕だって一応、警察学校の教養を修了していますから」葵野は答えた。

「一応だがな」国府は釘《くぎ》を刺す。葵野の教養はごく短期で終わっている。

「あの……自分は辞退していいですか⁉」松浦は恐る恐る手を挙げた。「武装した犯人がおるとか無理ですし‼　あとその……高い所が苦手で」

「残念ながら人手が足りない」国府は言った。

こうして科対班の四人はヘリに乗った。

ヘリコプターは離陸の瞬間がわからないくらい自然に宙に浮かび、普段目にしている東京の風景を別の角度から見せて、指で摑《つか》めそうなほど小さな芥子粒《けしつぶ》に変えた。

エンジンの騒音と、機体に当たる風の音で、あっという間に周囲が轟音《ごうおん》に包まれる。ヘッドセットを装着していないと、とても会話が出来ないくらいだ。

耳元ではずっと国府が、犯人を見つけた時の行動について、パターン分けをして作戦を話していて、他の三人はそれを粛々と覚えている。

思ったよりもゆっくりと進んでいるように見える。だがそれは空には比較物がないからで、スピードメーターは時速三百キロ近くの値を示している。

足元にあった都市の風景が、徐々に緑色のグラデーションに染まっていく。左右から二つの山地が回り込む、三角州のような所に目的の那須町があった。

ひなびた町の廃墟《はいきょ》のショッピングモールの、巨大な駐車場の中央にヘリを停めた。操縦士に敬礼して、ヘリを降りる。すると自慢のワンピースがくしゃくしゃになっていることに気づく。そういえば今日は私服だった。

チェーン付きのポールを乗り越えると、一台の覆面パトカーが停まっていて、地域課の老人の警察官が一人だけ運転席に座っていた。たぶん六十歳を超えていて、定年退職後に再雇用された人だろう。戦力には含められなそうだが、今は移動手段があるだけでもありがたい。覆面というのも気が利いている。

助手席には国府が座る。残りの三人は（主に松浦が太っているせいで）ぎゅうぎゅう詰めになりながら後部座席に乗る。

目的地に向かい、そこから五十メートルほど隔てたコンビニの駐車場に停まる。周囲は広い田園風景なので、そこから双眼鏡を使えばトランクルームの様子が窺《うかが》えた。

小さな受付が一つあり、屋外に無数のコンテナがあり、その一つ一つが貸倉庫になっているという造りだった。屋外部はコンテナが邪魔でよく視えなかったけれども、田舎特有のただっ広い駐車場はばっちりと視ることが出来た。

一台のワンボックスカーが停まっている。

珠緒は息を呑《の》んだ。ナンバーはNシステムで視認できたものとは違っているが、高速道路の非常駐車帯で取り替えたという可能性はある。

外装は空色で、既存の引っ越し会社の名前が書かれている。もしもナンバーと共に外装も変えたのだとしたら、これは検問には引っかからないだろう。繰り返しになるが手の込んだ犯行だ。

運転席には人が居ない。そこに居た男が荷物の受け取りに向かっているのだろう。

助手席にいる男を見た瞬間に、珠緒の中にある確信が浮かんだ。

この男が誘拐犯だ。

これに関しては刑事の直観としか言いようがない。助手席の男は裏社会に属する人間だけが持っている雰囲気をまとっていた。相手を攻撃することが、いつだって自分の選択肢に入っているからこそ、相手から暴力を振るわれることを常に警戒している。そういった猜疑心《さいぎしん》が仮面のように顔に張り付いていて、同時にそういった怯《おび》えを悟られないように普段は軽やかな雰囲気を纏っている。それが総合して悪魔のような表情を作っている。

「不眠症だろうね」

男の容姿を見て、葵野はそう呟《つぶや》いた。猜疑心のあまり、交感神経と副交感神経のバランスが崩れているのだろう。漫画やテレビドラマには出てこない、本物の哀れな悪。

「声をかけてみましょう」

珠緒は呟いた。警察官は職務質問をする権利を持っている。いや、そんな理由を持ち出さなくたって、この男が誘拐犯であるという確信が珠緒にはあった。

コンビニの駐車場を出て、覆面パトカーをトランクルームの駐車場に停める。

珠緒が車を出る。そして、ワンボックスカーの助手席の窓をコンコンと叩《たた》く。

向こうも警察の来訪は警戒していただろう。だがもしかすると、私服姿であることが功を奏したのかもしれない。悪魔風の男は無防備にもウィンドウを開けた。

「中の確認をさせて頂いてもよろしいでしょうかー?」

間延びした声で言った。

その時、中から女の子の声が「あーっ」と聞こえて、それから口を塞《ふさ》がれたのか、声が「んー、んー」というもがくようなものに変わった。

それで充分な確信が得られた。

珠緒は素早い裏拳《うらけん》で助手席の男を沈めた。窓を拳の裏でノックしていた手前、それで攻撃するのが一番早かった。警視庁の柔道では習っていない動きだけれども、気持ちがいいくらいに鋭い攻撃が出せた。

ワンボックスカーの二列目には男が一人座っていた。いきなり攻撃してくるのは予想外だったのか、狼狽《ろうばい》を露《あら》わにしている。珠緒はその男の胸ぐらをぐっと摑んで引き寄せ、そのままの勢いで車のフロントパネルにぶち当てた。

男を失神させながらも珠緒の頭は冷静だった。二列目までの男は始末した。となると、被害児童がいるのは三列目で、少女の口を塞いだ男が最低一人いる。

その時、すさまじい速さでドアが開いた。

次に狂ったような雄叫《おたけ》びが聞こえた。それと共に、最後列からナイフを持った男が騎虎の勢いと共に飛び出してきた。

事前の作戦の通り、珠緒が職務質問をしている間に、ワンボックスカーの右側を葵野が、左側を国府が包囲していた。

そして開いたドアは右側だ。

刃物で襲いかかられたのは葵野だ。

まずい、と珠緒は思った。葵野に制圧の心得はない。

だが葵野は蚊でも撃ち落とすかのような冷静さと共に、プシュッと男の目に催涙スプレーを噴射し、男はそのままの勢いで駐車場をのたうち回った。

警棒を用いて、国府がとどめの一撃を食らわせた。手慣れた様子で時刻を確認し、それを読み上げながら手錠をかけた。

「……よく無事でしたね」珠緒は残りの二人に手錠をかけながら、つい葵野に聞いた。

「そりゃあ、あんなに大きな声を出してくれたらね」葵野は言った。

そりゃそうか——とはならない。普通の人ならば雄叫びに怯《ひる》んでいる所だ。だが葵野にとってそれは親切な攻撃の予告にしかならなかった。やはりこの男は色んな意味で普通じゃないなと珠緒は思った。

ワンボックスカーの両方のドアを開け放つ。最後列には四肢を縛られた女の子がいた。彼女はまだ予断は許さないというような毅然《きぜん》とした表情を浮かべている。

「茉理奈ちゃん、もう大丈夫だよ」

珠緒が言った。すると茉理奈の表情にようやく柔らかな笑みが射し込んだ。

それを見た三人はにこやかな笑みを漏らす。佐井茉理奈の命が助かった。

7

最後の一人――佐井茉理奈の言う「道化師の仮面の男」――は、煙のように消えていた。佐井義徳の残した「f番」のトランクルームの中身を全て持ち去った上で。

店員の証言によると、深々と帽子をかぶったサングラスの男が、佐井義徳名義の保険証を持っており、自分が佐井義徳だと偽ったのだと言う。それが偽造したものか、盗難したものかはわからない。

トランクルームの荷物を全て取り出した後、男は携帯電話に電話が来たことを理由に、一度席を外した。そして二度と戻ってこなかった。店の裏手から出て、道なき山林へと足を踏み入れていく男の姿が監視カメラで確認できた。

恐らくは何らかの手段で危険を察知し（ヘリの飛行を見たのかもしれない）仲間の三人を見捨てて、自分だけが逃走したのだろう。

栃木県警と警視庁の協力の下、すぐに山狩りが行われたが、犯人を見つけることは出来なかった。ワンボックスカーの中にも彼の身分を示すものは残されていなかった。

手袋を着けていたのか、車の中に指紋も無かったが、髪の毛などの生体情報はいくつか入手することが出来た。

「あいつの本名？　知らねーって。今日初めて会ったんだよ。鳥井《とりい》なら知ってるんじゃねーの？　俺は鳥井から、いい儲《もう》け話があるって聞いて参加しただけだ」と、逮捕された誘拐犯の一人の堀《ほり》が言った。

「俺は西潟《にしがた》からお金が入るって言われて参加しただけだ。軽い気持ちだったが前金も貰《もら》って、やらざるを得なくなった」と、鳥井が言い訳がましく言った。

「俺は堀から話を聞いて参加しただけだ。堀ならあいつの本名を知ってるさ。あいつをかばう？　そんなことしねーよ。今日初めて会った奴だぜ」と西潟は声を上げた。

「……矛盾してますね」中町署での取り調べを、別室で視聴しながら珠緒が言った。

「誘拐の動機についても、全員が『道化師の仮面の男に命令されたから』で共通しているのか」国府が言った。

「道化師の仮面の男を逃したのは私のせいやありませんからね！」松浦は早口でまく

し立てた。「私は国府さんの言いつけ通りに、トランクルームの入り口を監視しておりましたからね！」

「わかってるわかってる」煩わしそうに国府が言った。「取り調べが出来る日数は充分ある。明日以降はもう少し強めに詰問してみよう」

三人の取り調べを眺める。だが彼らは同じ言葉を繰り返すだけだった。

「結果論だが、葵野が場所を突き止めた直後に、所轄を動かせていれば捕らえられていた相手か……歯がゆいな」国府が言った。

「仕方ないです。まだ僕らに、それだけの力が認められていないというだけの話ですから。これから獲得していけばいいんです」と、最も土星23事件と因縁が深いはずの葵野は軽快に答えた。

そして誰にも聞こえないくらいの声量で「土星23事件……いつかは絶対に暴いてみせる」と呟いた。


佐井茉理奈への最初の事情聴取は、科対班が行うことが許された。

また「父親の事件をフラッシュバックする可能性がある」と意見することで、当時事件に関わった中町署の係長などは彼女の事情聴取には関わらない手筈《てはず》を整えることも出来た。

佐井義徳が死んだ時、中町署の刑事たちが彼女の話にもっと真剣に取り合っていたら起きなかった誘拐なのかもしれない。だが中町署に過失はない。子供の話を鵜呑《うの》みにしないのは公務員として当たり前で、彼らは通常の業務をこなしたまでだからだ。

私はその当たり前を脱したいと思っている。けど、それはあくまで私の姿勢だ。

四人で取調室に入る。中町署の取調室は狭く感じられた。部屋のせいというよりも、取調官が四人もいるせいだろう。普段取り調べをしている国府と珠緒はもちろん、彼女と待ち合わせをしていた松浦も居なければいけないし、茉理奈の暗号を解いた葵野にも居て欲しい。

「よろしくお願いします」

珠緒が言った。するとじっと空間の一点を見つめていた佐井茉理奈は、少しだけ表情を和らげた。

彼女の向かい側に、何かの記念撮影のように四人で並んで座る。そして一つずつ、推理の裏付けを取っていく。

「私の不注意で危険な目に遭ったみたいで、本当に申し訳ないです」松浦は平謝りをした。

「騙《だま》していたのは自分だから松浦さんに非はありません」茉理奈は松浦の顔も見ずに、ものすごい早口で言った。

ギフテッドと呼ばれる人間がいる。

生まれつき、他の人間よりも突出した知性を持った人間だ。具体的には乳幼児の頃に、著しい早さで歩行や言語を習得するといった形や、幼稚園で周囲の子供よりも格段に高い理解力や記憶力を見せるといった形で顕出する。他にも様々な特徴があるが、早口や動きの機敏さを伴うこともある。珠緒もニュースで見たことがあった。

ギフテッドにより社会的に成功を収めたという例も聞くが、それよりも生きづらさの方がよく話題になる印象がある。無理に社会の枠組みに嵌《は》められることで苦痛を味わったり、感受性が人よりも強いために、高揚した気分とどん底の気分を交互に味わい、結果的に鬱《うつ》状態になったりすることがあるらしい。

佐井茉理奈はギフテッドなのかもしれないと珠緒は思った。ふと見ると彼女は、じっと葵野の目を見つめながら、小刻みに左右に揺れていた。

お互いに似た部分を感じ取ったのかもしれない。茉理奈は言った。

「あなたが『異常なくらい優秀な、数学科の元准教授の捜査官』さん？」

「そう言ってもらえるのは嬉《うれ》しいな」葵野は答えた。「きみも素晴らしく優秀だね。誕生日はいつだい？」

その後も事実確認は続いたが、概《おおむ》ね事前の推理通りだった。

次に珠緒が「普段の生活で不審者を見ることはあったか」と質問した時だった。

茉理奈は壁の方を見つめながら、全く関係のないことを口にした。

「お父さんは情報の管理を徹底していました。例えばドアの蝶番《ちょうつがい》を改造して、大切なものはその中に隠したりする、とも言ってました」

「……はい」急な話題転換に混乱しながら、珠緒は答えた。「トランクルームの蝶番の中って調べてみましたか？　そこにお父さんの捜査資料が残っているかもしれません」

珠緒は息を呑《の》んだ。


すぐに栃木県警に連絡が行き、トランクルームの蝶番が調べられた。すると、そこには小さなSDカードが入っていた。

カードを調べる役割は科対班に回ってきた。松浦は万全の準備を期して、パソコンでSDカードの中を読み取った。

するとそこには呪術的《じゅじゅってき》としか言えない一枚の絵が入っていた。

また絵と共に、生前の佐井義徳のものだと思われるメッセージが封入されていた。

『愛する茉理奈へ。この絵を見たら近づくな』

「警告のようですが……そもそもこんな絵、見たことないですね」松浦が言った。

「そもそもこれ、絵と言っていいんですかね？　白黒ですし、バグった画面にしか見えないのですが……」珠緒は言った。少なくとも具体的なものを描いているわけではないようだ。

「私が気になるのは画像のサイズが滅茶苦茶《めちゃくちゃ》大きいことですな。縦横の幅が一万ピクセルを超えてます。関係ないかもしれませんが」松浦は言った。

「土星23事件に関係したものだろうか」葵野は言った。「松浦くん、一応ネット上でこの画像を調べてみることは出来るかな」

「出来ますが、期待しないで下さいね」松浦は答えた。「はてさて。佐井は何を伝えようとしたんでしょうねえ……」

葵野はその絵を印刷すると、デスクの引き出しの一番上に置き、それから事あるごとに見返すようになった。


事件から十日近くが経った。

結局のところ道化師の仮面の男の正体も、誘拐の目的も、この事件が土星23事件と関係していたものかどうかもわからなかった。珠緒には葵野や茉理奈の推理が正しいように思えているが、それが認められるためにはあまりにも証拠が足りない。

結局の所この事件は「児童性愛者による衝動的な犯行」というラベリングをされて終わるのだろう。たった一枚の絵と、女の子一人を残して。

仕方ない。今のところはそれでいい。でもいつかは真相にたどり着く。そのための力がこの班にはあると珠緒は信じている。

8

二週間が経てば、警察の保護施設での、佐井茉理奈の宿泊が終わる。

彼女はほとんど一人暮らしのような状態だ。そのままでは、道化師の男やその仲間から報復される危険性は高まる。

母親と同居をさせたいが、それは茉理奈自身が嫌がっている。ギフテッドである彼女への理解が母親にはないそうだ。茉理奈の遺産相続の代理人は彼女の伯父《おじ》だが、彼にも茉理奈を養うような余裕はないという。

だが土星人に狙われる可能性のある女の子を放っておくわけにもいかない。

どうすれば彼女を守れるだろう。珠緒の脳裏に、ある奇抜なアイディアが浮かんだ。

茉理奈と共に、佐井義徳の部屋に自分も住むのはどうだろう？

茉理奈自身と、茉理奈の母親と、現在マンションの一室の所有権と敷地権を管理している伯父の許可があれば法的には問題ないはずだ。家賃が必要ならば払えばいい。

一緒に住むことが出来なかったとしても、せめて近くに移り住んで時々様子を見に行くくらいのことはしたい。

葵野と関わらなければ出なかった発想だろう。それがいいのか悪いのか……科対班の隣のデスクにいる男を、珠緒は悪友のように眺めた。

エピローグ

ついに恐れていたことが起きた。

葵野と珠緒のデスクの境界線が曖昧《あいまい》になって、彼の私物が自分のデスクを侵略し始めたのだ。

このままでは自分のデスクが彼の私物に埋もれ、その隅っこで小さくなって仕事をする未来が見える。それだけは避けたいと珠緒は思った。

「ルールを設けましょう」珠緒は提案した。「私と葵野さんのデスクの間を横断したものに関しては、私が勝手に葵野さんのデスクの上に戻してもいいことにします」

「いいとも」むしろ自分が片付けなくてよくて楽だな、というニュアンスで葵野は承諾した。

葵野は散らかし屋だ。数字さえあれば、身の回りのことは基本的にはどうでもいい人間なのだと珠緒は重々承知しているけれども、かといって私の机を侵略していい理由にはならない。

った。

珠緒は早速、自分の領域に侵略した葵野の物を一つずつ彼のデスクの上に戻していった。

すると葵野のデスクにあるものが崩れ、ふたたび自分の机に流れ込んできた。エントロピーが一定だ。ちなみにエントロピーの意味は葵野に教えてもらった。

その時だった。

つい江南三来のミントの鉢植えを触ってしまった。

前に自分が触ってしまって葵野に怒られたミントだ。珠緒は直ぐに謝った。

「いいよ」葵野は文書に目をやりながら言った。

「……本当にいいんですか？」珠緒は聞き返した。

「うん」葵野は顔を上げて、科対班の窓の明かりの方を見ながら言った。「君なら、いい。どうせなら、もう少し日当たりのいい場所に飾りたいな」

江南三来の鉢植えを科対班の窓際に飾る。

燦々《さんさん》とした太陽の光を浴びて、ミント自身も嬉しそうだ——なんて、あまりにも幼稚な感想だろうか。

ああ、そうだ。ミントの花言葉は「かけがえのない時間」らしい。

私はこれからもここで、かけがえのない時間を過ごしていく。

……なんてその結論は、あまりにも出来すぎているかもしれないけれど、世の中はあまりにも不出来だから、せめて誰かの考えていることくらいは、上手《うま》くいっているくらいが丁度いい。

本書は書き下ろしです。

アルキメデスの捜《そう》査《さ》線《せん》

学者警部《がくしやけいぶ》・葵野数則《あおいのかずのり》

中西《なかにし》 鼎《かなえ》

令和4年 2月25日　初版発行

発行者●堀内大示

発行●株式会社KADOKAWA
〒102-8177　東京都千代田区富士見2-13-3
電話　0570-002-301（ナビダイヤル）

角川文庫 23040

印刷所●株式会社暁印刷
製本所●本間製本株式会社

表紙画●和田三造

ISBN 978-4-04-111635-7　C0193

◇◇◇

角川文庫発刊に際して

角　川　源　義

第二次世界大戦の敗北は、軍事力の敗北であった以上に、私たちの若い文化力の敗退であった。私たちの文化が戦争に対して如何に無力であり、単なるあだ花に過ぎなかったかを、私たちは身を以て体験し痛感した。西洋近代文化の摂取にとって、明治以後八十年の歳月は決して短かすぎたとは言えない。にもかかわらず、近代文化の伝統を確立し、自由な批判と柔軟な良識に富む文化層として自らを形成することに私たちは失敗して来た。そしてこれは、各層への文化の普及滲透を任務とする出版人の責任でもあった。

一九四五年以来、私たちは再び振出しに戻り、第一歩から踏み出すことを余儀なくされた。これは大きな不幸ではあるが、反面、これまでの混沌・未熟・歪曲の中にあった我が国の文化に秩序と確たる基礎を齎らすためには絶好の機会でもある。角川書店は、このような祖国の文化的危機にあたり、微力をも顧みず再建の礎石たるべき抱負と決意とをもって出発したが、ここに創立以来の念願を果すべく角川文庫を発刊する。これまで刊行されたあらゆる全集叢書文庫類の長所と短所とを検討し、古今東西の不朽の典籍を、良心的編集のもとに、廉価に、そして書架にふさわしい美本として、多くのひとびとに提供しようとする。しかし私たちは徒らに百科全書的な知識のジレッタントを作ることを目的とせず、あくまで祖国の文化に秩序と再建への道を示し、この文庫を角川書店の栄ある事業として、今後永久に継続発展せしめ、学芸と教養との殿堂として大成せんことを期したい。多くの読書子の愛情ある忠言と支持とによって、この希望と抱負とを完遂せしめられんことを願う。

一九四九年五月三日

角川文庫ベストセラー

確率捜査官　御子柴岳人
密室のゲーム
神永　学

確率捜査官　御子柴岳人
ゲームマスター
神永　学

確率捜査官　御子柴岳人
ファイヤーゲーム
神永　学

心霊探偵八雲1
赤い瞳は知っている
神永　学

怪盗探偵山猫
神永　学

世田町署、薄暗い地下一階の廊下の突きあたりにある《特殊取調対策班》。イケメン毒舌天然数学者・御子柴岳人がクールで鮮烈、華麗な推理で容疑者の心理に迫る、前代未聞の取り調べエンターテインメント！

論理的な取り調べを行う目的で新設された〈特殊取調対策班〉。新米刑事の友紀と天才数学者・御子柴が今回挑むのは、大物政治家宅で起きた窃盗事件。単純そうな事件に見えたが、その裏には底知れぬ闇が……!?

効率的かつ公平な取り調べを目的として新設された〈特殊取調対策班〉は、連続放火事件への捜査協力を要請される。イケメンで毒舌な天才数学者・御子柴岳人は、これまでに起きた火災現場の情報を解析し、事件の真相に迫るが――。

死者の魂を見ることができる不思議な能力を持つ大学生・斉藤八雲。ある日、学内で起こった幽霊騒動を調査することになるが……次々と起こる怪事件の謎に八雲が迫るハイスピード・スピリチュアル・ミステリ。

現代のねずみ小僧か、はたまた単なる盗人か!?　痕跡を残さず窃盗を繰り返し、悪事を暴く謎の人物、その名は〝山猫〟。神出鬼没の怪盗の活躍を爽快に描く、超絶サスペンス・エンタテインメント。

角川文庫ベストセラー

メゾン・ド・ポリス
退職刑事のシェアハウス
加藤実秋

新人刑事の牧野ひよりが上司の指示で訪れた先は、退職した元刑事たちが暮らすシェアハウスだった！　敏腕、科捜のプロ、現場主義に頭脳派。事件の話を聞くうち刑事魂が再燃したおじさんたちは――。

メゾン・ド・ポリス2
退職刑事とエリート警視
加藤実秋

退職警官専用のシェアハウスに住むおじさんたちは、くせ者ぞろいだが捜査の腕は超一流。今度は歩道橋から転落した男性の死亡事件に首を突っ込む。困惑する新人刑事のひよりだったが、やがて意外な真相が――。

メゾン・ド・ポリス3
退職刑事とテロリスト
加藤実秋

偽爆弾が設置される事件が頻発。単なるいたずらなのか？　新人刑事の牧野ひよりは、退職刑事専用のシェアハウス〈メゾン・ド・ポリス〉に住む、凄腕だけど曲者ぞろいのおじさんたちと捜査に乗り出すが……。

メゾン・ド・ポリス4
殺人容疑の退職刑事
加藤実秋

神社の石段下で遺体が発見された。容疑者として確保されたのはなんと、退職警官専用のシェアハウス「メゾン・ド・ポリス」に住む元刑事!?　新人刑事の牧野ひよりとメゾンの住人は独自に捜査を進めるが……。

メゾン・ド・ポリス5
退職刑事と迷宮入り事件
加藤実秋

12年前に発生した町の人気医師殺害。現役時代の迫田痛恨の事件に新展開が。未解決事件を扱う警視庁特命班の玉置がメゾンを訪れるが、実は玉置とオーナーの伊達には因縁があり、メゾン誕生に深く関わっていた！

角川文庫ベストセラー

硝子のハンマー　貴志祐介

日曜の昼下がり、株式上場を目前に、出社を余儀なくされた介護会社の役員たち。厳重なセキュリティ網を破り、自室で社長は撲殺された。凶器は？　殺害方法は？　推理作家協会賞に輝く本格ミステリ。

狐火の家　貴志祐介

築百年は経つ古い日本家屋で発生した殺人事件。現場は完全な密室状態。防犯コンサルタント・榎本と弁護士・純子のコンビは、この密室トリックを解くことができるか⁉　計4編を収録した密室ミステリの傑作。

鍵のかかった部屋　貴志祐介

防犯コンサルタント（本職は泥棒？）・榎本と弁護士・純子のコンビが、4つの超絶密室トリックに挑む。表題作ほか「佇む男」「歪んだ箱」「密室劇場」を収録。防犯探偵・榎本シリーズ、第3弾。

ミステリークロック　貴志祐介

外界から隔絶された山荘での晩餐会の最中、超高級時計コレクターの女主人が変死を遂げた。居合わせた防犯コンサルタント・榎本と弁護士・純子のコンビは事件の謎に迫るが……。

コロッサスの鉤爪　貴志祐介

夜の深海に突然引きずり込まれ、命を落とした元ダイバー。現場は、誰も近づけないはずの海の真っただ中。海洋に作り上げられた密室に、奇想の防犯探偵・榎本が挑む！（「コロッサスの鉤爪」）他1篇収録。

角川文庫ベストセラー

脳科学捜査官 真田夏希
鳴神響一

神奈川県警初の心理職特別捜査官・真田夏希は、医師免許を持つ心理分析官。横浜のみなとみらい地区で発生した爆発事件に、編入された夏希は、そこで意外な相棒とコンビを組むことを命じられる――。

脳科学捜査官 真田夏希
イノセント・ブルー
鳴神響一

神奈川県警初の心理職特別捜査官の真田夏希は、友人から紹介された相手と江の島でのデートに向かっていた。だが、そこは、殺人事件現場となっていた。そして、夏希も捜査に駆り出されることになるが……。

脳科学捜査官 真田夏希
イミテーション・ホワイト
鳴神響一

神奈川県警初の心理職特別捜査官・真田夏希が招集された事件は、異様なものだった。会社員が殺害された後に、花火が打ち上げられたのだ。これは殺人予告なのか。夏希はSNSで被疑者と接触を試みるが――。

脳科学捜査官 真田夏希
クライシス・レッド
鳴神響一

三浦半島の剱崎で、厚生労働省の官僚が銃弾で撃たれ殺された。心理職特別捜査官の真田夏希は、この捜査で根岸分室の上杉と組むように命じられる。上杉は、警察庁からきたエリートのはずだったが……。

脳科学捜査官 真田夏希
ドラスティック・イエロー
鳴神響一

横浜の山下埠頭で爆破事件が起きた。捜査本部に招集された神奈川県警の心理職特別捜査官の真田夏希は、カジノ誘致に反対するという犯行声明に奇妙な違和感を感じていた――。書き下ろし警察小説。

角川文庫ベストセラー

さまよう刃　東野圭吾

長峰重樹の娘、絵摩の死体が荒川の下流で発見される。犯人を告げる一本の密告電話が長峰の元に入った。それを聞いた長峰は半信半疑のまま、娘の復讐に動き出す——。遺族の復讐と少年犯罪をテーマにした問題作。

夜明けの街で　東野圭吾

不倫する奴なんてバカだと思っていた。でもどうしようもない時もある——。建設会社に勤める渡部は、派遣社員の秋葉と不倫の恋に墜ちる。しかし、秋葉は誰にも明かせない事情を抱えていた……。

ナミヤ雑貨店の奇蹟　東野圭吾

あらゆる悩み相談に乗る不思議な雑貨店。そこに集う、人生最大の岐路に立った人たち。過去と現在を超えて温かな手紙交換がはじまる……張り巡らされた伏線が奇蹟のように繋がり合う、心ふるわす物語。

ラプラスの魔女　東野圭吾

遠く離れた2つの温泉地で硫化水素中毒による死亡事故が起きた。調査に赴いた地球化学研究者・青江は、双方の現場で謎の娘を目撃する——。東野圭吾が小説の常識をくつがえして挑んだ、空想科学ミステリ！

魔力の胎動　東野圭吾

彼女には、物理現象を見事に言い当てる、不思議な〝力〟があった。彼女によって、悩める人たちが救われていく……東野圭吾が小説の常識を覆した衝撃のミステリ『ラプラスの魔女』につながる希望の物語。